JULIA LONDON

SEDUCIDA POR UN
ESCOCÉS

Editado por Harlequin Ibérica.
Una división de HarperCollins Ibérica, S.A.
Núñez de Balboa, 56
28001 Madrid

© 2018 Dinah Dinwiddie
© 2020 Harlequin Ibérica, una división de HarperCollins Ibérica, S.A.
Seducida por un escocés, n.º 217 - 21.10.20
Título original: Seduced by a Scot
Publicada originalmente por HQN™ Books

I.S.B.N.: 978-84-1328-934-2
Depósito legal: M-9585-2020
Impreso en España por: BLACK PRINT
Fecha impresión Argentina: 19.4.21
Distribuidor exclusivo para España: LOGISTA
Distribuidor para México: Distibuidora Intermex, S.A. de C.V.
Distribuidores para Argentina: Interior, DGP, S.A. Alvarado 2118.
Cap. Fed./Buenos Aires y Gran Buenos Aires, VACCARO HNOS.

Una de las cosas más maravillosas de la profesión de escritor es conocer a tantos lectores de todas partes del mundo. Empezamos con un amor común por los libros y, después, algunos de esos conocidos se convierten en amigos íntimos. Gracias a Bridget Costedot, de Francia, y a Sandra Schwab, de Alemania, amigas y lectoras que me han ayudado con las partes en francés y alemán de este libro.

Capítulo 1

A Calum Garbett no le estaba permitido conocer la felicidad. Si alguna vez se acercaba a ella, su mujer y su hija descendían sobre él en picado y destruían cualquier posibilidad de que la alcanzara.

Lo que estaba sucediendo en la sala era la gota que colmaba el vaso. Pensar en todo el dinero y el trabajo que había dedicado a fundar Forja Carron, y ver cómo todo eso se le escapaba entre los dedos… Le había costado mucho esfuerzo establecer una buena relación con Thomas Cadell, un inglés que tenía un taller de forja propio, y que podía enseñar a los escoceses las técnicas más modernas del oficio. Esas técnicas podían ahorrar tiempo y dinero, y le permitirían dar empleo a más escoceses.

Él se había ganado un puesto entre las mejores industrias de Escocia. Si eso no fuera cierto, el duque de Montrose no estaría sentado a su lado en aquel momento, dispuesto a invertir dinero en el negocio y a beneficiarlo con su influencia.

Como parte del trato, había ofrecido la mano de su hija Sorcha. Y, en realidad, le había hecho un gran favor, porque sus posibilidades de encontrar marido no eran muchas. Su hija no era muy agraciada, para ser sinceros, y cuando se la presentaban a los posibles pretendientes, los candidatos rechazaban la oferta.

Pues bien, le había encontrado un pretendiente a su hija, pero ella lo iba a echar todo a perder y, además, con el apoyo de su madre. Y todo porque el joven con el que tenía que casarse se había enamorado de la bellísima y esquiva Maura Darby. Su pupila.

Él había acogido a Maura en su hogar hacía doce años cuando el padre de la muchacha, su mejor y más antiguo amigo, había muerto. Maura se había quedado sola en el mundo, y él la había llevado a casa por generosidad y por decencia. Se había sentido feliz haciéndolo, en parte, porque la muchacha aportaba una buena cantidad de dinero y, además, su presencia no iba a afectarle en absoluto.

Sin embargo, había subestimado el desaire que eso iba a suponer para Sorcha. Y, también para su esposa, que se había puesto en contra de la muchacha desde el primer día.

Y aquel resentimiento había aumentado con el paso del tiempo. A medida que las niñas crecían, por mucho que hiciera su esposa por mejorar el aspecto de su hija, la pobre Sorcha tenía una nariz protuberante y los ojos torcidos, mientras que Maura se había convertido en una mujer muy bella, con el pelo negro como la tinta y los ojos azules como un cielo invernal. Y, cuanto más bella se volvía Maura, más intentaba su esposa alejarla de ellos. Al final, Sorcha había sido la primera en recibir una oferta de matrimonio, con ayuda de la señora

Garbett, que había hecho prácticamente de todo, salvo encerrar a la pobre Maura.

La muchacha lo había soportado todo sin quejarse. Él suponía que se había acostumbrado a llevar vestidos usados, a que le quitaran sus cosas y se las entregaran a Sorcha, un gatito cuando tenía trece años y un precioso manguito que le regaló una amiga por su vigésimo cumpleaños. Y eso eran solo las cosas que él sabía.

Pero lo que había ocurrido durante los últimos quince días había convertido a Sorcha en una fiera. Era un desastre.

Tenía entendido que una de las doncellas había visto cómo se besaban Maura y el prometido de su hija, el señor Adam Cadell. Como la sirvienta sabía que aquello era una afrenta imperdonable hacia su señora, había ido corriendo a decírselo al ama de llaves que, a su vez, se lo había dicho a su mujer, que había bajado las escaleras corriendo y gritando y había entrado al despacho, donde el padre de Adam, Thomas Cadell, y él, estaban cerrando el trato en presencia del duque de Montrose.

La señora Garbett iba seguida por su hija, cuyos sollozos tenían el poder de aumentar el tamaño de su nariz. Y ambas iban seguidas por la madre del joven, la señora Cadell, que negaba que su hijo hubiera cometido ningún error. Y, por último, iba el señor Adam Cadell, que aducía que la mujer, Maura, que acababa de cumplir veinticuatro años, mientras que él solo tenía veinte, se había abalanzado sobre él, y que él no había sabido qué hacer.

Aquel estúpido lascivo quería convencerlos a todos de que era un pobrecito muchacho al que habían acosado.

Rápidamente, se había reunido un tribunal de tres hombres confusos en el salón: el duque de Montrose, Thomas Cadell y él mismo, Calum Garbett. Él ordenó que llevaran a su presencia a la sirvienta para que diera su versión de los hechos. También fue convocada Maura, la acusada, que permaneció cruzada de brazos y mirándolos a todos con una actitud desafiante.

–Vi a la señorita Darby con la espalda apoyada en la pared mientras el señor Cadell la besaba –dijo la sirvienta, con los ojos clavados en el suelo.

–Yo estoy seguro de que era al revés –dijo Adam, esperanzadamente.

Calum miró a Maura.

–¿Señorita Darby?

–Fue exactamente como lo vio Hannah, señor, sí.

A él no le parecía que Maura se hubiera abalanzado sobre Adam si estaba arrinconada contra la pared, pero ella acababa de confesar que lo había besado, y no sabía qué hacer.

–Bueno, bueno –dijo, con inseguridad–. Tiene que prometer que no volverá a suceder.

–¡Señor Garbett! –gritó su esposa, con histeria–. ¿Acaso no va a defender el honor de su hija?

Dios Santo, ¿le estaba diciendo que retara en duelo al joven? Si había una muerte en su casa, sería un gran escándalo.

–¡Papá –gritó su hija, de un modo estridente–. ¡No voy a casarme con él! ¡Lo odio! ¡Y odio a Maura! ¿Por qué tuviste que traerla a casa?

Calum notó una tremenda opresión en el pecho. Empezó a picarle tanto la cabeza, que habría dado cualquier cosa por poder quitarse la peluca y rascarse para poder pensar con claridad. Si no había boda, no habría trato, y su fundición, que estaba destinada a ser una joya económica de Escocia, quebraría. Se puso en pie lentamente.

—No nos apresuremos, querida.

—¿Que no nos apresuremos? —gritó Sorcha—. ¡Es la segunda vez que besa a mi prometido!

Ah, sí. La primera vez, Maura había dicho que el chico la había atrapado en el jardín, donde nadie podía verlos, y la había besado. Como era de esperar, el chico lo había negado rotundamente. Las dos familias se habían puesto de parte de él.

—Yo no lo he besado —dijo Maura, con una calma sorprendente, teniendo en cuenta toda la histeria que flotaba en el ambiente—. Él me sorprendió en el pasillo y me besó, señor —añadió, y miró al estúpido joven—. Por favor, diga la verdad, señor Cadwell.

—¡Cómo se atreve! —gritó la señora Cadwell—. ¡Parece que no conoce cuál es su sitio!

Pero, entonces, se dio la vuelta, y le dio a su hijo tal golpe en la nuca con la palma de la mano que el joven dio dos pasos hacia delante.

—¡Es una seductora, palabra! —exclamó Adam, frenéticamente, y miró a su alrededor con la esperanza de encontrar una cara comprensiva. No la encontró.

—No quiero que Maura siga aquí, papá. ¡No quiero tenerla cerca! —insistió Sorcha.

Calum miró a Thomas, que estaba tan confuso como él. Calum no sabía qué hacer con Maura. No podía meterla en un baúl y encerrarla para siempre en la buhardilla.

—¡Señor Garbett! —exclamó su esposa—. ¡Tiene que mandarla lejos de aquí!

—Está bien, está bien. Entiendo que hay sentimientos

heridos –dijo con sequedad, e intentó pensar. ¿Su primo? Hacía muchos años que no veía a David Rumpkin. Vivía en la que había sido la casa solariega de su padre, cerca de Aberuthen. Era un viejo charlatán y nunca había conseguido ganarse la vida de un modo decente, pero él pensaba que sí estaría dispuesto a hospedar a Maura, a cambio de una cantidad de dinero, hasta que se solucionara aquella debacle.

Se giró hacia Maura, que le devolvió la mirada con calma, casi como si estuviera retándolo a que creyera a aquel estúpido muchacho y la mandara lejos. Aquella expresión suya, tan fría, le produjo un escalofrío que le recorrió la espalda.

–La mandaré con mi primo por el momento, ¿de acuerdo? –dijo, sin apartar los ojos de Maura–. Vive en Aberuthen, en una bonita casa cerca de un lago. ¿Te parece bien, Maura?

Ella ni siquiera se movió. No dijo ni una palabra. Sin embargo, la injusticia irradiaba de ella en forma de un calor que los alcanzaba a todos.

–Entonces, ¿la va a enviar a casa de su primo con todos los privilegios que ya le hemos concedido todos estos años? –preguntó su esposa, con indignación–. Ha destruido la felicidad de mi hija y, por eso, debe devolvernos toda la amabilidad con la que la hemos tratado.

–Pues sí –dijo la señora Cadell, con un gesto de desdén–. Debería sufrir las consecuencias de seducir con sus encantos a un joven inocente.

«Inocente, y un cuerno», pensó Calum.

–¿Qué quiere, señora? –le preguntó a su esposa–. ¿Una libra de su carne? Porque no tiene ni un penique.

En realidad, sí lo tenía, pero él no estaba dispuesto a separarse del estipendio.

–Tiene un collar –dijo su esposa.

A Maura se le escapó un jadeo.

–No –dijo.

–¿Que no? –repitió la señora, con una expresión de rabia–. ¡Cuando pienso en todos los vestidos, zapatos y comidas que se te han proporcionado!

–Los vestidos y los zapatos fueron primero de Sorcha, ¿no? –dijo Calum, pero nadie le estaba escuchando.

–Ese collar lleva muchos años en mi familia –dijo Maura–. Es lo único que me queda de ellos.

–Pues gracias a Dios, porque, así, puedes pagar la enorme deuda que tienes con nosotros.

–Señora Garbett –dijo Calum, con firmeza.

–¿Qué, señor Garbett? –le espetó ella.

No iba a servir de nada. Su esposa estaba enfurecida, Sorcha estaba llorando y la señora Cadell estaba intentando convencer a su marido de que volvieran a Inglaterra. Y todo aquello, delante del duque de Montrose, que permanecía estoico y en silencio.

Qué estaría pensando de ellos. Seguramente, que eran un hatajo de pueblerinos. Él se sentía completamente mortificado por aquel espectáculo. Habría dado cualquier cosa por que terminara. Miró a su mujer y supo que, si no conseguía su venganza, no dejaría de quejarse en toda la vida. Le dijo a la doncella:

–Ve a buscar el collar.

–No –gritó Maura, frenética–. ¡No podéis quedároslo!

Pero Hannah ya había salido corriendo de la habitación.

Calum se estremeció y miró a Maura. Era obvio que aquello le causaba un gran dolor, porque se le habían llenado los ojos azules de lágrimas.

–Me duele tener que decírtelo, pero será mejor que recojas tus cosas. Tienes que irte hasta que se haya celebrado la boda, ¿de acuerdo?

–No va a haber ninguna boda –anunció Sorcha, entre lágrimas, y salió corriendo de la habitación, con la nariz enrojecida precediendo sus pasos.

Maura se irguió lentamente y lo miró de un modo que hubiera aterrorizado a cualquier hombre. Después, se marchó.

–Gracias a Dios –dijo la señora Cadell–. No debería tener a una mujer como esa en su casa, señor Garbett, si no le importa que se lo diga. Es una seductora.

El cobarde de Adam asintió.

Calum deseaba con todas sus fuerzas defender a Maura, pero se estaba jugando demasiado. Cuando se hubiera celebrado la boda, enviaría a alguien a buscarla y arreglaría las cosas con ella, y ella lo entendería todo.

Maura salió de la casa aquella misma tarde.

Por desgracia, la ruptura entre los Cadell y los Garbett no se resolvió con tanta facilidad, porque Sorcha y su madre se negaron a aceptar las disculpas de la familia de su prometido.

Dos días después, Thomas Cadell y Calum Garbett se reunieron de nuevo con el duque de Montrose para ponerle al corriente de la situación con respecto a su empresa conjunta.

–Si sigo adelante, mi esposa me cortará la cabeza –dijo Thomas.

–Y, si yo sigo adelante, mi esposa me cortará los testículos –añadió Calum, con una expresión sombría.

El duque de Montrose, que había permanecido en silencio durante toda la explicación, dijo, por fin:

–Tal vez exista un modo de remediarlo. Conozco a todo un experto en resolver problemas.

Calum y Thomas lo miraron con sumo interés.

–¿Quién es? –preguntó Calum.

–Se llama Nichol Bain –dijo el duque–. Es un hombre que tiene mucha experiencia en este tipo de problemas.

Tomó una pluma, la mojó en el tintero y escribió el nombre y la dirección. Después, deslizó el papel hacia Calum.

–Puede ser que no apruebe sus métodos, pero le agradará el resultado. Avíselo rápidamente si quiere su fundición, señor.

Aquella misma noche, Calum envió un mensajero a Norwood Park, la dirección de Nichol Bain en Inglaterra.

Capítulo 2

El señor Nichol Bain esperaba que, cuando volvieran a encargarle la resolución de un problema, se tratase de un asunto que requiriera ingenio y discreción considerables. Una situación con consecuencias trascendentales, como el problema que había resuelto para el duque de Montrose hacía unos años. Justo en el momento en que el duque se postuló para ocupar un escaño en la Cámara de los Lores, empezó a correr el rumor de que había asesinado a su esposa. Eso sí que era un problema peliagudo.

Se habría conformado, incluso, con el tipo de problema que había resuelto en nombre de Dunnan Cockburn, un hombre afable y heredero único de una dinastía escocesa del comercio del lino que, sin saber muy bien cómo, se había introducido en los círculos del juego y había caído en las garras de los prestamistas menos indicados de Londres. El patrimonio de Dunnan estaba jurídicamente vinculado a su apellido, lo cual significaba que no podía venderlo como quisiera, sino que la ley le obligaba a preservarlo para futuras generaciones. Con astucia, él se las había arreglado para encontrar un abogado que supo desvincular una pequeña parte de las tierras de los Dunnan del patrimonio para poder venderla y obtener la astronómica cifra de tres mil libras que permitieran pagar la deuda. Después, había tenido que utilizar toda su diplomacia para conseguir un compromiso por parte del ingenuo Dunnan y hacer un trato con algunos de los tipos más desagradables de Londres.

Sin embargo, el problema con el señor Garbett y el señor Cadell no se parecía en nada a los dos anteriores. Lo habían llamado desde la mansión de los Garbett, que estaba cerca de Stirling, para solucionar una pelea entre jóvenes prometidos, algo que, en su opinión, deberían haber resuelto los adultos que había en la sala. Por desgracia, algunas veces la gente se dejaba llevar por las emociones en vez de razonar. El señor Garbett y el señor Cadell no necesitaban su ayuda. Lo que necesitaban era apartarse de sus alteradas esposas y pensar.

Así pues, Nichol había aprovechado sus debilidades y había negociado el pago de unos honorarios muy altos a cambio de resolver aquel juego de niños en nombre de los dos inversores en la forja del hierro. Para él, la tarea era una diversión y una forma de mantener la mente ejercitada antes de abordar el siguiente encargo, en el que figuraban un rico comerciante galés y un barco desaparecido.

En primer lugar, se reunió con Sorcha Garbett, que le pareció una muchacha tan inmadura como poco atractiva. Le pidió que le explicara por qué había roto su compromiso, a ser posible, sin lágrimas.

La señorita Garbett estuvo media hora despotricando sobre lo mal que la había tratado siempre una tal señorita Maura Darby que, aparentemente, había sido expulsada de la casa de los Garbett y que, según Sorcha, llevaba años acosándola. Durante aquella diatriba de media hora, mencionó a su prometido de pasada, y lo describió como un hombre poco avispado que no entendía las estratagemas de las mujeres. Sin embargo, la señorita Darby era todo lo contrario.

–La pupila de su padre parece una encantadora de serpientes –comentó él, aunque lo hizo para su propia diversión.

–No es tan encantadora –respondió la señorita Garbett, con un gesto de desdén–. No es tan lista como piensa, ni es tan guapa.

–Ah, ya entiendo. Bien, señorita Garbett, si me permite que se lo pregunte, ¿quiere usted al señor Cadell?

Ella se puso el pañuelo encima de su considerable nariz y se encogió delicadamente de hombros.

Él se agarró las manos a la espalda y fingió que examinaba una figurita de porcelana.

–Entonces, ¿le atrae la idea de convertirse en señora de una gran casa?

Ella alzó los ojos y lo miró.

–He visto la casa que tienen los Cadell en Inglaterra, y puedo decir, sin dudarlo, que es más grande que el Palacio de Kensington.

Ella bajó el pañuelo y abrió unos ojos como platos.

–¿Más grande que un palacio?

–Sí.

Sorcha se mordió el labio y miró de nuevo su regazo.

–Pero él quiere a Maura.

–No –dijo Nichol. Se agachó junto a la muchacha, tomó una de sus manos y dijo, con la expresión grave, cuidadosamente–: Él no quiere a la señorita Darby.

—¿Y cómo puede estar tan seguro? —preguntó ella, entre lágrimas.

—Porque soy un hombre, y sé lo que piensa un hombre en los momentos de puro deseo. Ese muchacho no estaba pensando en el resto de su vida, créame. Cuando piensa en usted, piensa en la compatibilidad y en los muchos años de felicidad que tiene por delante en su vida conyugal con usted.

Quizá estuviera exagerando un poco, pensó.

La señorita Garbett hizo una mueca de desdén.

—Está bien, supongo que podría darle otra oportunidad. Pero a Maura, ¡no! ¡Nunca más! Ni siquiera se moleste en pedírmelo.

—No, no se lo pediría.

—Bah, tendrá que hacerlo —dijo Sorcha—. Porque mi padre la quiere mucho, más que a mí.

—Eso no es posible —respondió Nichol, para calmarla—. Tiene que creerme, señorita Garbett. Su padre quiere más la forja que a la señorita Darby. Y la quiere más a usted que a la forja.

Ella se irguió en el asiento y, con un suspiro de cansancio, miró por la ventana.

—¿La casa de los Cadell en Inglaterra es de verdad tan grande como un palacio?

Problema resuelto. Nichol se puso de pie.

—Más grande. Tiene dieciocho chimeneas en total.

—Dieciocho —murmuró ella.

Nichol se marchó a un pequeño despacho a hablar con el señor Adam Cadell. Aunque tenía veinte años, seguía siendo desgarbado, como si no hubiera dejado atrás el crecimiento de la adolescencia. Adam lo miró con cautela.

—Bueno —dijo Nichol, y se acercó a un mueble para

servirse un oporto. Sirvió una copa también para el muchacho.

–Se ha metido en un buen lío, ¿eh?

El joven tomó la copa de oporto y la apuró de un trago.

–Sí –dijo, con la voz ronca.

–Entonces, ¿quiere usted a la señorita Darby?

El chico se ruborizó.

–Por supuesto que no.

«Claro que sí», pensó Nichol. Le dio un sorbito a su copa de oporto y preguntó:

–A propósito, ¿la dote de la señorita Garbett es muy grande?

–¿Por qué? –preguntó el joven. Al ver que Nichol no respondía, se tiró con nerviosismo del bajo del chaleco–. Bastante grande, sí –dijo al final.

–¿Tan grande como para poder construirse una casa en la ciudad?

–¿En Londres?

–Sí, en Londres, si quiere. O en Edimburgo. O en Dublín –dijo Nichol, encogiéndose de hombros.

El señor Cadell frunció la frente con un gesto de desconcierto.

–¿Qué tiene que ver eso con esta boda?

–A mí me parece obvio.

El muchacho lo miró con confusión. Para él no había nada obvio, salvo su lujuria.

–Si comprara una casa en una de esas ciudades… Sin duda, conocería a muchas debutantes bellas que estarían dispuestas a hacerse amigas de su esposa, ¿no?

Adam Cadell siguió mirando fijamente a Nichol.

–Cientos de ellas –añadió Nichol para darle más énfasis a sus argumentos.

El joven se sentó en el sofá y se agarró las manos.

–No lo entiendo.

Nichol dejó la copa de oporto.

–Lo que le sugiero, señor Cadell, es que se case con su heredera y se dedique a vivir la vida. Ella tendrá los hijos que desea, la casa que desea, los vestidos… Y usted tendrá la sociedad. Salvará el importante negocio de su padre y todo el mundo será feliz de nuevo.

–Ah –dijo Adam Cadell, y asintió lentamente. Comenzaron a brillarle los ojos, pero el brillo desapareció–. Pero es que Sorcha no me va a aceptar si la pupila está por aquí.

Así que la señorita Darby se había convertido en una mera pupila.

–Ya no está aquí –dijo Nichol.

–No, pero va a volver. El señor Garbett le tiene mucho afecto. No va a dejar que siga alejada de la casa. Ella seguirá siendo parte de esta familia.

Nichol reflexionó.

–Si la situación de la pupila cambiara, por supuesto, a otras circunstancias aprobadas por el señor Garbett, pero que la alejaran de esta casa, ¿podría usted encontrar la manera de disculparse adecuadamente ante su prometida?

–Sí –dijo el joven, asintiendo con entusiasmo–. Por supuesto. Olvidaría por completo a la señorita Darby.

–Pues, entonces, déjemelo a mí –dijo Nichol, y le tendió la mano.

El señor Cadell se la estrechó con debilidad.

–Gracias, señor Bain.

Nichol se dio cuenta de que la solución iba a servir para dos problemas a la vez. Seguramente, aquella era

la situación más fácil que se había encontrado en los
últimos quince años.

Salió de casa de los Garbett y fue a la posada en la
que se estaba alojando, en Stirling. Escribió una carta
a Dunnan Cockburn, su antiguo cliente, y alguien a
quien podía considerar un amigo. En realidad, él no
tenía amigos, porque nunca había permanecido mucho
tiempo en ninguna parte. Además, había aprendido a
muy temprana edad a callarse lo que pensaba para que
nadie pudiera utilizar aquella información en su contra. Y, finalmente, había descubierto que la amistad se
basaba en la capacidad de compartir sentimientos. Él
no compartía los suyos y, por eso, tenía muy pocos
amigos.

Lord Norwood era uno de ellos. Había conocido al
conde mientras trabajaba para el duque de Montrose.
Norwood era el tío de la nueva lady Montrose, y se
había quedado admirado, o se había divertido, con su
forma de llevar el asunto entre el duque y su sobri-
na. Fuera cual fuera el motivo, había querido que él
se mantuviera cerca y parecía que disfrutaba con su
compañía, aunque, con frecuencia, le enviaba a ayudar
a sus influyentes amigos.

Nichol consideraba un amigo a Dunnan porque
habían pasado mucho tiempo juntos. Dunnan estaba
siempre dispuesto a agradar a los demás y tenía muy
buen humor, a pesar de sus muchos problemas. Vivía
en una gran finca con su madre viuda y, aunque había
conseguido superar su problema con el juego, los dos
habían decidido que tendría menos posibilidades de
recaer si se casaba con la mujer adecuada, alguien que
lo reconfortara y lo aconsejara con franqueza, y que lo
mantuviera vigilado.

–Vas a buscarte una esposa, ¿verdad? –le había preguntado Nichol la última vez que habían estado juntos.

–Por supuesto, por supuesto –respondió Dunnan–. Es algo que tengo que hacer, está entre mis prioridades.

Por desgracia, Dunnan aún no había encontrado a la candidata. Así pues, parecía un arreglo perfecto para todo el mundo, y él estaba seguro de que el señor Garbett lo aceptaría. La señorita Darby estaría bien cuidada y su marido iba a honrarla. La trataría muy bien y le daría afecto. Parecía que Dunnan estaba impaciente por casarse.

Nichol le envió la carta y esperó dos días hasta que llegó la respuesta:

Sí. Si tú me la recomiendas, Bain, me considero afortunado y le abriré mis brazos, mi corazón y mi casa.

Esa era la reacción que él esperaba, y se sintió muy contento del resultado. Tan contento, de hecho, que pensó en llamar a su hermano, a quien no veía desde hacía muchos años. Últimamente le había estado pesando mucho la distancia que había entre ellos. Quería mucho a Ivan. Su hermano vivía en la casa familiar, que no estaba lejos de Stirling; al menos, eso era lo que le había dicho en su última carta. Sin embargo, Ivan no había vuelto a responderle a las cartas que le había enviado aquellos últimos años.

Él no estaba muy seguro del motivo, pero no iba a saberlo si no hablaba con su hermano. Para Ivan, aquello iba a ser todo un shock, puesto que hacía más de doce años que él se había marchado de casa. Aquello era otro asunto diferente, un asunto que no tenía una solución fácil. Pero, con respecto a Ivan, a Nichol sí le gustaría saber qué había sucedido.

Tal vez ya fuera hora de ir a verlo.

No obstante, lo primero era lo primero. Se arregló con ayuda de un muchacho a quien contrató como ayuda de cámara y se puso en marcha para explicarles al señor Garbett y al señor Cadell su plan para acabar con el desencuentro entre sus familias.

Tal y como sospechaba, todo el mundo aceptó la propuesta con entusiasmo, salvo la señora Garbett, que no creía que la señorita Darby debiera tener un buen matrimonio. Pero, al enfrentarse a la posibilidad de que la pupila de su marido volviera con ellos, aceptó de mala gana lo que había propuesto Nichol.

A finales de aquella semana, Nichol y Gavin, su nuevo mozo, se prepararon para hacer un viaje de varios días hasta una casa solariega que estaba cerca de Aberuthen, donde debían recoger a la señorita Darby.

Llegaron a su destino al día siguiente. Estaba nevando suavemente, y el mozo iba temblando en la montura, aunque Nichol le había dado su manta para que se la echara sobre el abrigo.

—Gavin, ¿cómo vas?

—Bien, señor —respondió el chico.

—Llegamos enseguida —le aseguró Nichol, mientras salían del pequeño pueblo de Aberuthen en dirección a la finca, siguiendo las indicaciones que le había dado Garbett.

Esperaba que la casa fuera parecida a la de Garbett, pero se llevó una desagradable sorpresa al ver que era mucho más pequeña y que estaba muy descuidada, casi ruinosa. Tenía una sola torre en un extremo, cubierta de enredadera, y el resto era una construcción cuadrada como una caja. Solo salía humo de una de las cuatro chimeneas, y había varias ventanas cuyos cristales rotos habían sido reemplazados con tablones de madera.

Gavin y él desmontaron y miraron hacia la casa. No salió nadie a recibirlos, y el mozo lo miró con expectación.

—Voy a ver si puedo despertar a alguien —le dijo Nichol. Le entregó las riendas y señaló con un gesto de la cabeza el establo, que era otra construcción en mal estado—. Da de comer y beber a los caballos. También hay comida en la bolsa para ti, ¿de acuerdo? Come y entra en calor. En cuanto resuelva la situación aquí, nos marcharemos.

Gavin asintió y se llevó a los caballos hacia el establo.

Nichol se encaminó a la puerta y llamó tres veces. Nadie respondió. Casi había decidido que la casa estaba completamente vacía cuando oyó ruido. La puerta se abrió de repente y en el vano apareció un hombre sujetando un farol. Llevaba una bata y un camisón manchados de comida. Estaba muy obeso y tenía las piernas separadas, como si quisiera sostener todo su peso. No se había afeitado y tenía el pelo largo y sucio, flotando alrededor de la cabeza y los hombros. También tenía mucho pelo en las orejas.

Nichol disimuló la sorpresa. Eran casi las dos de la tarde y parecía que aquel hombre acababa de levantarse.

—¿Ha venido a buscar a la chica? —le preguntó con la voz enronquecida.

–Sí, en efecto –respondió Nichol.

El hombre extendió la mano con la palma hacia arriba.

–Pues págueme primero.

Diah… Parecía que el primo de Garbett era un zafio.

–¿Podría entrar? Hace bastante frío.

El hombre soltó un gruñido, retrocedió unos pasos y se inclinó con un gesto de burlona cortesía. Nichol entró a un vestíbulo lleno de capas, botas y montones de turba. El hombre cerró la puerta y caminó, arrastrando los pies, hacia el pasillo.

Nichol lo siguió hacia una sala. Era un comedor repugnante. Había comida podrida y heces de perro por el suelo, y dos canes dormían junto a la chimenea. Uno de ellos se puso en pie y se acercó a olisquearlo. Después, volvió a su sitio.

Nichol miró a su alrededor y preguntó:

–¿Ha muerto su ama de llaves, señor Rumpkin?

–Qué gracioso. ¿Lo ha enviado mi primo para entretenerme, o para pagarme por haber alojado a la *bampot*? –le preguntó el hombre.

Nichol sacó una bolsa de monedas del bolsillo de su abrigo y se la entregó al hombre, que había vuelto a abrir la palma de la mano. El señor Rumpkin la abrió y comenzó a contar rápidamente. Mordió una de las monedas para asegurarse de que era de oro y, cuando quedó satisfecho, señaló unas escaleras que había al otro lado del pasillo.

–Está allí arriba. Se ha atrincherado.

Nichol no podía reprochárselo.

–¿Cuánto lleva ahí?

–Dos días –respondió Rumpkin. Nichol no respon-

dió, a causa de la sorpresa, y Rumpkin alzó la vista–.
¡No me mire así! Le envié comida, pero no la tocó.

Sin duda, la muchacha debía de temer que le contagiaran la peste. Nichol no podía creer que el señor Calum Garbett hubiera enviado a aquel infierno a su pupila. La conciencia le exigió que sacara de allí a la señorita Darby lo antes posible.

–¿Qué habitación es?

–La torre –dijo Rumpkin, con la voz ronca. Se sentó a la mesa, tomó una cuchara y siguió comiendo algo que había en un cuenco.

Nichol se dio la vuelta para no tener arcadas. Salió al pasillo y subió las escaleras rápidamente. En el rellano vio una puerta cerrada, a la izquierda, junto a la que había una bandeja de comida intacta, cubierta con un trapo.

Llamó con energía a la puerta, y dijo:

–Señorita Darby, por favor, abra. Me llamo Nichol Bain y me ha enviado su benefactor, el señor Garbett.

Pasó un instante hasta que empezó a oír algo de movimiento. Esperó que se abriera la puerta, pero se llevó un gran susto, porque algo parecido al cristal chocó violentamente contra el otro lado de la madera. ¿Acababa de arrojar algo la muchacha contra la puerta?

Nichol volvió a llamar, con más suavidad en aquella ocasión.

–Señorita Darby… por favor. El señor Garbett me ha enviado para hacerle una propuesta y creo que le va a gustar. Él quiere que salga usted de aquí cuanto antes. Por favor, abra la puerta.

Silencio.

Él apoyó las manos a ambos lados del marco. No había previsto que tuviera que convencerla para mar-

charse; por el contrario, había pensado que la muchacha saldría corriendo a la primera oportunidad.

–Le prometo que lo que tengo que decirle será mejor que cualquier cosa que pueda encontrar aquí.

Oyó que la señorita Darby arrastraba algo pesado
por el suelo, como si estuviera poniendo un mueble
contra la puerta.

–Ya se lo advertí –dijo Rumpkin a su espalda. Nichol miró por encima de su hombro, hacia atrás. El
señor Rumpkin había subido las escaleras con una botella de alcohol en la mano. Le dio un buen trago y
añadió–: Es una fiera.

Nichol se giró de nuevo hacia la puerta.

–Ya es suficiente, señorita Darby, ¿de acuerdo? Su
benefactor está deseando encontrar una solución para
usted, y lo que ha planeado va a ser de su agrado. Pero
tiene que abrir la puerta para poder escucharlo.

Silencio.

Nichol estaba empezando a perder la paciencia.

–Señorita Darby, insisto en que salga inmediatamente –dijo, con severidad.

Puso la oreja contra la puerta y escuchó atentamente. ¿Eran imaginaciones suyas, o pudo oír una risa baja
al otro lado?

Sí, claramente, eran risas.

Nichol perdió la paciencia por completo. Él estaba
orgulloso de su capacidad para mantener la calma en
situaciones en las que los demás perderían los estribos,
pero aquello le resultaba muy molesto. No estaba dispuesto a dejarse tratar con tanta grosería por una joven
a quien solo él podía ayudar.

Se apartó de la puerta. El señor Rumpkin seguía allí,
bebiendo. Se limpió los labios con la manga y repitió:

–Se lo advertí.

Nichol lo rodeó y caminó hacia las escaleras.

Una de las cosas que había aprendido durante todos aquellos años resolviendo problemas ajenos era que, cuando se cerraba una puerta, siempre se abría otra. El truco estaba en encontrarla.

Y él iba a encontrarla.

Capítulo 3

Maura apoyó las manos en la puerta y pegó la oreja a la madera para escuchar cómo se alejaban los pasos.

Cuando ya no los oyó, se apartó de la puerta y sonrió con ironía. ¿Cómo se atrevía el señor Garbett a enviar a alguien a buscarla? ¿Cómo era posible que no hubiera ido en persona a pedirle disculpas? ¿De veras creía que ella se iba a marchar de aquel lugar infernal con un desconocido, dócilmente, después de todo lo que había ocurrido? No, sin una disculpa, no. Estaba decidida a no salir de aquella habitación hasta que la tuviera.

Sin embargo, estaba aún más decidida a salir de allí, en cuanto supiera cómo hacerlo. No tenía intención de pasar ni una sola noche más bajo el techo del señor David Rumpkin.

¡Cómo despreciaba a aquel hombre! Al principio, había intentado poner buena cara al mal tiempo y, aunque casi no podía soportar ver todo lo que la rodeaba, había intentado conformarse y ser agradable. Igual que cuando la habían acogido los Garbett.

En su lecho de muerte, su padre le había dicho que

fuera siempre bondadosa y amable, que fuera agradecida con la familia que la acogiese en su casa. Le había recordado que no tenía a nadie más en el mundo y que su existencia dependía de la benevolencia de un hombre que no era su padre. Y ella había intentado ser todo lo que él le había dicho, pero no era de la sangre de los Garbett, y la señora Garbett la había odiado desde el primer momento. El señor Garbett había sido indiferente, la mayor parte del tiempo, aunque, de vez en cuando, la defendiera. Sin embargo, ella siempre había pensado que el señor Garbett le tenía cierto afecto. En aquel momento, pensaba que él siempre había sentido, precisamente, lo que ella percibía: indiferencia.

Teniendo en cuenta esa experiencia, tenía que haberse dado cuenta de que ser bondadosa y amable no iba a servirle tampoco allí. Rumpkin había demostrado que era un bestia que no se preocupaba ni un ápice por ella ni por la pobre muchacha que iba a la casa desde Aberuthen a hacerle la comida.

Sin embargo, eso habría podido soportarlo. Incluso se le había pasado por la cabeza limpiar un poco la casa, ya que le daba asco sentarse en cualquier silla. Pero Rumpkin había comenzado a manosearla cuando estaba borracho y, al final, ella había tenido que encerrarse en su habitación. Se estremeció al recordar cómo le había agarrado un pecho y cómo le había posado la boca pegajosa en el cuello. Lo había empujado con todas sus fuerzas y había salido corriendo hacia su cuarto, había echado el pestillo y había puesto un escritorio delante para asegurarse aún más.

Al día siguiente tuvo que apartar el escritorio para poder tomar la poca comida que le había llevado la muchacha, y que le había dejado junto a la puerta. Había tomado el pan, pero había dejado el cuenco de estofado en la bandeja.

Y, ahora, se moría de hambre.

Miró alrededor por la habitación. Había unos cuantos libros con los que se estaba entreteniendo por el momento, pero que pronto iba a terminar de leer. También se le estaba terminando la leña, necesitaba lavar la ropa y no se había molestado en peinarse ni arreglarse desde hacía días.

No iba a poder sobrevivir muchos más días en aquellas condiciones, pero tampoco podía escapar en pleno invierno sin tener un lugar al que ir, y todavía quedaban muchos meses para la primavera.

Necesitaba un buen plan.

Tenía muy pocas monedas, llevaba unos zapatos que solo servían para bailar o pasearse por un jardín y solo tenía un par de vestidos decentes.

Mientras estaba pensando, oyó algo que le habría parecido una rata, de no ser porque el ruido provenía de la ventana. Se levantó lentamente de la silla y se quedó mirando por la ventana. No era posible. No se atrevería, el tal señor Bain. Corrió hacia la ventana y la abrió ligeramente, lo justo para poder ver.

Y lo que vio fue la cabeza pelirroja de un hombre que trepaba por las enredaderas que cubrían la fachada de la torre.

Vaya. El señor Garbett debía de haberle pagado mucho para que la llevara a otro infierno. Cerró la ventana con el pestillo y se sentó de nuevo a esperar el momento en que él llamara a la ventana para entrar. Esperaba que se cayera y aterrizara con el trasero.

Lo que ocurrió fue que él rompió el cristal de un

puñetazo, abrió el pestillo y entró acrobáticamente en la habitación. Se detuvo, se sacudió la ropa y se echó el pelo hacia atrás con la mano. Después, la miró como si estuviera muy molesto por haber tenido que entrar así.

Ninguno dijo nada. Maura no sabía qué era lo que le asombraba más, si su atrevida entrada o lo guapo que era. Tenía los ojos de color verde claro y el pelo del color del otoño. Medía más de un metro ochenta centímetros y tenía los hombros muy anchos. Quizá fuera el hombre más guapo que había visto en su vida.

Sin embargo, tenía una mirada severa, de enfado.

–*Feasgar math* –dijo.

Acababa de desearle buenas tarde en gaélico. Maura se quedó mirándolo. Entonces, ¿era originario de las Highlands?

–Ahora entiendo por qué Adam Cadell perdió la cabeza –dijo, y se inclinó con galantería.

¡Por el amor de Dios! Todos los hombres eran unos degenerados. Ella no quería que le recordaran a aquel cobarde de Adam Cadell, y suspiró con impaciencia. Pidió, en silencio, que aquel desconocido desapareciera de su habitación.

Pero él no se fue.

–Permítame que me presente de nuevo –dijo, con frialdad–. Me llamo Nichol Bain.

A ella no le importaba. ¿Acaso el señor Garbett pensaba que iba a volver a confiar en alguien, y menos, en aquella situación?

–Entiendo que debe de sentir una gran desconfianza.

¿Desconfianza? Pues sí, desconfianza y furia. No deseaba hablar de lo que sentía, y murmuró, en voz baja:

–Sortez maintenant, imbécile.

Hubo una larga pausa, hasta que él respondió:

–Pas avant que vous n'écoutiez ce que j'ai à dire.

Maura se quedó sorprendida.

Él se había agachado a un metro de ella y la estaba observando atentamente, como un halcón. Maura se irguió y lo fulminó con la mirada. Bien, así que sabía hablar francés. Además, se creía muy listo, eso estaba bien claro.

–Mir ist es gleich was Sie zu sagen haben.

Lo miró con petulancia. Acababa de decirle que no le importaba en absoluto lo que tuviera que decir y, en silencio, le agradeció a su padre que se hubiera empeñado en que los idiomas formaran parte de su educación.

El señor Bain sonrió lentamente.

–Vaya, señorita, ahí me ha pillado. No hablo tan bien alemán. Pero… *Wollen Sie von hier fortgehen?*

A ella se le escapó un jadeo. Aquel hombre era un oponente formidable. Lo observó y respondió a su pregunta.

–Sí, quiero marcharme de aquí. Pero no con usted.

El señor Bain se puso de pie, se agarró las manos por detrás de la espalda y dijo con calma:

–En este momento, creo que soy su única opción.

–No, no es cierto. Yo podría saltar por la ventana que usted ha abierto tan amablemente.

Él se encogió de hombros.

–Creo que, si quisiera saltar por la ventana, ya lo habría hecho el día que pensó que era necesario encerrarse en esta habitación.

Así que era un hombre perceptivo. Maura se levantó. Él era mucho más alto que ella, y tuvo que inclinar la cabeza para mirarla. Se fijó en su pecho y, después, alzó la vista hasta sus ojos.

Ella volvió a clavarle una mirada llena de hostilidad.

—Entonces, ¿qué es lo que quiere?

—Sacarla de esta casa, en primer lugar.

—¿Y después? ¿Adónde me va a llevar? ¿Con el señor Garbett? ¿O tendré el placer de visitar a otro de sus primos?

Él le miró los labios, y a ella se le pasó por la cabeza darle una patada en la espinilla.

—A Luncarty —dijo.

—Luncarty. ¿Qué demonios es Luncarty?

—Es un pueblecito y una finca. También es una oportunidad.

Ella se echó a reír. ¡Una oportunidad! ¿Cómo podía considerarla tan ingenua?

—¿Ah, sí? ¿Qué tipo de oportunidad es esa, señor Bain? ¿Tendré que defenderme del acoso de otro hombre al que no había visto en mi vida?

—¿Disculpe? —preguntó él, con cara de espanto—. ¿Acaso Rumpkin…?

Ella chasqueó la lengua. Todos los hombres eran idiotas.

Sin embargo, la expresión de aquel idiota se volvió torva.

—Yo no la pondría nunca en una situación que entrañara un peligro para usted, señorita Darby. En Luncarty hay una casa que, en mi opinión, podría gustarle mucho. Es una casa grande y rica.

—Ah. Entonces, sería la amante de alguien.

Él se quedó asombrado por su franqueza.

—No, nada de eso. Es usted la pupila del señor Garbett, ¿no es así? Él ha prometido que se ocuparía adecuadamente de usted.

Ella abrió los brazos.

—¿Le parece que esto es adecuado, señor? Y, si no voy a ser la amante de nadie, ¿qué tendría que hacer en Luncarty?

—Casarse con su dueño.

A Maura se le escapó un jadeo de horror. Después, se echó a reír.

—¡Debe de estar usted loco! O, tal vez, piensa que la loca soy yo.

—Lo que estoy es muy decidido a encontrar una situación decente para usted.

—¡Pues esa no lo es! No me voy a casar con alguien a quien ni siquiera conozco.

—Por supuesto, tendrá la oportunidad de conocerlo antes de tomar una decisión —respondió el señor Bain, en un tono de paciencia—. Es un caballero a quien yo sí conozco. Es bueno, necesita una esposa y la trataría a usted como a una princesa.

—¡Y seguro que cree que eso es lo único necesario!

El señor Bain se encogió de hombros.

—Entonces, ¿qué más le gustaría?

—¿Que qué más? ¿Amor? ¿Compatibilidad?

Todas las cosas que ella quería conocer, teniendo en cuenta que se había pasado los últimos doce años de su vida esperando la más pequeña señal de amor o compatibilidad. De afecto. Desde que había muerto su padre, el señor Garbett había sido el único que le había demostrado afecto, pero esporádicamente, con una palmadita en la cabeza o en el hombro.

—Amor y compatibilidad —repitió él, con desdén—. Qué altas aspiraciones para una muchacha que está encerrada en una torre y que no tiene muchas más perspectivas que la servidumbre.

Maura se quedó sin respiración. Su furia e incredulidad se enfriaron al notar toda la carga de aquellas palabras sobre los hombros. Se quedó encorvada.

—¿No me va a dar la oportunidad de explicarme, al menos? —le preguntó él.

—Por supuesto —respondió ella, con ironía—. Después de todo, se ha molestado en escalar la pared y romper la ventana.

Fue hacia el armario y sacó un chal para ponérselo en los hombros. Por la ventana estaban entrando el viento frío del norte y los copos de nieve.

—¿Qué decía, señor Bain?

—Dunnan Cockburn heredó la mayor manufactura de lino de toda Escocia. Vive en una casa grandiosa con su madre viuda. Y es un buen hombre.

Maura lo miró con escepticismo.

—Entonces, ¿por qué sigue soltero?

—No es muy desenvuelto con el sexo femenino.

¿Qué significaba eso? ¿Que era espantosamente feo? ¿Que era un borracho?

—Supongo que usted sí es muy desenvuelto con el sexo femenino, ¿verdad? Tal vez debería darle unas clases.

Él sonrió.

—Espero que usted me acompañe y se haga cargo de esa tarea, señorita Darby.

—¿Y si acepto casarme con él? ¿Cuándo podría salir de este horrible lugar?

—Esta misma noche.

Aquello sí captó toda su atención. ¿Podría irse aquella misma noche? Se le agolparon los pensamientos en la mente. Aquello era un primer paso. No sabía qué iba a hacer cuando consiguiera salir de aquella prisión, pero no iba a casarse con un hombre desconocido.

Lo que quería hacer era recuperar el collar de su madre. Lo ocurrido con aquel collar había sido la gota que colmaba el vaso. Ella siempre había hecho lo que le pedían los Garbett, como, por ejemplo, vivir en la habitación de servicio que había al final del pasillo y mantenerse alejada, y quedarse en casa cuando Sorcha y ella eran invitadas a una fiesta, para que Sorcha pudiera brillar. Nunca había pedido nada, siempre había sido discreta y complaciente. Y, en agradecimiento, ellos la habían acusado injustamente, la habían tratado como a una mentirosa y le habían robado su collar.

No deberían habérselo quitado. Ella no había hecho nada malo. El collar era lo único que conservaba de su familia, y tenía intención de recuperarlo.

Tampoco tenía un plan para eso, pero un primer paso era salir de allí. Y el señor Bain le estaba ofreciendo un modo de hacerlo.

No pensaba casarse con un hombre de Luncarty a quien no conocía, pero debía hacer creer al señor Bain que estaba de acuerdo con su plan. Así pues, lo miró a los ojos y dijo:

—Está bien.

Él frunció el ceño.

—¿Está bien?

—Sí, iré.

—¿Así, tan fácilmente?

—¿No era eso lo que quería? He cambiado de opinión.

Él se quedó aún más desconcertado, pero le preguntó:

–¿Tiene una bolsa para llevar sus cosas?

Maura asintió.

–Llénela con todo lo que pueda llevar. Arréglese y reúnase conmigo en la salida cuando esté preparada.

–¿Algo más, Alteza?

–Sí. Abríguese.

Y, con eso, el señor Bain se dio la vuelta, apartó el escritorio de la puerta y, después de quitar el pestillo, salió.

De repente, Maura sintió una gran urgencia. Aquella oportunidad de escapar podía frustrarse, así que no podía perder ni un segundo.

Capítulo 4

Nichol solo tuvo que esperar veinte minutos para ver a la señorita Darby en el vestíbulo, envuelta en una capa, con un moño y una bolsa de viaje en la mano, rebotando contra su pierna a cada paso. Iba seguida por el señor Rumpkin, que se había puesto unos pantalones y una chaqueta, aunque parecía que no había encontrado ni chaleco ni pañuelo para el cuello. Pero, al menos, se había quitado el repugnante camisón lleno de manchas.

–Entonces, ¿así es como te vas a marchar? ¿Sin despedirte, tan siquiera? –iba gritándole a la señorita Darby, mientras ella caminaba hacia Nichol.

La señorita Darby lo ignoró; no le prestó ni la más mínima atención. Qué mujer. Nichol no sabía si sentirse horrorizado por su falta de educación o impresionado por su valentía al enfrentarse a Rumpkin. Y a él, también.

Cuando llegó a su lado, soltó la bolsa. Él le miró los zapatos. Eran de seda.

–Ese calzado no le servirá para el viaje, señorita Darby –le dijo, señalando sus pies con un gesto de la cabeza.

–Tendrán que servir, señor Bain. Solo tengo estos. Cuando me echaron de la única casa que he conocido durante los últimos doce años, no me permitieron decidir lo que iba a necesitar, ¿sabe?

La opinión que él tenía de Garbett estaba empeorando por momentos.

–Entonces, ¿eso es todo? ¿Después de que te haya dado de comer y te haya proporcionado un techo? –inquirió el señor Rumpkin.

La señorita Darby miró al cielo con resignación. Después, miró a Nichol y a su mozo.

–¿Dónde está el carruaje? –preguntó.

–¡Un carruaje! –exclamó con indignación el señor Rumpkin–. ¡Qué alto concepto tienes de ti misma!

La señorita Darby miró a Nichol.

–No hay ningún carruaje –respondió él.

Ella observó los caballos y al joven Gavin, que ya iba montado.

–¿Y la doncella? No tendré que viajar sin compañía femenina, ¿no?

–Me temo que los recursos del señor Garbett no permiten contratar a una doncella. Pero no será más que un día de viaje.

Ella abrió mucho los ojos, alarmada.

–¿Y dónde está mi caballo?

Nichol le dio una palmadita a la grupa de su caballo.

La señorita Darby se quedó boquiabierta.

–¿Es que quiere que monte a caballo con usted? ¿Sin acompañante?

–Sí.

–Pues no estoy dispuesta a hacerlo.

–¡Vaya, sabía que no se iba a marchar! –exclamó

el señor Rumpkin–. Es demasiado vaga. Lo ha tenido todo muy fácil.

Al oír aquello, a la señorita Darby se le encendieron los ojos azules. Lentamente, se giró a mirar a Rumpkin y murmuró algo que parecía francés. Después, tomó su bolsa y se la arrojó a Nichol. Él la agarró con una mano. Después, ella se acercó al caballo para que él la ayudara a montar.

–¿Qué vas a hacer? –preguntó Rumpkin a la señorita Darby, al ver que él subía la bolsa a la montura–. ¿Te vas a marchar con él? ¿Sabes lo que dirá la gente si te ve montada a caballo con un hombre?

La señorita Darby le lanzó a Nichol una mirada implorante.

–Por favor, ¿le importaría darse prisa?

Él le ofreció las manos agarradas para que ella pudiera impulsarse hacia arriba. La señorita Darby aprovechó el impulso y aterrizó en la silla un poco torcida, aunque se las arregló para agarrarse antes de deslizarse por el otro lado y caer al suelo.

–¡Muy bien, pues márchate! ¡Eres una cualquiera! –le gritó el señor Rumpkin.

Nichol se dio la vuelta y caminó con calma hacia él.

–Ya ha hecho daño suficiente, así que no diga ni una palabra más, señor, o le daré un puñetazo en la boca para asegurarme de que no vuelva a hablar.

Empujó a Rumpkin para apartarlo, y el hombre se tambaleó hacia atrás. Estaba tan borracho que cayó sobre el trasero al suelo y se dio un buen golpe.

–¡No puede tratarme así! –gritó–. ¡Va a pagarme la ventana rota, o haré que las autoridades de Aberuthen lo detengan!

Nichol volvió al caballo, puso un pie en el estribo

y montó directamente detrás de la señorita Darby. Le hizo un gesto a Gavin con la cabeza y se pusieron en camino. La señorita Darby no miró atrás ni una sola vez.

—No se siente tan cerca —le dijo a Nichol, y se movió para intentar poner distancia entre ellos—. No quiero tanta familiaridad con usted.

—¿Prefiere ser difícil? —preguntó Nichol, sin darle demasiada importancia.

Ella dio un resoplido.

—Puede estar seguro, señor Bain.

—Bien —respondió Nichol—. Me gustan los desafíos.

Ella lo miró, volviendo la cabeza, y vio que él enarcaba una ceja y sonreía. Entonces, se giró de nuevo rápidamente y movió el cuerpo hacia delante para no tocarlo. Pero el caballo avanzaba a demasiada velocidad y ella corría el peligro de caerse, así que él le rodeó la cintura con un brazo para sujetarla.

—¡Disculpe! —exclamó ella, con indignación—. ¿Esto también es parte de los planes de Garbett? ¿Pensaba él que merezco que me acarreen como si fuera una maleta?

A Nichol no le pareció que aquella pregunta necesitara una respuesta, porque, además, ella formuló otra inmediatamente.

—¿Adónde vamos? Va a anochecer enseguida. No creo que quiera continuar el viaje de noche.

Él tenía la esperanza de que pudieran llegar a Crieff antes de que oscureciera demasiado, pero antes de poder contestar, ella dijo:

—Está claro que he salido de la sartén para caer en las brasas, ¿no? Me veo obligada a cabalgar como si fuera una rehén por toda Escocia y ¿para qué? ¿Otro

hombre que va a tratar de abusar de mis sensibilidades?

—Le doy mi palabra de que sus sensibilidades van a
quedar intactas —replicó él.

Ella chasqueó la lengua.

—Perdone que no le crea, señor Bain, pero sé por
experiencia que la palabra de un hombre no es de fiar.
El señor Garbett prometió una vez que yo siempre iba
a estar en su casa, con él; sin embargo, aquí estoy, expulsada de su casa en medio de la oscuridad —dijo, y
miró hacia atrás con algo de nerviosismo.

Nichol no dijo nada, pero también sabía lo que era
ser expulsado de su hogar.

—Sé lo que está pensando —dijo ella—. Pero por mi
honor, no besé a ese hombre. No sabe lo difícil que es
respirar cuando nadie le cree a una. ¿Qué razón tenía
yo para mentir? Bah, tampoco creo que usted vaya a
entenderlo —añadió, y movió la cabeza con vehemencia.

Nichol abrió la boca para decirle que, tal vez, sí pudiera entenderlo, pero la señorita Darby continuó.

—Yo no tengo la culpa de que, en las pocas ocasiones en las que me permitían asistir a una reunión o
una visita con Sorcha, los caballeros se fijaran en mí.
Yo siempre hacía todo lo posible por evitarlo. Sin embargo, los hombres piensan que son irresistibles para
el sexo femenino y no entienden que una muchacha
pueda no desear sus atenciones. ¡Y el señor Cadell es
el peor de todos! Yo le dejé bien claro que no quería
sus atenciones, que no quería que me tocara, que iba a
gritar si lo hacía y ¿sabe lo que me dijo? «No, eso no lo
dices en serio». Entonces, me agarró por los hombros,
me empujó contra la pared y me besó.

Hizo una pausa y miró a Nichol por encima de su hombro.

—Le pido perdón por mis palabras —dijo—, pero me produce una gran indignación el modo en que me han tratado.

—Yo…

—Oh, ahora no me suelte una retahíla de tópicos, se lo ruego. Ya he oído bastantes durante estos últimos quince días, se lo aseguro. Además, sé lo que piensa, señor Bain: que no se puede negar el deseo a los hombres, o alguna tontería por el estilo.

—Eso no es lo que…

—Pero ¿qué ocurre con el deseo de una mujer? ¿Acaso yo no tengo nada que decir al respecto? ¿Tengo que someterme a él porque él no pueda controlarse? Intenté advertirles a la señora Garbett y a Sorcha cómo es, pero, en vez de agradecerme mi sinceridad, la señora Garbett me acusó de haberlo seducido. ¡No creería lo que me dijeron!

—No tiene que…

—¡Dijeron que yo tengo la costumbre de caminar, hablar y sonreír de un modo que atrae la atención masculina y que por eso me dejaban siempre en casa, porque no se puede confiar en mí! Le juro, señor Bain, que yo camino, hablo y sonrío del único modo que sé, y no es para llamar la atención de los hombres, es para ir de un sitio a otro.

Él enarcó una ceja en silencio, sin saber si ya podía hablar o no.

Pero parecía que aún no era su turno, porque la señorita Darby suspiró y siguió hablando.

Nichol supuso que nunca había tenido la oportunidad de decirle a nadie todas aquellas cosas, y que sus sentimientos acerca de lo que había sucedido en Stirling se habían desbordado.

—Y, si eso fuera todo, le doy mi palabra de que me conformaría, pero no es todo, no. Los Cadell se alojaron en casa del señor Garbett quince días, y no había forma de librarse del señor Cadell. Me perseguía a la menor oportunidad, aunque ya estaba prometido con Sorcha. La señora Garbett dice que lo seduje a propósito, y no solo me echaron de casa, sino que me quitaron lo único que me quedaba de mi familia. Yo les habría devuelto encantada todos los vestidos que me dieron ellas y me las habría arreglado con los dos trajes de muselina que me encargó el señor Garbett, pero ellas me quitaron el collar. Mi collar, mi herencia. ¡Lo único que me quedaba de mi familia! ¿No le parece increíble? Después de todos estos años tratando de permanecer en la sombra por el bien de Sorcha, ¡me quitan el collar!

Nichol no había oído decir nada de ninguna joya.

—¿Qué collar?

—¡Mi collar, mi collar! —respondió ella, con impaciencia, como si ya se lo hubiera explicado—. Fue un regalo que le hizo el rey a mi bisabuela, que heredó mi madre y que, después, heredé yo. Es muy valioso, pero su mayor valor para mí es el sentimental. Es lo único que me quedaba de mi familia, lo único que me une a mi apellido.

Nichol se estremeció por dentro. Entendía perfectamente lo que era el deseo de pertenecer a una familia, de tener un apellido. Entendía muy bien lo doloroso que era perder ese vínculo.

—Es la primera vez que oigo hablar de un collar, señorita Darby. Si lo hubiera sabido, habría negociado su devolución.

–Pues no lo habría conseguido. La maldad que hay en esa casa no sería comprensible para usted, señor Bain.

–Por el contrario, comprendo muy bien lo que es la maldad.

–No me tome el pelo, señor Bain. En este momento estoy de muy mal humor y, seguramente, me ofenderé. Ni siquiera puedo prometerle que no vaya a golpear algo con mucha fuerza.

Lo decía tan en serio, que Nichol tuvo que contenerse para no sonreír.

–Bueno, creo que me hago una idea de cuál es su estado de ánimo. Lo ha dejado usted bien claro. Y yo no voy a tomarle el pelo, señorita Darby. El señor Cadell es un cobarde y un canalla. Y cuando el deseo no es mutuo entre un hombre y una mujer, es vulgar e inútil.

Ella pestañeó mientras le miraba los labios, como si no pudiera creer que él hubiera dicho de verdad aquellas palabras.

–Por desgracia, lo que yo crea no sirve para cambiar su situación. Me he propuesto encontrar una solución que le convenga a usted. No al señor Garbett, sino a usted.

Ella resopló con desdén y cabeceó. Apartó la mirada azul brillante de él, y Nichol lamentó que lo hiciera.

–No hay ninguna solución que me convenga, señor Bain. ¡Ya se me ha acabado la paciencia! Me lo han quitado todo, no me han permitido llevarme nada. Fue una venganza. No les importó nada que yo me haya pasado todos estos años intentando ser agradable y permaneciendo en un segundo plano. Sorcha y su madre solo querían echarme la culpa de todo. ¿Qué habría tenido de malo que me trajera mis labores para poder bordar un poco? –preguntó, en un tono de ira–. Estaba a medio terminar y a ellas no les servía de nada. Bah, no me importa, señor Bain. Ya empezaré otra labor.

Nichol miró a Gavin, que tenía una expresión de cautela, como si tuviera miedo de que ella lo incluyera en sus quejas. En realidad, su lista de quejas contra los Garbett continuó durante un cuarto de hora más. Pasado ese tiempo, la señorita Darby terminó de desahogarse o, al menos, se quedó agotada por el esfuerzo de enumerar todas las ofensas y conseguir que Dios y el mundo supieran todas las injusticias que se habían cometido contra ella.

No volvió a hablar más hasta que Nichol le indicó a Gavin que debían parar a pasar la noche en el camino, puesto que no iban a llegar a la posada antes de que oscureciera. Recordó una zona resguardada del viento por la que habían pasado de camino a Aberuthen. Allí podrían acampar. Había un riachuelo para abrevar a los caballos.

Había dejado de nevar, pero el cielo seguía muy cubierto. La señorita Darby bajó del caballo en cuanto Nichol lo detuvo, y desapareció entre los árboles del bosque. Gavin miró a Nichol con alarma, pero Nichol hizo un gesto negativo con la cabeza. ¿Qué iba a hacer, adentrarse en el bosque sin tener un sitio al que ir? La señorita Darby necesitaba un momento en privado, eso era todo.

Nichol estaba quitándole la silla al caballo cuando ella volvió al pequeño claro. Miró confusa la montura, y dijo:

–¿Qué está haciendo?

–Vamos a acampar aquí para pasar la noche.

–¿Aquí?

–Sí, aquí. Es demasiado tarde para continuar, y no quiero correr el riesgo de que alguno de los caballos se haga daño.

Ella miró a su alrededor.

–¡Pero si estamos en medio de ninguna parte!

–Bueno, no es cierto. Estamos entre Aberuthen y Crieff –dijo él, señalando hacia el sur–. Estamos a un día de camino de Stirling, señorita Darby. No es «ninguna parte», y es un buen lugar para que los caballos puedan beber.

La señorita Darby se quedó mirándolo con la boca abierta. Después, miró a Gavin, que tenía la cabeza agachada.

–¿Acaso mi reputación está ya tan manchada que no ha pensado en ella, señor? ¿Es que tengo que someterme a más humillaciones?

–Mi intención es protegerla, señorita Darby, no perjudicarla. La necesidad exige un esfuerzo de adaptación. Dudo que nadie pensara mal de usted por haber tenido que dormir al raso en vez de hacerlo en una posada.

Nichol desenrolló un colchoncillo y puso su manta sobre él. Hizo una reverencia y señaló presuntuosamente el lecho que acababa de preparar–. Puede disponer de esta cama.

La señorita Darby elevó la barbilla y se envolvió con fuerza en su capa.

–Esto no es ninguna cama –dijo.

–Estoy seguro de que podrá soportarlo.

–Claro que podré, señor Bain. He soportado cosas peores.

Entonces, hizo un movimiento dramático con la capa y se dejó caer sobre el camastro. Se colocó de costado y le dio la espalda.

Nichol la miró. Realmente, era muy bella. Tenía el pelo negro y los ojos muy azules. Además, tenía un cuerpo exuberante que, en cualquier otra situación, le habría hecho la boca agua. Si la señorita Darby quisiera sonreír de nuevo, sería una mujer espectacular. A él le gustaría ver aquella sonrisa, pero dudaba que fuera a conseguirlo, teniendo en cuenta que la situación no iba a mejorar de repente, y menos, tanto como para hacerla feliz.

Nichol miró a Gavin. El pobre muchacho tenía los ojos abiertos como platos. Miró a Nichol como si él pudiera explicarle lo que era el desprecio de una mujer. Sin embargo, eso excedía con mucho su considerable talento, así que cabeceó con impotencia y le dijo a Gavin que fuera a buscar leña para hacer una hoguera.

Capítulo 5

Maura se despertó sobresaltada, con una sensación de pánico, e intentó orientarse. Después de unos instantes, escupiendo las hojas que se le habían quedado pegadas a los labios, recordó que estaba durmiendo en un bosque. Le dolían los huesos del frío y tenía un brazo adormecido.

¿Cuánto tiempo llevaban allí?

Olía a humo. Se dio la vuelta y vio una pequeña hoguera. Después, vio al señor Bain, que estaba sentado a su lado, con la espalda apoyada en el tronco de un árbol. Tenía una pierna flexionada y la otra estirada ante él. Estaba leyendo.

Maura pestañeó. Aquel hombre estaba leyendo a la luz del fuego, como si fuera una cálida noche de verano.

Él, sin mirarla, le tendió un pañuelo blanco de lino.

–Tiene medio bosque pegado a la cara –le dijo.

Maura lo tomó y se agarró a su brazo para poder levantarse. Observó con atención al señor Bain. Le asombraba que pudiera estar tan relajado en aquel bosque, con tanto frío. Se limpió la suciedad de la boca y dijo:

–Cuánto me alegro de que el viaje no sea una incomodidad para usted, señor Bain, y de que esté usted tan a gusto.

–Le aseguro que eso no es cierto. Tan solo estoy intentando pasar el tiempo lo mejor posible –respondió él, y pasó una página.

De repente, a Maura le gruñó el estómago.

–Entonces, ¿tiene hambre?

–Sí, estoy hambrienta –dijo ella, y le arrojó el pañuelo a la pierna. Le molestaba que él tuviera aspecto de estar tan cómodo, cuando ella estaba helada.

Miró su pequeño campamento. El mozo estaba dormido al otro lado de la hoguera, con el cuerpo girado hacia el calor de las llamas. Los caballos estaban cerca del riachuelo, con mantas extendidas sobre el lomo.

–¿Cómo ha conseguido que los caballos no se marchen?

–Están atados –respondió el señor Bain, y dejó a un lado el libro. Empezó a rebuscar algo en su montura, y Maura aprovechó para ver cómo se titulaba el libro que estaba leyendo: *Investigación sobre los principios morales*.

–Qué interesante. Quizá en su libro esté la respuesta sobre el principio de la moral en esta situación concreta, ¿eh, señor Bain?

Él sonrió con ironía y le entregó un paquetito envuelto en estopilla.

–Tenga. Es un poco de cecina y galletas duras –le dijo.

Maura soltó un jadeo de alegría, porque no esperaba tener nada de comida. Tomó el paquetito y se lo puso en el regazo. Se apartó el flequillo de la frente y abrió la tela. Como llevaba varios días sin comer apenas, aquello era un festín. Volvió a gruñirle el estómago.

Tomó un pedazo de pan, le dio un mordisco y empezó a hacer ruiditos de placer.

Mientras mordía un pedazo de cecina, él le dio un suave codazo y le ofreció un odre. A Maura no le importó lo que hubiera dentro. Lo tomó y bebió.

El señor Bain se rio en voz baja.

Cerveza. Una cerveza bien fuerte. Sin embargo, ella consiguió contener la tos y suspiró al notar el calor del alcohol en las venas. Cuando hubo bebido todo lo que podía, le devolvió el odre y siguió comiendo.

El señor Bain la observó con asombro y diversión a partes iguales.

—¿Le parezco tan divertida? —preguntó, mientras se chupaba los dedos—. Usted también estaría hambriento si hubiera pasado varios días en compañía del señor Rumpkin. No me atrevía a comer nada en aquella casa.

—No la culpo. Nunca había visto un hogar más sucio.

—Sí, señor Bain. No exagero si digo que era espantoso —respondió ella, y siguió con la mirada una chispa del fuego que ascendió hacia el cielo—. Es mucho mejor esto —dijo, alegremente. Acababa de decidirlo, porque se sentía más optimista con un poco de comida en el estómago—. Sí, es cierto que hace mucho frío, pero es mejor.

Se metió el resto de la comida en la boca, señaló la estopilla vacía y añadió:

—Gracias.

—De nada, señorita Darby. Nunca había visto a nadie disfrutar tanto con un poco de cecina reseca, unas galletas y un pan duros.

De acuerdo, había comido como una lima, pero no le importaba. Observó a su salvador. ¿O era su carcelero? Un poco de las dos cosas, supuso. De cualquier modo, era bastante guapo. Su pelo tenía matices de castaño, rojizo y dorado. Y sus ojos eran de un verde claro y brillante.

Sí, era un hombre guapo.

Sin embargo, también tenía algo de distante. Quizá fuera porque lo sabía todo sobre ella, y ella no sabía nada sobre él, salvo su nombre y que le gustaba leer libros de filosofía.

—¿Quién es usted? —le preguntó, con curiosidad.

Él enarcó una ceja.

—Ya se lo he dicho.

—Sí, me ha dicho cómo se llama, pero ¿quién es usted de verdad, señor Bain?

Él sonrió de una forma enigmática.

—¿Importa eso?

—Pues sí, la verdad. A mí me importa saber quién es el hombre que me lleva a casarme con otro hombre a quien nunca he visto. Que yo sepa, usted podría ser un forajido.

—¿Un forajido?

—Un asaltador de caminos.

—Eso no es mucho mejor.

—¿Y bien? ¿Cuál es su secreto?

—No tengo secretos.

—Pero es amigo del señor Calum Garbett y, sin embargo, yo nunca había oído mencionar su nombre.

—Porque al señor Garbett lo he conocido recientemente.

—¿Ah, sí?

—Sí —respondió él, mirándola directamente a los ojos.

–Entonces, ¿cómo…?

–Yo soy lo que podría llamarse un agente. Los caballeros pudientes a menudo se meten en líos, se ven envueltos en situaciones incómodas, y yo ayudo a resolver esos problemas.

Maura nunca había oído semejante cosa. ¿Qué caballeros pudientes? ¿Qué situaciones incómodas? ¿Había tantos hombres así como para que arreglar sus problemas pudiera convertirse en una profesión?

El señor Bain se apoyó nuevamente en el tronco del árbol, estiró las piernas y las cruzó a la altura de los tobillos. Al ver que ella no respondía y seguía mirándolo con extrañeza, dijo:

–No es tan raro como suena.

–Sí lo es.

Entonces, él sonrió, perezosamente, con benevolencia, y ella sintió… calidez.

–Es usted muy joven, señorita Darby. No hay manera de que sepa que en la vida de un hombre pueden surgir complicaciones, y que puede necesitar ayuda para resolverlas. Y da la casualidad de que soy un experto en eso.

¡Qué seguridad en sí mismo! Ella envidiaba aquella confianza, desde luego, porque nunca había estado segura de nada. Bueno, salvo de que no iba a casarse con un desconocido de Lumparty, o Lunmarty, o como se llamase aquel lugar al que iba a llevarla. De eso sí estaba segura.

–¿Qué quiere decir? –le preguntó. De repente, se le había pasado por la cabeza que él tenía malas intenciones. Se inclinó hacia delante y le susurró–: ¿Es usted un forajido, señor Bain?

Él pestañeó. Miró al mozo para asegurarse de que

estaba dormido, se inclinó hacia delante y susurró, a su vez:

–No.

Ella se apartó.

–Entonces, ¿cómo es que es tan experto en resolver las complicaciones de otros hombres?

Él volvió a apoyar la espalda en el tronco del árbol.

–Lo soy. En este caso concreto, se da la circunstancia de que una vez ayudé al duque de Montrose, y él me recomendó a su conocido, el señor Garbett.

Maura había conocido al duque en casa del señor Garbett, cuando el aristócrata había acudido para ser informado de los supuestos crímenes que ella había cometido. Sabía quién era Montrose. Todo el mundo lo conocía. De repente, se acordó de algo:

–¡Es el hombre que mató a su mujer!

–No mató a su mujer, señorita Darby. Es cierto que esa dama ya no es su esposa, pero está viva y coleando. Cuando digo «complicaciones», no me refiero a crímenes ni delitos. Simplemente, me refiero a situaciones incómodas.

–¿Y qué soy yo, entonces? ¿Una de esas situaciones incómodas?

–Sí –dijo él, encogiéndose de hombros, como si fuera algo evidente–. Pero, si la consuela, es una complicación muy fácil de resolver.

–¡Pues no, no me consuela! ¡Me ofende que mi situación pueda resolverse con tanta facilidad! Y no se preocupe, señor Bain, porque yo seré la que resuelva mis problemas, gracias.

–¿De veras? –preguntó él, con escepticismo–. ¿Y cómo piensa hacerlo, señorita Darby?

–No se preocupe por mí –murmuró ella.

No tenía más que una idea vaga de cómo iba a proceder. Después de todo, nunca había podido elegir su propio camino. Hasta hacía solo un mes, estaba siempre en un segundo plano, esperando en silencio a que llegara su momento cuando Sorcha se hubiera casado. En una ocasión, le había pedido al señor Garbett que le buscara un puesto de trabajo en una buena casa, de ama de llaves o, incluso, de tutora de los niños. Sin embargo, la señora Garbett había considerado que aquella petición era otro ejemplo de cómo quería llamar la atención y desviarla de Sorcha. Por el contrario, lo que ella quería era ayudar, porque pensaba que la señora Garbett quería que se marchara.

En casa de los Garbett todo dependía de que Sorcha pudiera hacer un buen matrimonio, y ella había supuesto que, cuando lo consiguiera, tal vez a ella también le permitiesen casarse o, por lo menos, empezar a trabajar en una buena casa. Algún sitio en el que se sintiera querida y segura. No había vuelto a abordar la cuestión con el señor Garbett, había decidido esperar y ser paciente hasta que Sorcha se casara y cumpliera con el objetivo de su familia. Y, entonces, había aparecido el idiota de Adam Cadell.

Maura se sentía estúpida por haber esperado tanto a que llegara su turno y haber confiado en la gente que había prometido que la cuidaría. Ahora se encontraba en unas circunstancias muy difíciles.

Pero se le ocurriría algo.

Miró al muchacho que dormía junto a la hoguera.

—¿Es hijo suyo?

—No. Es un mozo a quien he contratado.

—¿Tiene hijos?

–No.

–¿E hijas?

Él negó con la cabeza.

–¿Y mujer?

El señor Bain se rio suavemente.

–No.

–¿No tiene a nadie, señor Bain? ¿No hay nadie que le eche de menos?

–No necesito a nadie que me eche de menos.

–Las personas que dicen que no necesitan a nadie que les eche de menos son las que más necesitan a alguien que les eche de menos. Yo tampoco tengo a nadie que me eche de menos, pero lo necesito.

Él la miró atentamente, y Maura se imaginó lo que debía de sentirse al ser objeto de estima para el señor Bain. De repente, sintió un escalofrío por la espalda.

–Para ser una señorita de buena educación, es usted muy original. Es muy valiente. Me recuerda a otra mujer que conozco, una highlander.

–Pues a lo mejor no es tan original que una mujer sea valiente, si ya conoce a dos.

No le gustó la sutil insinuación de que ser valiente era algo negativo. De estar en su situación, él también necesitaría valor. Ella estaba desesperada, dolida y, por encima de todo, furiosa por no haber podido decidir nada en absoluto y verse en aquella situación. Una vez, su padre le había dicho que podía ser muy obstinada cuando se proponía algo, y se había propuesto algo: iba a recuperar su collar, aunque fuera lo último que hiciese en la vida. Podrían arrebatárselo de las manos si querían cuando hubiera muerto, pero no se lo quitarían mientras todavía le quedara aliento.

En aquel instante, se dio cuenta de lo que tenía que hacer. Le daba miedo, pero no importaba; no iba a tener más oportunidades, y tenía que aprovechar aquella.

Se puso de pie, se sacudió el vestido y se arrebujó en la capa. El señor Bain no puso ninguna objeción.

–Hay un sitio para lavarse allí, donde el riachuelo forma un pequeño remanso –le dijo, indicándole el lugar.

Después, él volvió a tomar su libro.

Pensaba que ella estaba indefensa. Los Garbett, también. Y Adam Cadell. Pero no, no estaba indefensa, no era una inútil. El señor Bain ni siquiera pensaba que ella pudiera huir por el bosque, porque creía que tenía demasiado miedo como para marcharse sola. Pues sí, lo tenía, pero eso no iba a detenerla. La furia podía empujar a una mujer a hacer muchas cosas.

Echó a caminar, dejó atrás los caballos y se giró para mirar sus ataduras. Después, bajó al remanso a lavarse lo mejor que pudo.

Cuando volvió junto a la hoguera, se dio cuenta de que él había estirado el camastro y había echado más leña al fuego. Estaba leyendo de nuevo, absorto en sus principios sobre moralidad. Ella se sentó sobre la manta.

–Estoy cansada –dijo.

–Buenas noches, señorita Darby.

Ella se tendió de espaldas al señor Bain, y notó que él se levantaba y se alejaba. Volvió unos minutos más tardes y atizó el fuego. Por desgracia, la hoguera no daba calor suficiente, y ella ni siquiera sentía los dedos de las manos ni de los pies. El frío se le había metido en los huesos. Se estremeció y se envolvió más estrechamente con la capa.

Un momento más tarde, el señor Bain se tendió a su lado, tan cerca, que a ella se le aceleró el corazón. No confiaba en él, puesto que no confiaba en ningún hombre, y sintió miedo.

Y aquel miedo se intensificó cuando él le dijo:

—Está temblando, señorita. Venga aquí.

—No —dijo ella. Sin embargo, él le agarró la mano y tiró hacia sí. Maura gritó al pensar que iba a besarla, o que iba a manosearla, pero, cuando ella rodó, él también lo hizo, de modo que ella quedó pegada a su espalda y él hizo que le rodeara la cintura con un brazo—. ¿Qué está haciendo?

—Ayudándola a entrar en calor. No quiero que se congele.

Ella trató de zafarse, pero él no se lo permitió.

—No voy a acosarla, señorita Darby, le doy mi palabra. Solo quiero que entre en calor. Duérmase.

—¡Si cree que puedo dormirme así, es que está loco!

—Lo que usted diga.

Obviamente, él podía dormir perfectamente de aquel modo, porque su respiración comenzó a ser cada vez más lenta, hasta que pareció que se quedaba dormido.

Aunque le costó un esfuerzo, ella también empezó a relajarse. Sintió la fuerza de su cuerpo y percibió su olor a cuero y cardamomo. Y su calor. Por el amor de Dios, aquel cuerpo daba más calor que un brasero. Además, tenía que reconocer que se sentía un poco más segura a su lado, en medio de aquel bosque. Así pues, se acurrucó contra él para obtener más calor. El señor Bain gruñó, entrelazó sus dedos con los de ella y la mantuvo cerca.

Así debía de ser un matrimonio cuando existía afecto entre dos personas. Podría dormir al lado de un hombre y disfrutar de su calor todas las noches. Podría sentirse segura y caliente. ¿Y deseada? Eso le gustaría y, tal vez, lo consiguiese algún día.

Cerró los ojos. Tenía la tentación de quedarse dormida, pero no se atrevió. Había muchas cosas en las que pensar, muchas cosas que planear, y no podía hacerlo mientras él estuviera despierto y la distrajera con su actitud calmada y segura.

Capítulo 6

Aquella noche, Nichol había tenido que esforzarse mucho para controlar su deseo y sus actos y no acariciar a la señorita Darby. Se había convertido de nuevo en un muchacho, y el olor que emanaba de aquella mujer lo estaba volviendo loco. Era como si llevara toda la eternidad negándose a sí mismo los placeres de la carne.

No podía dormir, no podía dejar de sentir su presencia a su espalda. Era suave y cálida, y su respiración le hacía cosquillas en la nuca. No podía dejar de imaginársela sin ropa, bajo las mantas, bajo aquel cielo, mirándola a los ojos mientras sus cuerpos estaban unidos.

Sin embargo, sí se durmió. Porque cuando amaneció, se despertó de un sueño intranquilo y se dio cuenta de que se le había quedado la espalda helada. Se dio la vuelta y comprobó que ella no estaba allí. Se levantó de un salto y miró a su alrededor.

La señorita Darby se había marchado. Y se había llevado la manta.

Soltó un gruñido tan fuerte que el mozo se despertó y dio un respingo.

–¿La has visto? –le preguntó Nichol, mientras Gavin trataba de librarse de sus mantas.

–¿A quién? –preguntó, con cara de desconcierto.

Tal vez se hubiera ido al arroyo. Nichol se dio la
vuelta y, al ver que había desaparecido uno de los caballos, se angustió. Detestaba las sorpresas, y se repro-
chó haberse quedado dormido. Se puso furioso consigo mismo por haber pensado que una muchacha no iba
a tener la inteligencia ni el valor suficientes como para
dar al traste con sus planes. Y se enfureció aún más al
pensar que podía morir, o que podía haber muerto ya.

Y, tal vez, también se sintiera un poco impresionado,
porque nunca había conocido a una mujer que estuviera
dispuesta a huir por el bosque en medio de la noche,
sin protección ni provisiones. ¿Sabía montar a caballo?
¿Cómo había conseguido subir a una montura que estaba al menos dos palmos por encima de ella? ¿Hasta
dónde pensaba que iba a poder llegar antes de perderse,
o sufrir una caída, o ser asaltada por unos ladrones?

–¡Aaaieeee! –gritó, con rabia, y le dio una patada a
un tronco.

–¿Qué le ha pasado a la señorita? –preguntó Gavin,
con timidez.

–Se ha marchado.

–¿Ella sola?

–Sí, ella sola.

Gavin abrió unos ojos como platos.

Nichol fue a grandes zancadas hacia el arroyo, pensando. Miró a su alrededor en busca de señales que pudieran indicarle qué dirección había tomado la señorita
Darby. La atadura del caballo estaba tirada en el suelo,
pero la silla estaba donde él la había dejado. Nichol
cabeceó de asombro ante su audacia.

Sin embargo, sabía adónde había ido. El día anterior había hablado mucho de ello, y él estaba seguro de que quería decirle a la señorita Garbett lo que pensaba. Estaba seguro de que se había puesto en camino a Stirling.

Tenía que alcanzarla. No podía permitir que apareciera en la casa de los Garbett montada a caballo, a pelo, furiosa… ¡Su reputación quedaría destruida! Por no mencionar que él perdería sus honorarios.

Se agachó, se lavó la cara con agua fría, volvió a levantarse y miró el sol que acababa de salir. Seguramente, la señorita Darby no se habría alejado de la carretera, y él podría cabalgar por el bosque y alcanzarla antes de que llegara a Stirling. Sin embargo, ¿qué iba a hacer con el muchacho? No podía enviarlo de vuelta a Aberuthen, porque la posada era demasiado miserable. Tampoco podía enviarlo a la casa de los horrores de Rumpkin. Ni tampoco podía enviarlo a Luncarty, puesto que estaba demasiado lejos como para que pudiera hacer el camino a pie.

Solo había otra opción, una que, hasta aquel momento, le había parecido impensable: Cheverock, su casa natal. Estaba, como mucho, a media jornada de camino.

Él había estado pensando en visitar la casa en la que había crecido, pero no quería aparecer en Cheverock de aquella forma, después de tantos años. Ivan no iba a entender el hecho de que apareciera un muchacho de repente y dijera que lo enviaba Nichol. La última vez que había visto a su hermano menor, Ivan ni siquiera había alcanzado la mayoría de edad. ¿Qué iba a pensar? ¿Y por qué había dejado de tratarse con él? ¿Había olvidado a su hermano?

Esperaba que solo fuera eso: que lo había olvidado.

Sin embargo, tenía el mal presentimiento de que había mucho más. Los mensajeros que había mandado a la casa habían sido despedidos, sin más.

Bien, en aquel momento, aquello no tenía importancia. Aquel repentino suceso le obligaba a tomar la decisión de volver a casa. Gavin no debía de tener más de catorce o quince años. El chico lo estaba observando con una expresión de ansiedad, como si supiera que no había buenas noticias para él. Sin embargo, Nichol estaba entre la espada y la pared.

—Tengo que ir a buscarla, ¿lo entiendes?

—¿Adónde ha ido? –preguntó Gavin.

—No lo sé a ciencia cierta, pero me lo imagino. Me lleva mucha ventaja, así que tengo que darme prisa.

Gavin asintió.

—Voy a recoger nuestras cosas.

Nichol le puso una mano en un hombro y lo detuvo.

—Gavin, hijo, no puedo alcanzarla si vamos los dos en el mismo caballo.

Los enormes ojos castaños de Gavin se llenaron de incertidumbre.

—Voy a enviarte a un sitio donde puedes esperarme.

Gavin se quedó boquiabierto.

—¿Adónde? –preguntó, con la voz temblorosa.

—A casa del barón MacBain –dijo Nichol. De repente, Gavin se puso pálido–. Es la casa en la que me crie –le explicó él–. Vas a ir a ver a mi hermano. Se llama Ivan, y él se ocupará de que cuiden de ti hasta que yo vaya a buscarte, ¿de acuerdo?

—¿Y no debería ir yo también a Stirling? –preguntó el chico, en tono de súplica.

—Está demasiado lejos como para ir a pie. ¿Sabes disparar, hijo?

Gavin negó con la cabeza. Estaba empezando a respirar con jadeos, y Nichol tuvo ganas de pegarle un tiro a algo en aquel momento. No quería quedarse sin la pistola, pero no iba a estar tranquilo sabiendo que el niño no tenía nada con lo que defenderse. Así pues, se sacó la pistola de la cintura y se la entregó.

—Presta atención, hijo. No tenemos mucho tiempo.

Enseñó a Gavin a cargarla y a amartillarla, e hizo que disparara tres veces hasta que comprobó que no iba a pegarse un tiro en el pie.

—No la vas a necesitar, pero quiero que la lleves. Ahora, ponte en camino. Sigue la carretera todo el tiempo, hasta que llegues a las ruinas de un castillo. Allí, el camino se bifurca. Sigue en dirección este. Allí ya estarás a tres kilómetros de Comrie, y solo te faltarán otros tres para llegar a Cheverock.

—¿Y si me pierdo? —preguntó Gavin, con la voz temblorosa.

—No puedes perderte. Mírame, Gavin —le dijo Nichol, y se puso de rodillas ante él—. Si sigues la carretera, no puedes perderte. Camina hasta que llegues a las ruinas del castillo. Allí, sigue en dirección este. Cuando llegues a Cheverock, dile a Ivan que te envío yo. Iré a buscarte a finales de semana, ¿de acuerdo?

Gavin estaba intentando no echarse a llorar. Asintió y miró la pistola que tenía en la mano.

—Gavin, eres un muchacho listo y valiente, y no me necesitas.

—¿Y si no me creen? —preguntó el chico.

Cabía esa posibilidad, así que Nichol se puso en pie y sacó un sello de uno de sus bolsillos. Era un anillo que había pertenecido a su abuelo, un hombre a quien él recordaba con afecto. Le dio el sello a Gavin y le dijo:

–Entrégaselo a mi hermano. Dile que no le pediría ayuda si no fuera de vital importancia. Él sí te creerá.

Gavin miró el anillo y se lo metió lentamente al bolsillo.

–Buen chico –le dijo Nichol. Le dio una palmadita en un hombro y le entregó las bolsas–. Aquí hay comida y cerveza. Mete también la pistola, ¿de acuerdo? Si ves a alguien por la carretera, escóndete en el bosque hasta que hayan pasado. No tienes nada que temer, Gavin.

Esperaba que fuera cierto. Nichol no sabía qué iban a decirle al chico cuando llegara a Cheverock, debido a su distanciamiento con su padre y su hermano, pero creía que Ivan era un hombre decente. No iba a echar a un niño de su casa.

Gavin lo miró, y a Nichol se le formó un nudo en el estómago. No quería enviar solo a Gavin a recorrer los caminos de Escocia, como tampoco quería tener que perseguir a la señorita Darby para alcanzarla antes de que ella lo echara todo a perder para él.

–Tengo que irme. No puedo correr el riesgo de que la señorita se pierda, ¿sabes? Ve todo lo rápido que puedas. Si te das prisa, llegarás a Cheverock antes de que atardezca.

Le dio la espalda al muchacho, que tenía los ojos tan grandes como la luna, recogió sus cosas, las metió en su bolso y montó a caballo. Volvió a mirar a Gavin, que estaba recogiendo su cama. Se despidió de él y salió al galope por la carretera.

La señorita Darby, aquella inconsciente, iba a arrepentirse de haberle robado el caballo y haber escapado. Se iba a asegurar de ello.

Capítulo 7

A Maura le dolían todos los músculos y tendones del cuerpo. Tenía que aferrarse al caballo con fuerza para que no se pusiera al galope, puesto que ella rebotaría en su lomo y se caería. Así pues, avanzaba muy despacio.

¿A qué distancia podía estar Stirling? La habían enviado a Aberuthen en carruaje, y habían llegado a casa de Rumpkin a las pocas horas. Sin embargo, tenía la sensación de que llevaba a caballo todo un día y una noche. No se había apartado de la carretera, así que no creía que se hubiese perdido. Había visto al señor Bain señalar en aquella dirección, pero, cuando se había escapado, estaba muy oscuro aún, y cabía la posibilidad de que se hubiera equivocado.

Aunque no quería salir del refugio de calor que había creado junto al señor Bain, su deseo de recuperar el collar de su familia era demasiado fuerte, así que se había levantado y había desatado al caballo con todo el sigilo posible. Después, se lo había llevado hasta la carretera tirando de las riendas, y había tenido que hacer varios intentos hasta que había conseguido montar. ¡Cuánto deseaba tener una silla! Sin embargo, no habría servido de nada robarla, puesto que no sabía ensillar un caballo y, además, no sabía si tendría fuerza suficiente para levantar una montura por encima de su cabeza.

Al final, se había sentido lo suficientemente segura como para adquirir una posición más o menos erguida sobre el animal, y había dejado que él impusiera el ritmo de la marcha. Algunas veces iban al trote y, otras, más despacio. En una ocasión, el caballo había decidido pararse, como si quisiera descansar.

En aquel momento, el sol estaba en lo alto del cielo, y Maura se imaginó lo que habría pensado el señor Bain al descubrir que se había escapado. Seguramente, se había enfadado mucho, porque los hombres pensaban que eran superiores a las mujeres y, sin duda, no le habría hecho ninguna gracia descubrir que una mujer lo había tomado por tonto. La cuestión era: ¿se habría enfadado tanto como para seguirla? Le había parecido orgulloso, pero no sabía si lo era tanto como para perseguir a una mujer desconocida. Después de todo, ya había cumplido con su deber. La había recogido en casa de Rumpkin y, seguramente, con eso se había ganado sus honorarios. Y, aunque estaba segura de que se había enfadado al descubrir su huida, también le había parecido que era imperturbable. Indiferente.

No, no había ido tras ella. Habría recogido sus libros y le habría dicho al mozo que iban a seguir sin ella.

El caballo relinchó y movió la cabeza. Maura alzó la vista y dio un gritito de alegría. Colina abajo se veían el tejado y las chimeneas del castillo de Stirling. Después de pasar el puente del río había una posada con

una taberna, y allí podría arreglarse lo mejor posible.
Y tendría que pensar en una buena explicación para
haber vuelto a casa de los Garbett. «Sí, he vuelto, señor
Garbett. ¿Cómo pudo mandarme a casa de un hombre
tan abominable? Yo he sido una pupila buena y leal,
señor, e intentado mantenerme en segundo plano por
Sorcha. ¿Cómo se atrevió a culparme y deshonrarme
de esa manera?».

No. Eso no iba a servir. Al señor Garbett no le gustaba no tener la razón.

«¡El señor Bain me sacó de casa del señor Rumpkin
y me dejó abandonada a mi suerte! Dijo que se había
inventado todo lo que había dicho y que no tenía tiempo para llevarme a ninguna parte. Dijo que hiciera lo
que quisiera, pero que no podía volver a casa. Y ¿qué
iba a hacer yo?».

Mejor. Aunque, a decir verdad, era bastante invero-
símil. El señor Bain tenía la recomendación del duque
de Montrose, así que, ¿no iría el señor Garbett a pre-
sentar una queja ante el duque?

«¡Unos ladrones nos asaltaron y raptaron al señor
Bain! Yo he conseguido escapar y he venido directamente a casa, porque sabía que eso era lo que usted
querría».

Tal vez eso sí funcionara.

De repente, el caballo empezó a trotar. Seguramente presentía el final de aquel suplicio o había olido
el pienso. Pero, fuera cual fuera la causa de aquella
muestra de entusiasmo, Maura tuvo que agarrarse a las
crines para no caer al suelo mientras pasaban por un
bosquecillo.

Entonces, vio cuál era su interés: un poco más allá
estaba la posada y había dos caballos en el abrevadero.

El suyo quería unirse a ellos. Si alguna vez volvía a ver al señor Bain, alabaría aquel estupendo caballo y le daría las gracias por haber podido usarlo.

En el abrevadero, el caballo se hizo sitio entre los otros dos y, cuando agachaba la cabeza para beber, Maura se deslizó por su costado hasta el suelo. Tenía las piernas como si le hubieran clavado cuchillos. Llevaba el pelo suelto y se hizo un nudo con la melena. Tenía que encontrar un lugar donde adecentarse, porque no podía entrar en la parte de la posada que estaba abierta al público como si la hubieran arrastrado por el bosque. Miró por encima de los caballos. La puerta de la posada estaba abierta y se oía el ruido de muchas voces. Detrás de la posada había un edificio más pequeño. ¿El establo? Sí. Se colaría dentro e intentaría peinarse y alisar las arrugas de su vestido y su capa.

Se puso la capucha para ocultarse y echó a andar hacia el establo. Aceleró el paso y, cuando llegó a la esquina de la posada, se detuvo para mirar hacia atrás. En aquel preciso instante, alguien la agarró con fuerza y le tapó la boca con la mano.

Maura trató de zafarse, pero la levantaron del suelo y la empujaron contra la pared de la posada.

Sucedió todo tan rápidamente, que no tuvo tiempo de gritar. Al ver los ojos verdes del señor Bain, creyó que se le iba a escapar el corazón por la garganta.

Él la observaba con furia.

—Ni una palabra, ¿entendido? Si hace el más mínimo sonido, llamaré a los hombres de la posada y les diré que es usted una prostituta que ha intentado robarme la cartera.

Si hubiera podido, Maura hubiera dado un jadeo de estupefacción.

–¿Me entiende?

Aunque él seguía tapándole la boca, ella consiguió asentir. Entonces, el señor Bain apartó la mano lentamente, y Maura le dijo:

–No voy a gritar, se lo prometo. Pero apártese de mí.

Él se echó a reír, pero no fue una risa agradable.

–No, ni lo piense. No me fío de usted.

–Por lo menos, yo no lo he acosado y lo he agarrado en contra de su voluntad.

–No, se ha escapado en mitad de la noche. ¿En qué demonios estaba pensando?

–No tengo por qué darle explicaciones, señor Bain, ¡pero es obvio que pensaba en que tenía que escaparme! ¿Y le parece extraño? No quiero casarme con ese amigo suyo.

–¿Y tiene usted una idea mejor sobre lo que puede hacer?

–¡Pues sí!

Él soltó un resoplido desdeñoso.

–Hágame caso, enfrentarse hecha una histérica a la señora Garbett no es la mejor idea.

De repente, la furia sustituyó al temor que sentía Maura, y le dio una patada en la espinilla con todas sus fuerzas al señor Bain.

–¡Ay! ¡Qué daño!

–Yo no soy ninguna histérica.

–No, su problema es que está loca. Estoy intentando explicarle que si contraría a la señora Garbett no va a mejorar su…

Ella le dio un empujón.

–¡Estoy enfadada, señor Bain! ¡Muy enfadada! Usted no se imagina lo que duele pensar que se es parte de una familia, al menos como una sirvienta apreciada, y ser expulsada como si no fuera absolutamente nada para ellos. ¡Incluso me lo han quitado todo! ¡Me han convertido en una vagabunda! Es humillante.

—Sin embargo, ese no es motivo para recurrir a la violencia.

—¡No sea condescendiente conmigo, señor!

Al darse cuenta de que ella tenía los ojos llenos de lágrimas, el señor Bain se sacó un pañuelo del bolsillo y se lo ofreció.

—Lo cierto es que me parece que ha actuado usted de un modo, como mínimo, irreflexivo.

Ella tomó el pañuelo.

—¿Por qué los hombres siempre piensan que son superiores intelectualmente a las mujeres?

—Oh, no lo sé —dijo él, y se cruzó de brazos—. ¿Por qué demonios ha decidido usted volver aquí, donde, claramente, no la quieren, con la esperanza de que escuchen sus argumentos? Solo una tonta correría tanto riesgo. ¡Podía haber muerto por el camino! ¿Es que no pensó en todos los peligros que acechan en las carreteras?

Al oír aquello, Maura se quedó callada. Lo había pensado, pero vagamente. Se quedó callada, y él suspiró.

—Vamos, dígame. ¿Por qué escapó? ¿Qué pensaba conseguir?

—La libertad.

—Disculpe, señorita Darby, pero es usted una mujer. Y no tiene medios económicos, ¿sabe? Usted no puede aspirar a la libertad.

Eso no podía discutirlo.

—Hay algo más que eso.

–Continúe. ¿Qué más?

–Quiero recuperar mi collar.

Él frunció el ceño.

–¿Un collar?

–Sí, ya se lo dije. Ese collar era de mi madre, heredado de mi tatarabuela. Es lo único que me queda de mi familia, y ellas no tendrían que habérmelo quitado. Yo no hice nada malo, señor Bain. Quiero recuperarlo. Y no piense que va a detenerme.

Él la observó. Estaba claro que pensaba que era una boba.

–Este no es el momento ni el lugar, pero, sí, la entiendo –dijo él.

Ella le puso el pañuelo en la palma de la mano.

–¿Cómo lo va a entender?

–Me parece tedioso explicarle el alcance de mi capacidad de comprensión, señorita Darby –dijo él, y se metió el pañuelo usado al bolsillo–. Baste con decir que entiendo lo que está pasando, y lo entiendo mejor de lo que usted se imagina. Tiene todo el derecho a estar enfadada, pero, si quiere recuperar su collar, debe esperar un momento mejor.

–¿A qué momento se refiere?

Él le tendió la mano.

–Venga.

–¿Adónde?

–Creo que debería comer algo, y yo, también. Así podremos hablar de su collar.

Ella no le tomó la mano.

–No necesito hablar de nada, señor Bain. Voy a recuperarlo –respondió ella, firmemente.

–Sí, señorita Darby, lo ha dejado bien claro. Así pues, deberíamos hablar de cómo recuperarlo.

¿De veras? ¿De qué se trataba? ¿Qué nueva triqui-
ñuela iba a utilizar con ella? Maura se alejó unos pasos
de él.

—No quiero hablar de nada con usted. No me fío.

De repente, él se echó a reír. En aquella ocasión, el
sonido fue tan agradable que ella notó un cosquilleo
por el cuerpo.

—Yo tampoco me fío de usted, pero no entiendo cuáles son sus motivos de desconfianza. ¿Qué he dicho yo
que no fuera cierto?

Tenía razón. Maura alzó la nariz y miró hacia la
carretera. Notó que él la tomaba de la mano.

—Vamos, por favor. Tengo hambre —dijo el señor Bain.

Y, con una sonrisa, tiró de ella hacia la posada.

El señor Bain pidió empanadillas de carne y jarras
de cerveza para los dos y, mientras cenaban, Maura le
habló más del collar.

—Es un collar de brillantes que rodea todo el cuello. Y tiene una esmeralda del tamaño de un huevo de
codorniz justo aquí —dijo, y se tocó el hueco de la garganta.

El señor Bain le miró el cuello durante un instante
más de lo que hubiera debido.

—Mi tatarabuela era una gran belleza, la favorita del
rey Carlos. Él fue quien le regaló el collar.

—¿De veras? —preguntó el señor Bain, con cierto
desinterés.

—Sí. Ella se hizo retratar con el collar puesto. Su
cuadro estaba colgado en el salón de mi casa. Mi madre me dejaba que me pusiera el collar y que fingiera
que era una gran señora.

Sonrió con tristeza al recordarse a sí misma en el vestidor de su madre, con el pesado collar puesto en el cuello. Era una reina con aquel collar, y se empeñaba en que la sirvienta le hiciera reverencias. Qué niña caprichosa e insoportable debía de haber sido.

Alzó la vista. El señor Bain la estaba observando con una expresión indescifrable.

—Iba a ser para mí; iba a ser mi regalo de bodas. Pero mi madre murió. Y, después, también murió mi padre. Y se lo llevaron todo.

Recordó el día en que habían aparecido unos hombres en su casa, para llevarse todos los muebles y pagar las deudas de los acreedores de su padre. Hacía mucho tiempo que no pensaba en ello, pero, en aquel momento, se acordó de cómo temblaba de miedo al pensar en que también iban a llevársela a ella por esas deudas; a la cárcel, o a una fábrica a trabajar como esclava. El señor Garbett había aparecido en el momento preciso para salvarla.

Ella había pensado que aquel hombre de expresión bondadosa sería su salvador. Sin embargo, no lo era; al final, no había podido, o no había querido, salvarla de su esposa. Agitó la cabeza para apartarse aquellos pensamientos.

—No me queda nada de mi familia, señor Bain, excepto ese collar. Y, con tal de recuperarlo, si es necesario entraré en casa de los Garbett a la fuerza.

—¿A la fuerza? ¿A que se refiere, a patadas y empujones, como antes?

Maura no sabía a qué se refería, pero le enseñó el puño apretado.

El señor Bain lo observó y preguntó, con seriedad:

—Entonces, ¿tiene pensado pegarle un puñetazo en la nariz a la señorita Garbett?

—¡No!

—¿En el estómago?

Maura chasqueó la lengua.

—No tengo intención de pegarla.

—Entonces, ¿qué se propone, señorita Darby?

Ella dio un gruñido y se apoyó bruscamente en el respaldo de la silla con los brazos cruzados. El señor Bain sonrió.

—¡No tiene gracia!

—A mí me parece que sí —dijo él, alegremente—. La imagen de usted peleándose a puñetazos es muy graciosa.

Ella hizo un gesto negativo. No quería pegarse con nadie, y menos con Sorcha, que era más alta que ella.

De repente, él se inclinó hacia delante y posó los antebrazos en la mesa.

—Tengo una propuesta que hacerle. Tal vez le parezca adecuada.

Ella lo miró con escepticismo.

—Dígame.

—Si la ayudo a recuperar su collar, ¿me da su palabra de que vendrá a Luncarty conmigo?

—¿A casarme con su amigo?

—Creo que no tiene otro sitio al que ir, ni otro benefactor que se haga cargo de usted.

Maura se movió con incomodidad en la silla. Era cierto. No tenía ningún amigo.

—No necesito que nadie se haga cargo de mí, señor Bain. Puedo cuidarme sola, gracias.

—Um… ¿Y cómo va a cuidarse? ¿Dónde viviría?

—Venderé el collar.

—Ah —dijo él—. Entonces, el valor sentimental de esa joya no es tan grande como el valor económico.

–¡Claro que sí! Pero no tengo dinero.

–Entonces, ¿estaría dispuesta a venderlo?

–Sí.

–En Edimburgo, por supuesto, porque en Stirling no conseguiría más que una pequeña parte de lo que vale en realidad. O, mejor aún, en Londres, donde tal vez consiguiera cobrar su verdadero precio. Y, entonces, ¿para qué usaría ese dinero? ¿Para comprar una casa?

Ella se movió con incomodidad. No le gustaba la dirección que estaba tomando aquello.

–¿Y por qué no?

–Pues porque es usted una mujer, señorita Darby, y no se le permite tener propiedades. Necesita que un hombre le compre esa casa y, a pesar de su juventud e inexperiencia, creo que sabe tan bien como yo que los hombres no compran casas a las mujeres sin poner condiciones –dijo él, y enarcó una ceja.

Ella se ruborizó. Sabía que el señor Bain decía la verdad. No tenía ningún poder. Era una huérfana que no podía mantenerse. No tenía parientes cercanos o, por lo menos, cuando murió su padre no habían podido encontrarlos. Aquel día estaba tan indefensa como en casa de Rumpkin. Detestaba sentirse atrapada y no poder decidir nada acerca de su propia vida. Detestaba estar a merced de los hombres, que no se preocupaban nada por ella, salvo por su cuerpo.

El señor Bain estaba esperando su respuesta con la ceja enarcada y los labios fruncidos.

¿Cómo iba a confiar en él? Solo lo conocía desde hacía veinticuatro horas. Sin embargo, sabía que una persona podía traicionar a otra incluso después de muchos años de relación y, además, quería recuperar el collar con todas sus fuerzas. Tanto, que estaba dispuesta a irse con el señor Bain en aquel momento.

–Está bien.

–¿Trato hecho?

–Si recupero el collar, sí, trato hecho. Pero eso no significa que confíe en usted, señor Bain.

–A lo mejor todavía no –replicó él, cordialmente–, pero confiará. ¿Tengo su palabra, entonces?

Sí, iba a darle su palabra. Ya pensaría en lo que iba a hacer para librarse de la boda con su amigo cuando llegaran a Luncarty.

–Tiene mi palabra.

Él se quedó mirándole los labios, y el brillo de sus ojos cambió. Se volvió un poco más oscuro y, por un momento, a Maura se le aceleró el corazón. Se movió en el asiento como un niño en misa, y miró a todas partes salvo a aquellos ojos verdes que relucían con algo que ella no entendía, pero que le parecía peligroso.

–¿Cómo lo hacemos? ¿Cómo voy a recuperarlo? –preguntó.

Él tomó el tenedor y empezó a comer de nuevo.

–Coma –le dijo–. ¿Puede arreglarse un poco?

Ella se miró el vestido. Parecía que la habían arrastrado por el bosque. Se puso una mano en el pelo.

–Necesitaría ayuda para peinarme.

Él observó los tirabuzones que le caían por los hombros, y miró de nuevo hacia su plato.

–Y es consciente de que, cuando lleguemos, debe tener una actitud de arrepentimiento, ¿verdad?

–Sí, está bien, me mostraré arrepentida –dijo Maura, con irritación.

–Si quiere recuperar su collar y liberarse de los Garbett, debe hacer lo que le diga y fiarse de que sé lo que hago.

Maura frunció el ceño.

—Está bien, sé que no confía en mí, pero, para que esto salga bien, vamos a fingir que sí, ¿de acuerdo? Me dedico a esto, señorita Darby. Entiendo cómo funciona la mente de un hombre. Vamos a decir que hemos vuelto en busca de algunas de sus cosas. El vestido que lleva será la prueba de que necesita su ropa.

Ella sonrió.

—Sí, será una buena prueba.

Él le devolvió la sonrisa y tomó su jarra de cerveza.

—Pero… ¿no nos vamos ya?

—Paciencia. Debemos llegar tarde para que Garbett se vea obligado a invitarnos a pasar la noche en su casa.

—¿Cómo? —preguntó Maura, con indignación—. ¡No voy a quedarme allí, señor Bain! ¡No voy a correr el riesgo de pasar ni un minuto más con Adam Cadell ni Sorcha Garbett!

—Es necesario. Necesito tiempo, señorita Darby. No puedo entrar en la casa y tomar el collar directamente. Si no puedo convencer al señor Garbett de que se lo devuelva, necesito encontrar otra solución.

—¿Qué solución?

Él se encogió de hombros.

—¿Qué solución? —insistió ella.

—Todavía no lo sé. ¿Sabe usted dónde puede estar el collar?

No lo sabía, pero sospechaba que Sorcha debía de tenerlo cerca para poder mirarlo y regodearse.

—Me hago una idea.

–Debemos conocer su ubicación exacta antes de que yo hable con el señor Garbett.

Entonces, Maura lo entendió todo. Se quedó boquiabierta.

–¿Es que pretende robarlo? –preguntó, en un susurro.

–Claro que no –respondió él, como si eso fuera descabellado. Después, sonrió ligeramente–. A menos que los Garbett sean poco razonables. En ese caso, no tendré más remedio –dijo, y le guiñó un ojo. Terminó su cerveza y dejó la jarra en la mesa–. Bueno, ahora, su primer cometido es arreglarse un poco. Y, el segundo, averiguar dónde está el collar en cuanto lleguemos.

Maura todavía estaba mareada al pensar en que iban a robar el collar, algo que le entusiasmaba y la horrorizaba al mismo tiempo.

–¿Y cuál será su cometido?

–Ayudarla a peinarse –dijo él, y sus ojos descendieron por su garganta y su escote–. Porque hay que hacer algo.

Su voz sonó suave, como si fuera una caricia cálida, y Maura no estaba segura de si estaba hablando de su pelo. Se imaginó que él le hablaba con aquella voz a una mujer que hubiera en su cama, y se imaginó que ella era esa mujer, que estaba desnuda con él, y que él le susurraba «hay que hacer algo».

Aquella imagen tan perturbadora le provocó chispas por todo el cuerpo. De repente, fue completamente consciente de su presencia, de cada parte de él. Y, sobre todo, de su intensa mirada, que la quemaba allá donde tocaba su piel.

«Eres una ridícula», se dijo. Aquel hombre había entrado en su vida rompiendo una ventana de un puñetazo y le había planteado un plan ridículo para casarla. Sin embargo, ella no estaba cavilando sin parar para encontrar el modo de escaparse, que era lo que debería, sino que había empezado a admirarlo. «Basta ya», se ordenó con firmeza.

Por desgracia, era más difícil de lo que hubiera pensado. Tomó su jarra y le dio un sorbo a la cerveza para calmarse, mientras él seguía observándola con su poderosa mirada.

«Está bien, está bien». Iba a unir fuerzas con él en aquella misión y, tal como le había pedido, iba a fiarse de él. Pero, en cuanto terminaran, iba a huir. No iba a permitir que un par de preciosos ojos verdes la debilitaran y la distrajeran.

Él seguía observándola, sin inmutarse, y Maura tuvo la extraña sensación de que estaba leyéndole el pensamiento. Eso la irritó, y se dio cuenta de que tenía que ser más misteriosa. No podía permitir que él adivinara cuáles eran sus planes.

Así pues, sonrió. Sonrió como si fuera feliz con lo que le estaba sucediendo.

La expresión del señor Bain cambió. Sus preciosos ojos adquirieron un brillo nuevo y se clavaron en los de ella.

Y Maura notó que las chispas que le recorrían el cuerpo se convertían en llamas.

Capítulo 8

Nichol acompañó a la señorita Darby al establo, donde había enviado a los caballos para que les dieran de comer y de beber. Rebuscó en su bolsa de viaje y encontró un peine.

—¿No tiene horquillas? —le preguntó ella.

—Pues no, obviamente —respondió él, con ironía.

—Necesito algo para sujetármelo, ¿sabe? —replicó ella—. Si se hubiera molestado en traer mi bolsa, las tendríamos.

—¿Quiere decir que hubiera debido detenerme a recoger sus cosas, a pesar de la prisa que tenía por alcanzarla?

—Me parece que está claro que yo no podía hacerlo.

Nichol pensó en decirle que no debería haberse escapado, en primer lugar, pero guardó silencio. De repente, a ella se le cortó la respiración.

—¡Ya lo tengo! —exclamó, y se acercó a una brida que estaba colgada de un gancho en la pared—. Lo arreglaré con un poco de cuero. Si tiene un cuchillo a mano, podríamos cortar unas cuantas tiras.

Las riendas eran largas y aquella era la única solución práctica, aparte de ir en busca de una tienda de artículos femeninos. Nichol se sacó un cuchillo peque-ño de la bota y cortó varias tiras finas del final de la rienda, mientras Maura se peinaba la melena con los dedos. Estaban haciendo aquello porque era necesario, y no debería haber resultado erótico, pero Nichol no podía apartar los ojos de ella. Nunca se había senti-do tan atraído por el pelo de una mujer como por los exuberantes mechones de la señorita Darby, que eran negros como un cielo nocturno.

Después de peinarse, la señorita Darby empezó a retorcer los mechones y a atarlos con las finas tiras de cuero. Cuando tuvo varios, le entregó dos de las tiras más largas y le dijo:

—Agarre todos los mechones, meta los extremos ha-cia abajo y átelos para hacer una coleta, ¿de acuerdo?

Él observó los mechones y comenzó a reunirlos con cuidado de no desatar los nudos. El pelo de la señorita Darby era muy suave y, al acariciarlo, tuvo emociones y deseos que no cabían en un lugar como aquel establo. ¿Cómo era posible que un hombre como él, que medía todos sus actos y sus palabras, estuviera a punto de perder el control solo por acariciar aquel pelo?

Siguió sus instrucciones y consiguió hacerle un moño bajo con todos los mechones. Observó su obra. Le había quedado un poco torcido, pero no estaba mal.

La señorita Darby se palpó el pelo y la nuca para cerciorarse de que lo había hecho bien, y Nichol se fijó en un pequeño rizo que se había escapado de las tiras de cuero. Estaba posado en su nuca, y él tuvo el impul-so de apartarlo de su piel y besarla.

—Me parece que está un poco raro —comentó ella, refiriéndose al moño.

Él también se sentía raro.

–¿Está muy mal?

–No lo sé… –dijo Nichol. ¿Estaba mal? A él le parecía increíblemente bonito. Tenía ganas de soltárselo y deshacer todas las lazadas para poder ver cómo le caía el pelo por la espalda–. Pero tendrá que valer, porque no creo que mis conocimientos de peluquería vayan a mejorar mucho mientras estamos aquí.

–Es cierto –dijo ella, y se giró hacia él–. Entonces, ¿podemos irnos ya?

–Dentro de un momento. ¿Recuerda lo que tiene que hacer, señorita Darby?

–¿Con respecto a qué?

Él entrecerró los ojos.

–Mostrarse arrepentida, señorita Darby.

Ella puso los ojos en blanco.

–Tiene que hacerlo, señorita Darby. Debe ser amable y recatada. ¿Puede fingir usted que es muy recatada?

–Por supuesto que puedo, señor Bain. No me eduqué en la selva.

–Ummm… ¿Y recuerda lo que decidimos?

Ella se puso en jarras y pisó con fuerza el suelo con su zapato de seda.

–¿Y bien? ¿De qué otra cosa estuvimos hablando?

Ella gruñó mirando al techo.

–¡Tengo que decir que he pensado en lo que hice y que lo lamento mucho!

–¿Y podría decirlo como si no la estuvieran torturando para que confiese?

Ella respiró profundamente y exhaló un gran suspiro de resignación.

–Está bien, está bien. Seré dulce como la miel y me

comportaré como si estuviera muy arrepentida. Le doy mi palabra.

—Procure hacerlo. Si les da algún motivo que les haga sospechar por qué ha vuelto, perderá. Además, yo me gano la vida gracias a que tengo la reputación de ser capaz de arreglar situaciones muy complicadas con una gran discreción. El hecho de volver con usted ahora para recuperar su collar es todo un riesgo para mi excelente reputación, y no quiero que salga mal. ¿Entendido?

—Entonces, ¿por qué me ayuda? —le preguntó ella, desconfiadamente—. Si dice que es tan peligroso para su reputación...

Él también se había hecho aquella pregunta. Podría atarla y llevársela a Luncarty tal y como había planeado, pero la situación de la señorita Darby tenía algo que le recordaba a la suya. Y los Garbett le parecían unas malas personas. La detestaban solo porque era una mujer bella.

—Ya se lo he dicho —respondió—. Me gustan los retos. Voy a preguntárselo de nuevo, señorita Darby, ¿me ha entendido bien?

Ella suspiró de nuevo.

—Sí —respondió. Y, para satisfacción de Nichol, lo hizo con contrición.

—Entonces, podemos marcharnos.

La señorita Darby se giró hacia la barandilla que había tras ellos y tomó su abrigo. Se lo mostró.

—Se lo he limpiado.

Él lo tomó. Era cierto que le había quitado la mayor parte de la suciedad del viaje. Estaba bastante limpio, y eso sorprendió a Nichol.

—Muchas gracias. ¿Cómo lo ha conseguido?

–He utilizado el mismo cepillo que usan los mozos para cepillar los caballos.

Él la miró de nuevo. Ella tenía una ceja arqueada y los ojos azules muy brillantes de deleite.

–Era lo más conveniente –añadió.

Aquella sonrisa, aquel pelo… ¡Aquella mujer! Cuando terminara de arreglar su situación y no volviera a verla, se sentiría muy aliviado, porque lo estaba volviendo loco. Sin embargo, le costaba apartar los ojos de aquella sonrisa tan preciosa para poder ponerse el abrigo.

–Gracias –repitió, y se lo puso.

La señorita Darby también se puso la capa. No había sido tan diligente a la hora de limpiarla, y él le quitó un poco de heno del bajo.

Ella hizo una reverencia y sonrió con descaro.

–Es usted muy amable, señor Bain.

–Compórtese –le ordenó él, y le colocó el cuello y la capucha de la capa. Sin embargo, también estaba sonriendo–. ¿Vamos ya? –le preguntó, señalándole los dos caballos.

–Por favor –dijo ella.

Nichol puso la manta que había tomado la señorita Darby y la puso sobre el lomo del caballo que iba a montar, y salió con los dos animales del establo. Después, la ayudó a montar e hizo lo mismo. Rápidamente, se pusieron en camino hacia casa de los Garbett.

Se había comprometido a ayudar a la señorita Darby y tendría que pasar con ella un par de días más. Normalmente, él tenía buen cuidado de no ponerse en una situación como aquella. Había aprendido mucho con los años y sabía salir de situaciones volátiles con sentido común y calma. Y, sin embargo, allí estaba, cabalgando para recuperar un collar que, después de todo, no perteneciera a la joven que iba a su lado. Que él supiera, la señorita Darby podía haberse inventado toda aquella historia por motivos que él no conocía.

Sin embargo, aquella muchacha tenía algo que parecía demasiado puro como para ser una embustera. No sabía qué era, pero, en contra del sentido común, confiaba en ella.

Todavía quedaba por ver si esa confianza iba a ser la causa de su ruina.

Capítulo 9

Cuando llegaron a casa de los Garbett, el cielo se había cubierto de nuevo y estaba atardeciendo. Maura también se sentía sombría; no tenía ningún deseo de volver allí ni de ver a la familia que la había traicionado.

Siguió al señor Bain hasta la puerta y, cuando se detuvieron ante la gran casa, se abrió la puerta y salió el señor Bagley, el mayordomo, que bajó las escaleras y fue a recibirlos. Le indicó al mozo que había salido corriendo del establo que tomara las riendas de los caballos.

El señor Bain bajó del caballo y ayudó a Maura a desmontar. Al dejarla en el suelo, la miró con una expresión de advertencia. Ella lo entendió perfectamente, y se enfadó. ¿Acaso pensaba que no iba a cumplir la promesa que había hecho?

Él sonrió disimuladamente, casi como si pensara que ella iba a fruncir el ceño. Maura lo empujó con un dedo por el brazo y echó a caminar.

–Buenas noches, Bagley.

–Señorita Darby –dijo él, amablemente, aunque, la

última vez que se habían visto, él había hecho que la escoltaran fuera de la casa con una bolsa que solo contenía unas pocas de sus pertenencias–. Señor Bain.

Detrás de Bagley apareció la nariz de Sorcha. Obviamente, la señorita Garbett estaba enfadada; tenía la cara muy roja y, mientras los miraba a los dos, su expresión se volvió de furia e incredulidad.

–Buenas tardes, Sorcha –dijo Maura.

Sorcha no respondió. Se dio la vuelta y desapareció por la puerta.

Maura apretó los dientes. Y pensar en todas las horas que se había pasado sentada en la cama de aquella mujer, en silencio, soportando interminables peroratas sobre los caballeros con los que iba a casarse y, después, cuando esos caballeros salían huyendo de la casa, permitiendo que llorara sobre su hombro. ¿Cómo podía creer Sorcha que ella iba a robarle a su prometido? Siempre había evitado cruzarse con cualquier posible candidato a marido de Sorcha.

Miró al mayordomo.

–Bagley, ¿le importaría informar al señor Garbett de que quisiera hablar con él?

Bagley ni siquiera tuvo oportunidad de responder, porque se oyó un grito inquietante de la señora Garbett que, seguramente, había servido de aviso al señor Garbett. La señora Garbett, Sorcha y la señora Cadell salieron a la entrada de la casa y se quedaron mirándolos con sorpresa y desagrado.

–¿Qué significa eso? –preguntó la señora Garbett. Estaba mirando al señor Bain, como si Maura no existiera.

–Si me permite, señora Garbett –dijo el señor Bain, y se puso delante de Maura para interceptar las ondas de desprecio que emitía la mujer–. La señorita Darby necesita sus cosas.

–¿Qué cosas?

–Su ropa, sus zapatos. Como puede ver, este vestido está estropeado –dijo él. Se apartó y señaló el vestido.

Maura se abrió la capa para mostrarlo.

–¿Y qué tiene que ver eso con nosotros? –gritó la señora Garbett, negándose a mirar el vestido de Maura–. ¡Ella no puede estar aquí! ¡No es bienvenida!

Por supuesto, Maura ya había oído aquello más veces, pero la vehemencia de la señora Garbett todavía le causaba asombro. ¿Acaso ninguno de ellos sentía ni el más mínimo afecto por ella? En aquel momento, lo vio con total claridad. Siempre se había dicho que, aunque no querían que interfiriera en la vida social de Sorcha, al menos ella sí les importaba. Qué tonta había sido, cómo se había mentido a sí misma…

–Sus cosas están aquí, señora –dijo el señor Bain–. Supongo que estará de acuerdo en que no puede ir a conocer a su futuro marido en estas condiciones. En cuanto hayamos recogido sus cosas, nos marcharemos.

–¿Qué ocurre? ¿Qué es esto? –gritó el señor Garbett, que apareció detrás de su esposa en mangas de camisa, con un chaleco. Tenía la peluca un poco torcida, como si acabara de despertarse de la siesta–. ¡Señor Bain! –exclamó, mientras se abría paso entre las mujeres–. Ah, Maura, niña –dijo, con afecto, como si nunca la hubiera echado de su casa, y abrió los brazos–. ¡Qué alegría! Pensaba que no iba a volver a verte.

–¡Señor Garbett! –gritó su mujer.

Maura hizo una reverencia.

–Le pido perdón, señor. No habría vuelto, porque

estoy segura de que eso no es de su agrado –dijo, con recato–, pero le ruego que me permita recoger mis cosas.

–¡Ah! Sí, claro –dijo él, y miró a su mujer con cara de acusación–. Sí, por supuesto que sí, Maura. No deberíamos haberte mandado marchar con tanta prisa, ¿verdad? Pasa, pasa –dijo, y apartó a su mujer y a su hija del camino.

Sin embargo, la señora Cadell permaneció firme en su sitio, y fulminó a Maura con la mirada.

–Bagley, tráenos el té, o, mejor aún, whiskey. Whiskey, ¿eh, señor Bain? Hace bastante frío. Por el amor de Dios, señora Cadell, déjelos pasar.

–¿Papá? –dijo Sorcha, como si fuera una niña dolida.

El señor Garbett la ignoró.

–Gracias –dijo el señor Bain, y se hizo a un lado para que Maura pudiera pasar. Ella lo hizo de mala gana, entre el odio de Sorcha y la ira de la señora Cadell.

El señor Bain la siguió hasta el vestíbulo y, mientras Maura se quitaba la capa y se la entregaba a uno de los sirvientes, apareció el idiota de Adam Cadell. Al verla, se le iluminó la mirada y, de pronto, echó a andar hacia ella moviendo sus largos brazos y piernas delgados. Al lado del señor Bain, parecía un niño.

–Ha vuelto usted, señorita Darby –dijo, con solemnidad.

–Adam –dijo, en tono de advertencia, el señor Cadell, que había seguido a su hijo. Le puso un brazo en el hombro, como si quisiera llevárselo.

–Señor Cadell –dijo Maura, inclinando ligeramente la cabeza–. Por favor, disculpe mi intrusión.

–No es necesario que digas eso, Maura. Eres bienvenida –dijo el señor Garbett, elevando la barbilla, sin
mirar a su mujer–. Ven al salón. Pensaba que no iba a
volver a verte, y me alegra el coraz… Dios Santo, ¿qué
le ha pasado a tu vestido? –preguntó, al fijarse.

–¿Qué? –preguntó ella, y se miró la ropa–. Ah,
eso… –dijo. Después, respondió–. Me temo que el señor Rumpkin no tenía servicio de lavandería.

A su espalda, oyó que el señor Bain carraspeaba.
El señor Garbett enrojeció. Apretó los labios y siguió
caminando hacia el salón, después de hacerle un gesto
para que lo acompañara. Maura caminó tras él, y el
resto del grupo los siguió, cada uno de ellos intentando
ser el primero.

–El señor Bain te lo ha explicado todo, ¿no? –le
preguntó el señor Garbett, al entrar al salón, mientras
se acercaba a una consola.

–Sí, señor. Todo –dijo ella–. Yo…

Dios Santo, tuvo que tragarse el orgullo, y notó un
sabor amargo en la boca.

–Tengo que darle las gracias por haberse esforzado
tanto en encontrarme un futuro marido adecuado, después de todo lo que ha ocurrido.

El señor Garbett se dio la vuelta y la miró con asombro. Como el resto de los presentes.

Maura miró con incertidumbre al señor Bain, que
asintió casi imperceptiblemente.

Ella tragó saliva, y continuó diciendo:

–Estoy muy…

Era tan difícil decir lo que tenía que decir…

–¿Muy qué? –preguntó Sorcha.

–Muy contenta de que el señor Garbett me haya
arreglado un matrimonio.

Sorcha emitió un sonido de incredulidad y se hundió en el sofá. Sin embargo, su prometido seguía mirando fijamente a Maura. Ella pensó que debía de ser tan tonto como delgado, porque no había nada que pudiera enfurecer a su prometida con tanta rapidez como su interés en ella.

–Bueno –dijo el señor Garbett, mirándolos a todos–. En realidad, es lo mínimo que podía hacer. No quería que te fueras, me disgustó mucho, ¿sabes?

La señora Garbett carraspeó.

–Pero, por supuesto, era necesario –añadió él, rápidamente–. Después de que... bueno, de lo que sabemos todos, ¿verdad?

Maura puso cara de arrepentimiento, y respondió:

–Sí, por supuesto, señor.

Bagley entró en el salón con una bandeja de plata llena de vasos de whiskey, alienadas como si fueran soldados.

–¡Ah, aquí están! –exclamó el señor Garbett–. Vaya pasando la bandeja, Bagley, y tomaremos una copa para darles la bienvenida a nuestros invitados. Después, ya recuperaremos las cosas de la señorita Darby. ¿Dónde están, querida? –le preguntó a su mujer.

–No lo sé –dijo la señora Garbett–. No tuve nada que ver con eso. Le dije a Hannah que se deshiciera de ellas.

¡Hannah! ¿La misma doncella que había ido corriendo a acusarla de haber besado al señor Cadell? A Maura no le extrañaría encontrarse los vestidos que le quedaran hechos trizas, teniendo en cuenta el odio que la señora Garbett sentía por ella.

–Pues, entonces, que alguien llame a Hanna, ¿de acuerdo? –dijo el señor Garbett, y se lo ordenó a uno de los sirvientes–. Tendrá que decirnos qué ha hecho con las cosas de la señorita Darby.

–¿Y no podéis ocuparos de todo eso en tu despacho, papá? No veo por qué tenemos que enterarnos todos –dijo Sorcha. Estaba mirando a su prometido y a Maura.

–Claro que podría, *mo chridhe*, pero prefiero hacerlo aquí –dijo su padre, y se giró hacia Maura–. Bueno, Maura, dime, ¿cómo encontraste a mi primo? Hace muchos años que no veo a David.

Maura pestañeó. ¿Que cómo había encontrado a aquel libidinoso borracho? Miró al señor Bain, pero él no le hizo ninguna indicación de si también debía ser recatada al contestar a eso.

–No lo encontré… bien –dijo ella, con tacto.

–¿Eh? ¿Se ha puesto enfermo, entonces? –preguntó el señor Garbett.

Maura negó con la cabeza. No quería decir nada más, porque no sabía qué palabras saldrían de su boca si comenzaba. Al ver que no hablaba, el señor Garbett tomó otra de las copas de la bandeja que estaba pasando Bagley.

–Ya he dicho que llevaba sin verlo bastante tiempo.

–Eso me pareció obvio –dijo el señor Bain, con frialdad.

Eso sí que era sorprendente. Maura miró al señor Bain, pero él estaba observando al señor Garbett con una mirada elocuente, y el señor Garbett había enrojecido. Se tomó el whiskey de un trago.

Bagley terminó de servir el licor y, en aquel momento, apareció un sirviente con Hannah. La pobre muchacha miró a todo el mundo con nerviosismo.

–¡Hannah! –exclamó alegremente el señor Garbett,

como si estuvieran en una fiesta–. Hannah, ¿qué has hecho con las cosas de la señorita Darby?

Hannah abrió unos ojos como platos e, inmediatamente, miró a Sorcha, que evitó la mirada de la doncella. Fuera cual fuera su participación en aquello, iba a dejar que la muchacha sufriera a solas el interrogatorio.

–Bueno, yo… Algunas de las cosas están en la buhardilla, señor –dijo en voz baja.

¿Algunas de las cosas? ¿Qué significaba eso?

–Que las bajen –respondió el señor Garbett.

Hannah se retorció las manos en la cintura y miró a Sorcha una vez más, frenética. Sin embargo, Sorcha volvió la cabeza.

–¿Qué ocurre, Hannah? –preguntó el señor Garbett, con impaciencia.

–Necesito que me ayude alguien, señor. Es un baúl, y pesa mucho…

–Pues que te acompañe un sirviente, entonces –dijo el señor Garbett–. Para empezar, no deberías haberlo subido a la buhardilla, si tan difícil es bajarlo de allí. Usa la cabeza, Hannah.

Hannah miró a Sorcha.

–Pero es que la señorita…

–Por favor, haz lo que te ha dicho mi padre –le ordenó Sorcha, antes de que Hannah pudiera seguir hablando.

–Adelante, chico –le dijo el señor Garbett a uno de los criados–. Ayuda a Hannah a bajar el baúl de la señorita Darby. Mientras, Sorcha, *leannan*, estoy seguro de que tienes algo en tu enorme guardarropa que podrías prestarle a Maura para la cena, ¿no es así?

–¡Para la cena! –exclamó la señora Garbett.

–Sí, para la cena –repitió el señor Garbett–. Por mi reloj son casi las cinco y media. Y nosotros cenamos a las seis y media.

–Pero la señorita Darby puede recoger sus cosas y marcharse –sugirió la señora Garbett.

–¡Señora! –exclamó el señor Garbett, con indignación, y miró al resto de los presentes como si hubieran perdido el juicio–. Ha anochecido. No podemos echarlos de nuestra casa. Por supuesto, la señorita Darby y el señor Bain van a cenar con nosotros, y se marcharan mañana por la mañana. ¡Y no quiero oír una palabra más! Tenlos en cuenta para la cena, Bagley –le ordenó al mayordomo, y se encaminó hacia la puerta–. Señor Bain, venga a mi despacho, por favor. Sorcha, busca algo adecuado en tu armario para que se lo pueda poner Maura. No quiero que tenga que cenar como si hubiera salido de un montón de basura.

El señor Bain siguió al señor Garbett. Miró a Maura y le hizo un ligero guiño al pasar por delante de ella, como si quisiera transmitirle que las cosas estaban yendo estupendamente bien. Sin embargo, eso no era cierto. La señora Garbett estaba fuera de sí.

El señor Garbett se detuvo en la puerta.

–Tom, Adam, ¿queréis venir con nosotros? Vamos a fumar. Que las damas se queden charlando de vestidos.

¿Charlando? Maura se miró los pies para disimular su indignación. ¿Acaso pensaba el señor Garbett que, después de todo lo que había ocurrido, ella había vuelto a su casa para charlar? Tuvo ganas de patear algo y de proclamar a gritos su frustración. Sin embargo, cuando levantó la vista, se encontró tres pares de ojos clavados en ella con un gran desprecio, y se dio cuenta

de que aquella no sería una buena forma de poder recuperar su collar.

Así pues, no dijo nada. Volvió a agachar la cabeza y
se quedó esperando con recato.

–No tengo nada que te puedas poner –dijo Sorcha,
con desagrado.

–Bueno, yo no estoy tan segura –respondió su madre, con frialdad–. Seguro que encontraremos algo que
le vaya bien a la señorita Darby.

Por su sonrisa, quedó bien claro qué tipo de vestido pensaba asignarle. Maura suspiró con resignación
y dijo:

–Gracias.

–Oh, no me des las gracias todavía –replicó la señora Garbett, y salió del salón con un gesto imperioso.

Capítulo 10

Nichol no quería dejar a la señorita Darby en aquel nido de víboras. La señora Garbett tenía tal sed de venganza que incluso les había negado la comida y el refugio. Sin embargo, sabía que la señorita Darby se las iba a arreglar muy bien. Estaba muy satisfecho de que hubiera seguido sus instrucciones y se hubiera comportado de un modo contrito. De no estar al corriente de sus sentimientos, él también se habría creído que tenía remordimientos por lo que había ocurrido allí.

En su despacho, el señor Garbett se acercó a una consola y se sirvió más whiskey.

—Bueno, esto ha sido toda una sorpresa —dijo, mirando a Nichol con desaprobación—. Pensaba que no íbamos a volver a vernos, señor Bain. Esperaba recibir la noticia de su éxito por mensajero.

—Yo también me llevé una sorpresa —dijo Nichol—. No sabía que la muchacha había tenido que irse con tan poca ropa.

El señor Garbett se encogió de hombros.

—Yo pensaba que se había llevado muchos vestidos

–respondió–. No tengo la culpa de que mi primo no disponga de lavandera. Supongo que es cierto lo que he oído de él, y que se ha dado a la bebida, ¿no?

«Y, si ha oído decir esas cosas, ¿por qué envió a una mujer tan joven a su casa?».

–Sí, señor, es cierto.

–Bueno, espero que no fuera terrible para ella –dijo el señor Garbett, con indiferencia, y Nichol tuvo ganas de darle un puñetazo.

Sin embargo, disimuló su indignación y dijo, con calma:

–Lo de la ropa no es lo peor. También le falta una joya.

–¿Qué joya? –preguntó el señor Garbett.

Nichol se encogió de hombros.

–Lo único que puedo decirle es que la señorita Darby afirma que tuvo que dejar aquí sus vestidos, los zapatos y un collar.

El señor Adam Cadell se irguió al oír mencionar al collar, y miró con expectación a su futuro suegro. Sin embargo, el señor Garbett respondió rápidamente.

–No hay ningún collar, señor Bain –dijo al instante.

–Entonces, ¿la he entendido mal?

–No –dijo Adam–. Le han quitado un collar. La señora Garbett…

El padre del muchacho lo acalló con una mirada de advertencia.

–¿Disculpe? –insistió Nichol.

–La señora Garbett –prosiguió Adam, con una expresión desafiante– le ha quitado el collar a la señorita Darby.

–Ya está bien, Adam –le espetó su padre–. Eso no es asunto tuyo.

–¿No? –preguntó Adam–. Después de todo, voy a casarme con Sorcha, y no quiero formar parte de esto, no quiero.

Nichol miró inquisitivamente al señor Garbett, preguntándose si por fin iba a admitir su culpabilidad en el robo.

–Está bien –dijo el señor Garbett, con exasperación–. Tenemos un collar que pertenecía a la muchacha. Tiene algo de valor, y mi esposa y mi hija pensaron que era lo mínimo que podía ofrecernos, teniendo en cuenta que le dimos vestidos y calzado, y le procuramos un techo durante todos estos años, y ella nos traicionó al final.

–Sí, por supuesto –dijo Nichol, como si estuviera de acuerdo con aquello. Entonces, se quedó pensativo, y preguntó–: Pero ¿no me dijo usted que ella tenía una pequeña asignación anual para su mantenimiento?

El señor Garbett lo fulminó con la mirada.

–Pero no era suficiente para cubrir todo lo que se le ha dado.

Nichol miró a Adam Cadell. Él era el culpable de que la señorita Darby estuviera en aquella situación y, si tuviera conciencia, insistiría en que le devolvieran el collar. Debió de entender lo que quería transmitirle con la mirada, porque dijo:

–Con el debido respeto, señor, le ruego que devuelva el collar a la señorita Darby. Parece que estaba muy apegada a él.

–Sí, por supuesto que lo estaba –dijo el señor Garbett, molesto–. Es muy valioso, ¿no? ¿Y tengo que recordarle que mi hija se ha sentido herida gravemente por los actos de la señorita Darby?

Adam Cadell tragó saliva y se miró los zapatos.

–Sin embargo, se lo pediré a mi esposa en su nombre, Adam. No sé cuál será su reacción, pero se lo pediré de todos modos –prometió el señor Garbett.

Adam Cadell se quedó desanimado. A Nichol le causaba asombro que no estuviera dispuesto a asumir la responsabilidad de lo que había ocurrido y que toda la culpa recayera sobre la señorita Darby debido al carácter vengativo de una madre. Todos sabían que la respuesta de la señora Garbett sería negativa.

Así pues, tendría que hallar otro modo de recuperar el collar. No iba a permitir que la señora Garbett se saliera con la suya. Y, en aquel momento, se dio cuenta de que estaba pensando en cometer un delito.

Eso no era propio de él. En absoluto.

Él estaba orgulloso de ser muy meticuloso en sus negocios. Nunca le daba a nadie motivos para que lo criticaran o desconfiaran de él. Tenía la reputación de cumplir siempre con su palabra y hacer lo que decía que iba a hacer de un modo efectivo y rápido, y esa era su mejor carta de recomendación ante hombres como Garbett, una y otra vez. El único motivo por el que había accedido a recuperar el collar de la señorita Darby era que sabía muy bien lo que significaba aferrarse a un recuerdo de una vida anterior y, también, ser repudiado por su familia. Lo sabía porque eso era lo mismo que le había ocurrido a él. Le molestaba que la señorita Darby, a causa de su belleza y de la fealdad de la señorita Garbett, tuviera que sufrir el mismo dolor que él.

Y le gustaban los retos.

La señorita Maura Darby iba a recuperar su collar

aunque él tuviera que escalar otra torre para conseguirlo.

Una hora después, todos se reunieron en el salón antes de la cena. Cuando entraron los señores, la señorita Darby se levantó del sofá para saludar con una reverencia al señor Garbett. Llevaba un vestido de color amarillo vivo que no le sentaba bien. Además, era dos tallas más que la suya, y lo arrastraba por el suelo. Le habían recogido el pelo detrás de la cabeza de un modo descuidado. Y, sin embargo, todavía era mucho más bella que cualquiera de las mujeres de aquella sala. Podrían quitárselo todo y expulsarla de su casa, pero no podrían arrebatarle aquello que más detestaban y envidiaban de ella: seguía siendo cautivadora.

–Oh, Dios mío –dijo el señor Garbett, mirándola de pies a cabeza con una expresión de alarma–. ¿No han bajado sus cosas todavía? ¿No había un vestido que le quedara un poco mejor que este?

–No –dijo su mujer, rotundamente.

El señor Garbett miró al mayordomo.

–¿Y dónde están sus cosas?

–Todavía no las hemos sacado, señor –respondió Bagley–. Hemos enviado al jardinero a buscar una escalera lo suficientemente alta como para llegar a esa parte de la buhardilla.

–¿Qué significa eso?

–Hay una pequeña buhardilla en la buhardilla principal. Para llegar a ella es necesario tener una escalera más alta de la que disponemos en la casa.

–Una buhardilla dentro de la buhardilla –repitió el señor Garbett, con escepticismo, y miró a su mujer.

–Sí, señor, es una parte del tejado que está sobre la cocina. Allí, el tejado es más alto.

–Sí, lo recuerdo –dijo el señor Garbett, sin apartar la mirada de su esposa–. Los criados tendrían que hacer grandes esfuerzos para subir el baúl hasta allí, ¿no?

–Sí, señor –dijo Bagley.

–Habría sido más fácil quemarlo –dijo el señor Garbett–. Bueno, Bagley, prepara las habitaciones para esta noche. Supongo que la habitación de la señorita Darby todavía está disponible. A menos, claro, que la hayan trasladado a la buhardilla que hay dentro de la buhardilla.

–La habitación está tal y como la dejó la señorita Darby, señor. Y hemos preparado la habitación azul para el señor Bain.

–Muy bien, Bagley. Señora Garbett, me gustaría hablar con usted un momento –dijo el señor Garbett, y salió de la estancia.

Su mujer alzó la barbilla y lo siguió a buen paso, como si quisiera adelantarlo y decir todo lo que tenía que decir antes de que él empezara a hablar. Su hija miró a quienes habían permanecido en el salón y se fue corriendo detrás de sus padres, como si temiera quedarse a solas con sus invitados.

La señora Cadell no quería hablar con la señorita Darby ni tampoco que su hijo se acercara a ella. Se llevó a Adam y a su marido a mirar por una de las ventanas, a pesar de que el jardín estaba completamente oscuro.

Nichol pasó por delante de la señorita Darby y, con un gesto de la barbilla, le indicó que lo siguiera. Caminaron hacia un paisaje de las Highlands que había al otro extremo del salón, y él preguntó, en voz bien audible:

–¿Qué cree usted que es eso que se ve a lo lejos?

Ella se detuvo a su lado, y la voluminosa falda del vestido crujió a su alrededor.

–A mí me parece un pajarito –respondió, y se cruzó de brazos con una expresión de enfado.

–¿Es esto lo mejor que han podido hacer por usted, entonces? –le preguntó él, susurrando y observando su vestido.

–No, señor Bain, es lo peor –dijo ella, y miró hacia atrás, furtivamente–. La señora Garbett dijo que yo he destruido el compromiso de su hija, su boda y, posiblemente, su vida.

Demonios, cuánto detestaba a aquella mujer. Le susurró a la señorita Darby:

–En este momento, el señor Garbett le está preguntando a su esposa si va a devolverle a usted su collar.

La señorita Darby dio un resoplido.

–Por supuesto que no.

–No –dijo él–. ¿Sabe dónde lo tienen?

–Sí, sí lo sé –dijo ella–. Sorcha lo lleva puesto.

Nichol giró lentamente la cabeza y la miró.

Ella asintió. Tenía los ojos ardiendo de furia.

–Lo tiene guardado en su joyero, en el tocador. Su madre quería que yo lo viera. Lo sacó del joyero y se lo puso a Sorcha en el cuello.

Aquello era tan descarado que Nichol se quedó sin habla.

–Vaya, pues eso es un problema –dijo, finalmente.

Se quedó mirando el cuadro mientras pensaba. Tendría que dar con la forma de conseguir que la muchacha se quitara el collar y robarlo. Sin embargo, si lo sorprendían haciéndolo, podía haber consecuencias desastrosas para su ocupación. Tantos años construyendo una reputación impecable que podía quedar destruida en una sola noche.

Entonces, miró a la señorita Darby. Por primera vez desde que la había conocido, tenía una expresión de derrota. En su mirada había tanta desesperanza que a él se le encogió el corazón.

–Señorita Darby –le dijo, suavemente.

Ella alzó los ojos.

–Le doy mi palabra de que lo va a recuperar.

–¿Señor Bain? –dijo el señor Cadell–. Tenemos una pregunta para usted. ¿Le importaría venir con nosotros a la ventana?

Nichol apretó los dientes. No le apetecía en absoluto tener que acompañar a los Cadell. Solo quería acompañar a la señorita Darby, lo que le causaba cierta intranquilidad. Ella lo estaba mirando con tanta esperanza que no podía alejarse. Ivan también lo miraba así cuando eran niños. La expresión de la señorita Darby le provocaba unos sentimientos incómodos, de impotencia, de indefensión.

–Un momento, por favor –les dijo a los Cadell, y señaló algo que había en el cuadro–. Creo que es un barco, señorita Darby. Mírelo bien.

Entonces, se inclinó hacia ella y le dijo en voz muy baja:

–Deje la bolsa con sus cosas junto a la puerta de su habitación, y no cierre con llave. Esté preparada para salir de viaje al amanecer, digan lo que digan esta noche, ¿entendido?

–¿Cómo? –preguntó ella, con nerviosismo–. ¿Qué es lo que se propone?

–¿Cuál es la habitación de la señorita Garbett?

–No puede…

–Debe confiar en mí, señorita Darby. Si hace lo que le digo, tendrá su collar. ¿Qué habitación?

Ella se mordió el labio con preocupación, y dijo:

–En el pasillo de arriba, junto a la última habitación, a la derecha. La mía está al lado.

El señor Bain sonrió.

–No se desanime –murmuró, y se alejó con una sonrisa hacia los Cadell.

Nichol se dio cuenta de que Adam lo observaba atentamente, moviendo la mirada entre la señorita Darby y él. Nichol no le dio importancia, puesto que lo consideraba demasiado obtuso como para adivinar que tramaran algo. Estaba pensando en el dichoso collar. Él siempre se mantenía por encima de asuntos como aquel, pero en aquella ocasión estaba completamente decidido a recuperarlo. A cada paso que daba tenía una mayor convicción.

Y, cuando llegó junto a los Cadell, se dio cuenta de qué era lo que le impulsaba. Aquel sentimiento tan extraño que lo había invadido... Era el resentimiento. Cuando era niño le habían arrebatado algo que tenía un gran valor para él, y su resentimiento seguía siendo igual de intenso que entonces. Lo impulsaba a toda velocidad, salvo que, ahora, lo hacía en su nombre y también en el de la señorita Darby.

Capítulo 11

Maura no tenía ganas de cenar. Oscilaba entre la rabia por lo injusto de la situación y la desesperación por el odio que la señora Garbett y Sorcha sentían por ella. Ella nunca le había causado ningún problema a aquella familia, siempre había sido leal, y temía que, si ellos eran capaces de repudiarla tan rápidamente, otros lo hiciesen también. Si la gente que estaba más cercana a ella la consideraba tan repulsiva, ¿qué pensaría otra gente que apenas la conocía?

Fuera cual fuera el motivo, la señora Garbett y Sorcha se habían convencido la una a la otra que ella había intentado robarle a Sorcha al señor Adam Cadell, y no solo eso, sino que siempre había tenido la intención de robárselo todo, desde que había llegado a su casa. Se habían convencido de que una niña de doce años que acababa de perder a su padre y que estaba asustada e insegura tenía la sabiduría suficiente como para conspirar contra Sorcha. En realidad, aquella niña de doce años esperaba con todo su corazón que Sorcha y ella fueran amigas, que compartieran secretos y risas. Maura se dio cuenta de que siempre había sido demasiado ingenua y había albergado demasiadas esperanzas como para entender la realidad. Sin embargo, ahora sí la entendía.

—Tan envidiosa como siempre, ¿no? —le preguntó la señora Garbett, mientras sacaba del armario un vestido tras otro y los dejaba sobre la cama. Uno de ellos era de color verde claro, y Maura lo reconoció.

—Creo que ese era mío —dijo, cuidadosamente.

—¡No era tuyo! —le gritó la señora Garbett—. Ninguno es tuyo. Ni siquiera se podía confiar en ti cuando eras pequeña.

—Eso no es verdad —respondió ella.

—¡Sí! —gritó Sorcha.

—Di una sola vez en la que…

—El día que cumplí catorce años —dijo Sorcha—. Desapareciste con Delilah Frank antes de cortar la tarta y os perdisteis toda la celebración. Tenías envidia, y por eso me robaste a mi amiga.

¿Acaso Sorcha se había vuelto loca? Ella tenía una envidia terrible porque Delilah era muy guapa y los gemelos Campbell le prestaban mucha atención.

—Sorcha, ¿es que se te ha olvidado que no querías que Delilah estuviera aquí? Me pediste que me fuera a dar un paseo por el jardín con ella.

—¡Eso es mentira! Es una amiga muy querida para mí.

—Sí, tan querida, que llevas un año sin hablarte con ella —repuso Maura, sin poder contenerse.

Sorcha dio un jadeo.

—Este es precisamente el comportamiento al que me refiero, Maura —dijo la señora Garbett, y le tendió el vestido amarillo chillón—. O tienes muy mala memoria, o estás mintiendo.

–Yo nunca he mentido –dijo Maura–. Fui directamente a hablar con usted cuando el señor Cadell...

–¡Toma el vestido! –gritó la señora Garbett, y se lo arrojó encima. Maura tuvo que agarrarlo antes de que cayera al suelo–. Te recuerdo, Maura, que estás aquí solo por mi buena voluntad. No me pongas a prueba, porque no te va a gustar el resultado.

Maura se mordió la lengua. Recordó al señor Bain diciéndole que fuera contrita y recatada. Bajó la cabeza para que la señora Garbett no pudiera ver su indignación, y respondió con docilidad:

–Sí, señora. Gracias por dejarme utilizar el vestido.

–Odio ese vestido –dijo Sorcha.

–No importa, *leannan*, el tuyo es muy bonito –le dijo su madre, señalando el traje de seda color marfil que llevaba Sorcha–. ¿Y sabes lo que te quedaría muy bien con él?

Sorcha negó con la cabeza.

–El collar.

A Maura se le aceleró el corazón. Alzó la cabeza lentamente y miró a la señora Garbett, que la estaba observando con una sonrisa maliciosa.

–Sí, está ahí, en el joyero –dijo la mujer, señalando la caja de madera que había en el tocador de su hija.

Por lo menos, a Sorcha le quedaba algo de conciencia, porque se quedó afligida.

–Mamá, no creo que...

–Póntelo. Maura, tú puedes cambiarte en el vestidor.

Maura vaciló y miró a Sorcha a los ojos, rogándole en silencio con la esperanza de que recordara que ella siempre había tratado de ser su amiga.

–Vamos, ve –le dijo la señora Garbett a Maura, señalándole el vestidor.

Maura se marchó. No podía hacer otra cosa, aparte de luchar con Sorcha para arrebatarle el collar.

Y, en aquel momento, allí estaba, con aquel vestido amarillo tan absurdo, sin haber tenido ayuda para peinarse y con Sorcha sentada frente a ella, luciendo su collar. El collar que había sido de su madre.

Maura estaba furiosa.

Estaban situadas a cada lado de la señora Garbett, en un extremo de la mesa. Adam Cadell estaba sentado junto a Sorcha. El señor Cadell estaba un poco perdido y lloroso, como si fuera un niño que se había perdido en el laberinto del jardín. A la izquierda de Maura estaba el señor Cadell y, frente a él, el señor Bain. Maura se preguntó si el señor Bain estaba durmiendo con los ojos abiertos. Si así fuera, no podría culparlo, puesto que la comida era tediosa y el señor Cadell no dejaba de hablar de la progresión mensual de la luna y de que su esposa y él disentían en cuanto a la verdadera duración del calendario lunar, lo cual hizo reír sonoramente a su mujer, como si eso fuera lo más gracioso del mundo.

Ella no podía apartar los ojos de su collar, y cada vez estaba más indignada. La joya resplandecía en el esbelto cuello de Sorcha. Con aquel collar, ella estaba casi… majestuosa. Los brillantes eran del tamaño de las alubias y brillaban a la luz de las velas. La esmeralda era como un huevo de petirrojo. Aunque el diseño era muy sencillo, resultaba increíblemente elegante.

Aquella era una familia de ladrones. No tenían ningún motivo legítimo para quitarle un collar que le pertenecía por derecho.

¿Cómo iba a poder quitárselo del cuello a Sorcha el señor Bain?

—¿No tienes apetito, Maura? —le preguntó la señora Garbett, con dulzura.

Maura miró su plato. Apenas había tocado la carne asada.

—Yo… eh…

En aquel momento, se abrió la puerta del comedor y entró el mayordomo. Hizo una reverencia ante el señor Garbett y dijo:

—Han bajado el baúl, señor.

—Debe de haber bajado desde Edimbugo, a juzgar por lo que ha tardado. Bagley, puedes acompañar a la señorita Darby a buscar a Hannah para que la ayude a hacer el equipaje con sus cosas —dijo. Dio un sorbito a su vino y le dijo a Maura—: Toma todo lo que quieras del baúl, hija.

—Pero… si no ha cenado —dijo la señora Garbett—. ¿Qué vamos a hacer con esa comida? ¿Dársela a los perros?

—Pues no veo por qué no. Seguro que les gustaría comer un poco de carne asada —respondió él, y le hizo un gesto a Maura para que siguiera al criado.

Ella se levantó de mala gana, y los caballeros se levantaron cortésmente. Se recogió la enorme falda del vestido y se marchó con Bagley.

Hannah la estaba esperando en su antigua habitación.

La doncella no miró a Maura a los ojos al abrir el baúl. Se apartó y comenzó a retorcerse nerviosamente el bajo del delantal.

Maura miró en el interior del baúl. Solo quedaban tres de los diez vestidos que había dejado allí, un par de zapatos que ya no le servían y una camisa que había manchado alguien.

–¿Dónde están mis cosas? –preguntó, con desconcierto–. Había mucho más.

Hannah no respondió, y ella alzó la vista.

–¿Qué ha pasado con mis cosas, Hannah? –le preguntó a la doncella.

–¡Yo no las pedí!

–¿Cómo?

–La señorita Sorcha... la señorita Sorcha me dijo
que tenía que quedármelas –confesó la muchacha, entre lágrimas–. Dijo que usted no iba a volver y que yo
debería quedármelas. Pensé que...

–¿Te dieron mis cosas? –preguntó Maura, con incredulidad, y miró de nuevo el baúl–. ¿Como si me
hubiera muerto?

Hannah bajó la cabeza, avergonzada.

Maura suspiró.

–*Diah*, no llores, Hannah –dijo–. No estoy enfadada contigo. Vamos, ayúdame a decidir cuántas de estas
cosas puedo ponerme todavía.

Maura comprobó que solo podría usar dos de los
vestidos, y Hannah se ofreció a planchárselos con
cara de culpabilidad. Ella estaba intentando arreglarse un poco mejor el pelo cuando se oyeron gritos y
alboroto en el pasillo. Era Sorcha. Parecía que estaba
llorando.

Maura se asomó al pasillo y vio a la señora Garbett
y a Sorcha, que entraban en el dormitorio de la joven.
Entonces, se acercó a su puerta.

–¿Qué ha ocurrido? –preguntó–. ¿Va todo bien?

–¡No! –gritó Sorcha. Tenía un trapo y estaba lim-
piándose con furia el corpiño del vestido, que tenía una
mancha de color rojo oscuro. Maura percibió un olor
a vino.

–¡El señor Bain me ha tirado el vino en el vestido! –dijo Sorcha, con furia–. ¡Qué estúpido, qué torpe!

El señor Bain podría ser cualquier cosa menos torpe, y Maura supo inmediatamente que lo había hecho a propósito para que Sorcha se viera obligada a cambiarse. Pero... ¿por qué? Al ver que Sorcha se quitaba el collar y lo arrojaba sobre el tocador, lo entendió todo. Sorcha empezó a quitarse el vestido con ayuda de su madre.

–¡Hannah! ¿Dónde está Hannah? –gritó la señora Garbett.

–¡Aquí! –exclamó la doncella, y pasó a la habitación por delante de Maura.

–Necesitamos una muda y agua limpia.

El vestido fue descartado y quedó en el suelo, y Sorcha pasó tras el biombo para quitarse el resto de la ropa manchada, sin dejar de gimotear.

–¡No puedo creerlo! ¡Era mi mejor vestido, mamá!

–Los Cadell son tan ricos que tendrás todos los vestidos que puedas necesitar, Sorcha –replicó su madre, con impaciencia, y se dejó caer en una butaca, junto a la chimenea. Entonces, se fijó en Maura, que seguía en la puerta–. ¿Qué quieres tú? Vamos, ¡márchate! –le dijo, con desprecio.

Maura salió y cerró la puerta, pensando febrilmente.

Su collar estaba allí, en el tocador, a la vista de todo el mundo. Tenía que decírselo al señor Bain. Mejor aún, tenía que pensar en cómo podría él subir a la habitación y tomarlo. ¿Cómo podría mantener ocupadas a Sorcha y a su madre? ¿Cómo?

Volvió al salón y se encontró a la señora Cadell sentada en el pianoforte. Aquella mujer pensaba que tenía talento musical; antes de que la echaran de casa, la señora Cadell tocaba el pianoforte todas las noches.

Su marido y el señor Garbett estaban de pie, al lado de la chimenea, tomando una copa de brandy y riéndose. El señor Adam Cadell estaba sentado con un libro en el regazo y con el ceño fruncido. No alzó la vista cuando ella entró. De hecho, el único que se fijó en ella fue el señor Bain.

—¿Le apetece un brandy? —le preguntó.

—Sí, por favor.

Lo siguió hasta la consola y asintió para saludar a los señores. El señor Bain sirvió un poco de brandy en una copa y se la entregó. Ella tomó la copa, lo miró a los ojos y susurró:

—Tocador.

El señor Bain se agarró las manos por detrás de la espalda y asintió.

—Ah, muchísimas gracias, señorita Darby —dijo.

Después, se alejó de ella y se reunió con el resto de los caballeros junto a la chimenea.

Maura se quedó confusa y con el corazón acelerado. ¿La había oído? ¿Había entendido lo que quería decir? Si la había entendido, y si realmente encontraba la forma de tomar el collar, iba a arriesgarlo todo. ¿Y si lo sorprendían? ¿Qué haría el señor Garbett? El señor Bain había dicho que su forma de ganarse la vida dependía de su reputación y, si el señor Garbett lo sorprendía, se lo contaría a todo el mundo. Tenía que ayudar al señor Bain de algún modo. Mientras pensaba, se dio la vuelta, y su mirada recayó sobre Adam Cadell.

Él se había levantado y estaba junto a la consola, y la estaba observando atentamente.

–Oh –murmuró ella, sobresaltada–. Señor Cadell, no lo había visto.

–Señorita Darby –dijo él.

Tenía una expresión rara, como si estuviera decepcionado o molesto. ¿La habría oído mencionar la palabra «tocador»? Bueno, si la había oído, no significaría nada para él. No, si el collar no desaparecía, o si desaparecía y él no recordaba entonces haberla oído...

Él miró al señor Bain y, después, la miró a ella nuevamente. A Maura se le encogió el corazón. No podía sospechar que estuvieran tramando algo. *Diah*, no. No iba a permitir que Adam Cadell le estropeara aquello también.

Después de un momento de pánico, dejó la copa de brandy en la consola, intacta, y se acercó a él.

–Bueno, y ¿cómo está, señor Cadell?

–¿A qué te refieres? –murmuró él, mirándole los labios.

–¿Qué tal le han ido las cosas desde que... sucedió todo?

–¿Cómo crees tú que me han ido? –le preguntó él, alzando la vista–. Cada día, cada momento, han sido un desafío para mí. Te he echado de menos, Maura.

Qué ridículo era. ¿Acaso pensaba que había vuelto por él, después de todo lo que había pasado? Si Sorcha lo veía hablándole así, con aquella expresión tan intensa, tan cerca de ella...

–Señor Cadell –le dijo, sin saber qué hacer.

Sin embargo, al mirar al señor Bain, tuvo una idea genial. Supo exactamente lo que tenía que hacer para distraer a todo el mundo.

–¿Le gustaría bailar?

El señor Cadell se quedó atónito.

–¿Disculpa?

–Bailar –repitió ella, y miró a la madre de Adam, que estaba tocando el pianoforte con tanta concentración, que se había olvidado de seguir vigilando a su hijo.

–No creo que... No deberíamos...

–¿Qué puede haber de malo? Me marcho mañana.

De repente, lo tomó de la mano y lo llevó al centro de la habitación. Entonces, lo soltó, se agarró la falda del vestido y empezó a dar los pasos de un *minuet*, poniéndose de puntillas y bajando de nuevo, alrededor del joven.

–¿Qué es esto? –preguntó el señor Garbett, al darse cuenta de lo que estaban haciendo, y se echó a reír–. ¡Qué divertido! Adam, muchacho, Maura baila estupendamente bien. Yo me uno a vosotros –dijo. Se colocó junto a Maura y comenzó a seguir sus pasos de baile.

La señora Cadell se giró a mirarlos y dejó de tocar inmediatamente.

–¿Qué significa esto?

–Vamos, sigue tocando –le dijo su marido–. Un poco de diversión no tiene nada de malo.

La señora Cadell no hizo lo que le decía, y su marido bramó:

–¡Toca!

Ella se giró y siguió tocando. El señor Garbett casi ni se dio cuenta. Se lo estaba pasando muy bien, y no parecía que le importara lo que iban a pensar su esposa y su hija de aquel baile. Le hizo una señal a Adam para que bailara con ellos.

Al dar otra vuelta, Maura captó la mirada del señor Bain. Era una mirada de desaprobación. Sin embargo, a los pocos instantes, su expresión se volvió reservada y comenzó a observarlos con un poco de diversión y un poco de aburrimiento, como habría hecho cualquier otro invitado.

Maura siguió bailando; sabía que Sorcha aparecería en cualquier momento y se pondría furiosa al ver la escena. Entonces, se formaría el alboroto que necesitaba el señor Bain para hacerse con su collar.

Se agachó, giró y se rio alegremente, como si estuviera disfrutando de aquel momento. El señor Garbett sí estaba pasándolo muy bien, puesto que se había emborrachado y no se daba cuenta de lo mal que bailaba.

Adam se movía con rigidez. Estaba incómodo y quería alejarse, pero no tenía valor.

—¡Vamos, un poco de entusiasmo, joven! —le gritó el señor Garbett. Adam lo intentó, pero también bailaba muy mal. Se chocó con Maura y estuvo a punto de hacer que perdiera el equilibrio. Sin embargo, ella se echó a reír con ganas, porque, en realidad, todo aquello era absurdo.

Por suerte, todo acabó muy pronto, porque Sorcha y la señora Garbett entraron en salón justo cuando Maura tomaba a Adam del brazo y daba un giro. La señora Garbett gritó al ver lo que estaba sucediendo, y Sorcha exclamó:

—¡Adam!

—¡Señor Garbett, cómo ha podido! —gritó la señora Garbett.

—¿A qué te refieres? —preguntó el señor Garbett, sin saber qué crimen había cometido ahora.

A Sorcha se le alteró la respiración, como si le estuviera fallando el corazón. La señora Cadell se levantó del pianoforte y le juró a la señora Garbett que no había podido hacer otra cosa que tocar, puesto que se lo había ordenado su marido. Sin embargo, el señor Cadell lo negó todo y, en medio de aquel tumulto, Maura se dio cuenta de que el señor Bain había desaparecido sin que nadie se percatara.

La discusión continuó. El señor Garbett y el señor Cadell insistieron que aquello no era nada más que una diversión inocente, mientras Adam se ponía muy rojo. Cuando parecía que la señora Garbett lo había aceptado, ella preguntó:

—Entonces, ¿podemos seguir bailando, señor Cadell?

Eso provocó otra discusión que duró un buen rato. La señora Garbett declaró que Maura había vuelto con el único propósito de robarle el corazón a Adam, y Sorcha acusó a su prometido, entre lágrimas, de no sentir ni el más mínimo afecto por ella y de creer que Maura era más guapa que ella, acusaciones que Adam, estúpidamente, no refutó.

Los reproches continuaron durante tanto rato que el señor Bain volvió al salón y tomó su copa de brandy como si nunca se hubiera ausentado. Fue increíble. ¡Imposible! Sin embargo, Maura no estuvo completamente segura de si lo había conseguido hasta que sus ojos se encontraron y ella vio que él tenía una sonrisa en la mirada.

De repente, abrió los brazos y exclamó:

—¡Se lo ruego, ya basta!

Al oírla, todos dejaron de hablar y la miraron con diferentes grados de indignación.

—Pido perdón. Sorcha, mis más sinceras disculpas. No quería causarte aflicción, solo quería pasar el rato.

—¡Eres diabólica! —exclamó la señora Garbett—. Quiero que salgas de esta casa a primera hora de la mañana y que no vuelvas nunca más –añadió, y rodeó a su hija con un brazo. Sorcha estaba furiosa.

–Creo que será mejor que se retire –le dijo el señor Bain, con frialdad.

Maura asintió.

–Pido perdón de nuevo –dijo, con todo el arrepentimiento que pudo fingir.

Salió de la habitación con el corazón en un puño. ¿Y si el señor Bain no había conseguido el collar y todo aquello no había servido de nada? Cuando llegó a su dormitorio, cerró la puerta y se apoyó en ella con los ojos cerrados, respirando profundamente para intentar calmarse. Su bolsa seguía allí, donde la había dejado, junto a la puerta. La abrió y vio el collar sobre sus pocas pertenencias.

Sintió un enorme agradecimiento y una enorme estima por el señor Bain. Tenía su collar y había recuperado su orgullo, y nunca olvidaría su bondad y el riesgo que había corrido por ella.

Rápidamente, reorganizó sus cosas y tapó el collar con algo de ropa. Después, se quitó el horrible vestido que le había prestado la señora Garbett y lo dejó en el suelo. Se puso una camisa roída por las polillas y uno de sus viejos vestidos grises, que tenía los codos desgastados. Se lavó la cara y las manos, se peinó y se hizo una trenza y se dejó caer sobre el colchón. Ni siquiera se metió entre las sábanas, sino que permaneció sobre la colcha.

Estaba preparada y, en cuanto amaneciera, se marcharía de la casa de los Garbett para no volver nunca más.

Ojalá estuviera allí el señor Bain. Quería posar la mejilla en su pecho y sentir su calor, la seguridad que le transmitía. Había confiado en él aunque apenas lo conociera, y él era la única persona que no la había traicionado en toda su vida.

El señor Bain la única persona en el mundo que estaba de su lado.

Por el momento, al menos.

Capítulo 12

Nichol debería estar furioso con la señorita Darby por sus maquinaciones. Era una boba. ¿Acaso no se daba cuenta de que el compromiso podría haberse cancelado por culpa de aquel bailecito? Con sus actos, podía haber destruido su reputación y haber puesto en peligro su plan para recuperar el collar.

Sin embargo, por otro lado, tenía que reconocer su mérito. Con su atrevida apuesta de bailar con Adam Cadell, había creado una situación perfecta para que él pudiera actuar. Había encontrado el collar exactamente donde ella le había indicado, olvidado con descuido en el tocador de Sorcha.

La señorita Darby ya tenía lo que había ido a buscar y, en cuanto saliera el sol, se pondrían en camino. Aunque todavía no había amanecido, él ya había bajado a informar a Bagley de que necesitaban los caballos. Después, había vuelto a su habitación y se había tendido en la cama a pensar.

Se arrepentía de haberle mencionado el collar a Garbett, no porque temiera haber creado sospechas, sino porque no quería que la señora Garbett se hubiera llevado la satisfacción de saber que la señorita Darby deseaba recuperarlo. En cierto sentido, aquella mujer le recordaba a su padre: era inflexible, tozuda, maliciosa y contumaz. El ambiente de la noche anterior le había resultado muy familiar, puesto que él se había criado en un hogar muy parecido. Le habían hecho sentirse un extraño en su propia casa, como si fuera un intruso.

De repente, recordó algo que había sucedido en su niñez. Su padre estaba en su dormitorio y lo observaba con una expresión de odio. Su hermano pequeño estaba en la puerta, temblando.

—¿Qué he hecho, papá?

Tenía diez años. ¿Qué podía haber hecho?

Su padre le había respondido en un tono glacial:

—Dame el reloj de bolsillo.

A Nichol se le había encogido el corazón al ver que su padre abría la palma de la mano. Aquel reloj era un regalo que le había hecho un día soleado de verano su abuelo materno, un hombre a quien él recordaba con gran afecto. «Esto es para ti, hijo», le había dicho su abuelo. «No te separes de él, y tendrás un poco de mí para siempre, ¿de acuerdo?».

Nichol bajó de la cama. Al principio, se negó a entregárselo a su padre.

—Es mío —dijo, y eso le valió un fuerte bofetón.

—No es tuyo, es de mi hijo. Dame el reloj de bolsillo —le ordenó de nuevo su padre, con los dientes apretados.

Nichol empezó a llorar con impotencia. Sacó el reloj de su cómoda y se lo dio a su padre que, a su vez, se lo entregó a Ivan. Nichol se había quedado confuso con los comentarios de su padre, puesto que él también era hijo suyo, como Ivan.

Ivan estaba desconcertado e indefenso. No sabía qué hacer. Sabía que aquel reloj significaba mucho para él. Cuando su padre le había dado el reloj, ordenándole que se comportara como un hombre y lo tomara, a su hermano le temblaba la mano. Ivan había mirado a Nichol y le había dicho:

—Yo lo guardaré y lo conservaré para ti, te doy mi palabra.

—No seas tonto —le dijo su padre.

Nichol recordó el aire frío que había notado cuando su padre salía de la habitación, como si acabara de marcharse un fantasma.

No volvió a ver aquel reloj.

A la mañana siguiente, lo despertó un criado y le dijo que se bañara y se vistiera. Y, sin explicaciones, lo habían mandado de aprendiz a casa del duque de Hamilton. Él no sabía que lo iban a enviar lejos, no había tenido tiempo de prepararse y ni siquiera pudo despedirse de su hermano. No conocía al duque de Hamilton, y tenía miedo. Se quedó en la calle, esperando el coche, conteniendo las lágrimas, mientras su padre le ordenaba que no llorara.

Antes de que se cerrara la puerta del carruaje, Ivan corrió hacia él y subió. Su padre le gritó que volviera.

—Toma —le dijo a Nichol, y le puso algo en la mano—. Te voy a echar de menos, Nic.

Eso fue todo lo que pudo susurrarle antes de que su padre le sacara a la fuerza del coche y cerrara la portezuela.

Cuando Nichol abrió el puño, vio que Ivan le había dado el sello que su abuelo materno le había regalado a él.

Nichol se sintió conmovido. Se guardó el anillo y

nunca más volvió a separarse de él. Por supuesto, siempre había sabido que el favorito de su padre era Ivan, pero Ivan también había tenido que soportar su propia cruz con su padre. Todo aquel que conocía a aquel hombre tenía que soportarla.

Nichol había pasado muchas noches en vela, preguntándose el motivo de que su padre lo despreciara tanto. ¿Cuántas veces había tratado de aplacarlo, sin éxito? Su padre siempre había rechazado su presencia. Cuando había vuelto a la casa de su infancia, después de educarse en St. Andrews, solo había encontrado hostilidad y la orden de marcharse de Cheverock y Comrie, el pequeño pueblo que estaba en las tierras de su padre, el barón de MacBain. Ivan se había convertido en un joven, también, y trató de tender puentes entre Nichol y su padre, pero no lo consiguió.

Entonces, él se había ido para siempre con la intención de encontrar su lugar en el mundo. Se había cambiado el apellido a Bain, para que nadie volviera a asociarlo con William MacBain, Había viajado por Europa en busca de algo que pudiera considerar propio, cualquier cosa. Sin embargo, le costaba mucho confiar en los demás y siempre se cuestionaba su sinceridad. Cuanto más se acercaba alguien a él, más quería alejarse.

Al final, había aceptado aquella vida nómada y se había refugiado en su trabajo. Un trabajo que había comenzado a desempeñar por casualidad, cuando un amigo, en plena borrachera, había retado a duelo a un francés. Él había resuelto el asunto con tanta maestría que el francés lo había recomendado a un compatriota suyo, que tenía un desacuerdo con un vecino suyo, un conde muy poderoso.

Nichol no había vuelto a pensar en su padre durante aquellos años, salvo para preguntarse por qué había merecido su rechazo. Aún le resultaba incomprensible.

Sin embargo, se había forjado una vida. No necesitaba ni la aprobación ni el dinero de su padre. Después de treinta y dos años, Nichol no sentía nada, aparte de miedo, cuando pensaba en él. Las únicas ocasiones en las que sentía emociones era cuando presenciaba cómo trataban mal a otra persona.

Nichol nunca entendería que había hecho Maura Darby para merecer aquel maltrato por parte de los Garbett. Cuando había llegado a su casa no era más que una niña, y ellos tenían la responsabilidad moral de tratarla bien.

Pasó una hora, o más. Oyó que la gente empezaba a moverse por la casa, oyó los relinchos de los caballos en el jardín delantero. Se levantó, se lavó y se peinó. Recogió sus cosas y bajó las escaleras. La familia ya estaba desayunando, pero él no tenía interés en la comida, ni en nada que le pudieran ofrecer. Su único interés era salir de allí con la señorita Darby, terminar aquel trabajo por el que le habían pagado y dejar atrás Stirling.

Le indicó a un criado que dijera en la cocina que iban a necesitar algo de comida para llevar. Después, entró al comedor para despedirse formalmente.

Las dos familias estaban sentadas a la mesa, y la tensión que había entre ellas era palpable. Los Cadell apenas hablaban, y Sorcha estaba jugueteando con la comida del plato.

—Señor Bain —dijo, alegremente, el señor Garbett—. ¿No quiere sentarse con nosotros?

—No, gracias —respondió él—. En cuanto baje la señorita Darby, nos pondremos en camino.

–Pero desayune algo, muchacho –le dijo el señor Garbett.

Nichol hizo un gesto negativo. El hecho de sentarse con ellos daría la impresión de que aprobaba su comportamiento, y no lo aprobaba.

Oyó que alguien bajaba las escaleras y, al momento, la señorita Darby caminaba por el pasillo, como un soldado, hacia él. Llevaba un sencillo vestido gris que, por lo menos, era de su talla, pero que estaba muy desgastado. Se había hecho una larga trenza que le colgaba por la espalda. Entró al comedor y le hizo una reverencia al señor Garbett.

–Le pido perdón, señor. No quisiera interrumpir, pero me gustaría darle las gracias de nuevo.

La señora Garbett murmuró algo entre dientes mientras untaba mantequilla en una tostada.

–¿No vas a desayunar, Maura? –le preguntó el señor Garbett, ignorando el antagonismo que irradiaba de toda la mesa. Ni siquiera Adam Cadell se atrevía a levantar la vista.

–No, gracias –dijo ella.

–Bien –dijo Nichol–. ¿Nos vamos ya, señorita Darby?

–Sí –respondió ella, con los ojos muy brillantes.

Nichol la entendía perfectamente. Estaba tan desesperada como él por salir de allí.

–¿Ya? –preguntó el señor Garbett, y se puso de pie, con la servilleta todavía en el cuello–. Trae su capa, Bagley.

El mayordomo asintió y salió del comedor. Volvió un instante después, con la capa en la mano, y se la colocó a la señorita Darby sobre los hombros. Mientras, entró la doncella y, rápidamente, fue hacia Sorcha.

La señorita Darby se dio la vuelta para marcharse.

—¡Maura! ¡No puedes irte sin despedirte! —le dijo el señor Garbett, y abrió los brazos como si quisiera abrazarla—. ¡Cuánto te voy a echar de menos! Tienes que escribirnos, ¿eh? Queremos saber cómo es ser la señora de Luncarty.

¿Acaso Garbett había olvidado lo que había sucedido durante el último mes? ¿De veras pensaba que ella se iba voluntaria y alegremente a casarse con un hombre de su elección?

—Gracias, señor, pero no creo que nadie quiera tener noticias mías.

—Oh, no te preocupes por Sorcha —le dijo él, mientras la doncella susurraba al oído de su hija—. Cuando se haya casado estará muy bien. Eso es lo único que le molesta.

Por la cara que puso Adam Cadell, parecía que iba a echarse a llorar.

El padre de Adam se levantó y le tendió la mano a Nichol.

—Gracias, Bain, por arreglar la situación.

Como si la vida de una muchacha solo fuera una complicación para su hijo.

—¡Papá! —gritó Sorcha, de repente, y se puso en pie con tanta urgencia que tiró la silla hacia atrás. Uno de los criados se apresuró a levantarla.

—*Diah*, ¿por qué gritas? —preguntó el señor Garbett, y se apretó el pecho con una mano a causa del sobresalto que le había provocado su hija—. ¿Qué ocurre?

—¡Ha desaparecido mi collar! —exclamó ella, con la voz enronquecida.

Nichol tuvo que contenerse para no dar un gruñido. Se lo había dicho la doncella, sin duda, para no cargar ella con las culpas. Él esperaba que tuvieran tiempo de salir de casa de los Garbett antes de que se descubriera todo. Miró a la señorita Darby, que había palidecido. Tenía la bolsa de viaje agarrada con tanta fuerza que se le habían puesto los nudillos blancos.

—Lo habrás extraviado —dijo el señor Garbett, sin hacerle demasiado caso a su hija, y se volvió de nuevo hacia Nichol.

—¿Qué significa eso de que ha desaparecido el collar, Hannah? —inquirió la señora Garbett.

—La señorita Sorcha lo dejó en el tocador, y ahora ya no está —respondió la doncella, tartamudeando.

—¡Lo han robado! —gritó Sorcha, fulminando a Maura con la mirada.

—¡Ya lo hemos oído, Sorcha! ¿Quieres dejar de gritar? Vamos, Hannah, muchacha, estoy seguro de que sigue en la habitación. Ve a echar otro vistazo.

—Disculpe, señor, pero no está.

—¡Lo ha robado ella! —exclamó Sorcha, señalando a la señorita Darby.

—¿Qué? —preguntó la señorita Darby—. ¡Te doy mi palabra de que yo no haría eso, Sorcha!

—¡Lo tiene ella, papá! Por eso volvió. ¡No quería sus cosas, quería destruir mi vida y robarme el collar!

El señor Garbett miró con curiosidad a la señorita Darby, que parecía un animal atrapado.

—¡Yo no lo tengo! —repitió.

—¿Y de qué vale tu palabra? —le espetó la señora Garbett, con un resoplido—. No permitirá que salga de aquí sin que registremos su bolsa, ¿verdad, señor Garbett? Su hija tiene razón. La señorita Darby vino a casa a quitarnos algo. Como no pudo quedarse con Adam, robó el collar.

—No seas absurda, querida —replicó el señor Garbett—. Vamos a aclarar todo esto aquí mismo. Maura no es ninguna ladrona. Vamos, hija, déjanos ver la bolsa.

Ella apretó el asa y miró a Nichol con impotencia.

—Vamos, Maura, deja que miremos en la bolsa —repitió el señor Garbett.

—Désela —dijo Nichol, suavemente.

La expresión de la señorita Darby cambió al instante. Su mirada se endureció y frunció los labios. Por supuesto, se había creído que él la había traicionado.

Lentamente, le entregó la bolsa al señor Garbett, que se la entregó a su hija de malas maneras.

—Aquí tienes —le dijo, con severidad—. Ya que tú eres la que acusas, registra tú la bolsa.

Sorcha tomó la bolsa y se puso de rodillas en el suelo. Sacó las pocas prendas que había en su interior y volvió la bolsa del revés. Estaba vacía.

—¿Lo ves? ¡La has acusado falsamente, Sorcha! ¡Muy mal! Por supuesto que el collar no está ahí. Si yo fuera tú, le preguntaría a la doncella qué ha hecho con él.

—¡Cómo te atreves a acusar a Hannah! —exclamó con furia la señora Garbett—. ¿Y él? —preguntó, señalando a Nichol.

—¿Él? ¿El hombre a quien hemos pagado unos buenos honorarios para que se la lleve? ¿Estás loca, esposa mía.

Nichol se quitó el abrigo y estiró los brazos.

—Puede registrarme todo lo que quiera, señora Garbett.

La mujer enrojeció. Le dio una patada a la bolsa para apartarla de su hija y tiró de Sorcha para sentarla de nuevo a la mesa.

Con calma, Nichol se agachó y recogió las cosas de la señorita Darby. Las metió en la bolsa, y dijo:

–Bien, nos vamos ya.

Tomó del codo, con firmeza, a la señorita Darby, y la guio hacia la salida.

La señorita Darby llevaba la cabeza baja y la mandíbula apretada mientras salían de la casa.

–Maura, hija, por favor –le dijo el señor Garbett, que los siguió con la servilleta todavía en el cuello–. No te enfades con nosotros. Cualquier persona razonable podía haber cometido este error, ¿no?

–Adiós, señor Garbett –dijo ella, y giró la cabeza cuando Nichol la subió a la silla del caballo. Él se encargó de atar la bolsa a la parte trasera de la montura. Después, montó también.

El señor Garbett se acercó a ellos.

–Pero… vas a escribir, ¿verdad?

La señorita Darby lo ignoró. Nichol tomó las riendas de su caballo y puso ambos animales al trote, y dejaron al señor Garbett en la calle. El viento le azotaba la servilleta.

Cabalgaron en silencio durante un cuarto de hora por la carretera. Él tenía cosas que explicarle, pero pensó que sería mejor hacerlo en la posada de Stirling, con el estómago lleno.

Sin embargo, la señorita Darby tenía otros planes. De repente, le arrebató con brusquedad las riendas, y detuvo a su caballo.

–¿Qué hace? –preguntó él.

Entonces, ella bajó torpemente del caballo y empezó a caminar. Nichol la observó con curiosidad por saber hasta dónde iba a llegar si él no la detenía.

–¿Adónde va? –le preguntó.

–¡Lejos de usted! ¡No le debo nada, señor Bain! He cumplido mi parte del trato, pero ¿usted? ¡Me ha traicionado! ¡No es mejor que ellos!

Nichol bajó del caballo y la siguió.

–Si puede pararse quieta, le explicaría que…

–¿Acaso cree que soy tan tonta como para aceptar sus explicaciones? ¡Todo está bien claro! ¿Perdió el valor, o es que de repente ya no me consideró digna de su ayuda? ¿Estaba tan preocupado por su preciosa reputación que mis preocupaciones ya no le importaban?

Nichol se arrodilló.

–¿Y sabe lo que más me enfurece de todo, señor Bain? –le preguntó ella.

–Me hago una idea, sí.

–No, no tiene ni idea. ¡Lo que más me enfurece es que confié en usted! ¡Creí en usted! –gritó ella, mientras Nichol volvía a ponerse en pie–. ¡Qué tonta he sido al confiar en usted, un desconocido! Todos me han abandonado, y no debería haber pensado que usted iba a ser diferente. No debería haber permitido que me…

De repente, se quedó muda. Boquiabierta.

Miró el collar que él tenía en la mano.

–¿Cuándo? –le preguntó.

–Por la noche.

Cerca de las dos de la madrugada, se le había ocurrido que los Garbett acusarían inmediatamente a la señorita Darby si descubrían antes de que ellos se hubieran marchado que había desaparecido el collar. Así pues, había ido sigilosamente por el pasillo hasta su habitación y había tomado el collar de la bolsa. Al entrar, la había visto dormida, había oído su respiración constante, y le había parecido una muchacha muy joven, muy vulnerable. Había sentido lástima por ella, porque la señorita Darby había tenido mala suerte en la vida. Como él. Sin embargo, el hecho de sentir algo, de no ser capaz de ignorarlo ni de apartárselo de la cabeza, era inquietante para él.

–Pensaba que había perdido el valor y lo había devuelto a algún lugar donde ellos pudieran encontrarlo –le dijo la señorita Darby.

Él ladeó la cabeza y sonrió con curiosidad.

–Entonces, ¿le parezco de los que se acobardan con facilidad? Temía que nos descubrieran antes de salir, y que sospecharan de usted.

Ella enarcó las cejas.

–Entonces… ¿entró en mi habitación mientras yo dormía?

–Sí –dijo él, sin saber si estaba enfadada o impresionada, y le tendió el collar.

La señorita Darby avanzó lentamente hacia él, mirando el collar fijamente. Entonces, empezó a caminar a mucha más velocidad, y Nichol se preparó por si pensaba empujarlo y tirarlo al suelo. Y ella se abalanzó hacia él, pero no como él pensaba.

La señorita Darby le rodeó el cuello con los brazos y lo besó.

A él se le escapó una risa de sorpresa, pero ella lo ignoró y siguió besándolo. ¡Qué mujer! ¿Acaso nunca iba a terminar de sorprenderlo? Estaba haciendo que le hirviera la sangre en las venas. Deslizó los brazos por su cuerpo y la estrechó contra sí para prolongar su ataque, y entrelazó su lengua con la de ella.

Era blanda y suave, y tenía la dulzura de la primavera. Él se abandonó al deleite de aquella caricia sensual y de aquella excitación. Sin embargo, la señorita Darby se separó de él repentinamente, sin aliento, con los ojos relucientes, y se echó a reír con tanta alegría, o con tanto histerismo, que él se quedó anonadado. No había visto aquella faceta suya.

–Oh, mi *Diah*, ¿qué he hecho? –preguntó ella, entre risas. Apartó los brazos de su cuello y se alejó–. No sé qué me ha pasado, señor Bain. No quería hacerlo, de veras, y no tengo explicación, aparte de lo feliz que me siento –le dijo, y tomó el collar que él tenía colgando entre los dedos.

A Nichol se le había olvidado que lo estaba sujetando.

–¡Creía que lo había perdido para siempre! Mi *Diah*… Por favor, perdóneme –le suplicó ella.

Él estaba temblando por dentro. Aquel beso había sido como un terremoto para él. Se pasó el dedo por el labio inferior, y respondió:

–No tiene por qué pedirme perdón, señorita Darby.

Ella todavía tenía los ojos muy brillantes, pero con una luz un poco diferente. Era ligeramente seductora. Más sabia.

–Es muy amable por no enfadarse, señor Bain, porque tendría razón si lo hiciera. Al contrario de lo que ha oído decir a los Garbett, no tengo la costumbre de demostrar afecto hacia los caballeros, se lo esperen o no.

Afecto.

Ella se rio de nuevo, como si estuviera sorprendida.

–Casi no me reconozco –dijo, y se puso la mano sobre la frente–. Necesito un poco de aire fresco, eso es.

Se movió como si fuera a alejarse, pero se detuvo y lo miró de reojo, con una sonrisilla en los labios carnosos.

–Le pido perdón por mis desagradables palabras de antes. Estaba furiosa. Pero ahora estoy en deuda con usted, señor Bain –le dijo, y empezó a caminar hacia la carretera, frotándose la nuca como si acabara de despertar de una larga siesta.

Qué extraño, qué desconcertante era que aquel brillo de sus ojos pudiera hacer que él se sintiera tan alterado. Tan inquieto.

Eso no era propio de él.

A él nadie lo desconcertaba, nadie lo alteraba, nadie lo inquietaba. Y menos, una mujer.

Sin embargo, allí estaba, completamente desconcertado.

Movió la cabeza de lado a lado, intentando aclararse el pensamiento. Tomó las riendas de los caballos y los llevó hacia la carretera, donde se había detenido la señorita Darby. Estaba mirando al horizonte, y él se dio cuenta de que se había puesto el collar. La esmeralda resplandecía en el hueco de su garganta.

–¿Qué le parece? –le preguntó ella, y se abrió la capa para que él pudiera admirarlo.

Era muy bonito. Casi tanto como el esbelto cuello que adornaba. Le gustaría mucho quitárselo y poder acariciar aquella piel con las yemas de los dedos, y deslizar las manos por sus hombros blancos.

–¿Cree que a su amigo le gustará, entonces? –le preguntó ella, e hizo una reverencia–. Puede que me considere una señorita de bien, ¿no?

Demonios… Se había olvidado de Dunnan Cockburn por completo.

–Sí, creo que sí –respondió, con toda la sinceridad, y tuvo una punzada de resentimiento, completamente irracional, hacia Cockburn–. Por desgracia, vamos a tener que esperar para averiguar lo que piensa Cockburn de su collar, porque debemos tomar un desvío.

Apenas sabía lo que estaba diciendo. Su plan era ir rápidamente a Luncarty y dejarla allí para terminar su trabajo. Después, iría a buscar a Gavin y a ver a su hermano después de tanto tiempo. Eso era lo que hacían los sentimientos con los hombres; les hacían pensar cosas ridículas y actuar en consecuencia. Nichol llevaba años sin pisar Cheverock. Un hijo pródigo no regresaba así a su hogar, pero sus sentimientos por la muchacha lo empujaban a ignorar los dictados del sentido común.

—¿Disculpe? —preguntó ella, mientras él le ataba la capa al cuello.

—¿Recuerda al mozo al que usted asustó tanto con sus quejas?

Ella ladeó la cabeza.

—Ah, sí, me acuerdo del muchacho, aunque no demasiado. No dijo ni una palabra, y yo no estaba de humor para prestarle atención.

—Sí, me acuerdo —dijo Nichol—. El pobre chico se quedó sin caballo, y tuve que enviarlo a un lugar seguro hasta poder ir en su busca.

—¿Y por qué no lo llevó con usted?

—Porque, entonces, la habría perdido a usted, y no podía permitir que ocurriera eso.

Ella hizo un gesto de picardía.

—El señor Garbett debió de pagarle muy bien, señor Bain.

—Pues, en realidad, no, señorita Darby. No me pagó lo suficiente —respondió él, y sonrió.

Y ella, también.

Sí, se había vuelto loco. Iba a cambiar la ruta y añadir dos días más a su camino para estar con ella, ir a casa de su familia con una mujer cuya compañía no podía explicar… y todo, por un beso.

La tomó de la cintura y la subió al caballo. Sin embargo, no lo hizo de inmediato. Se quedó atrapado en su mirada. Ella tenía la cabeza echada hacia atrás y los ojos llenos de diversión. Se fijó en sus labios.

—No le pedí que fuera a buscarme, señor Bain. Por lo tanto, me niego a sentirme mal por usted.

—Me sentiría decepcionado si lo hiciera, señorita Darby.

—¿Adónde envió al chico? —le preguntó ella, y posó con delicadeza las manos en sus antebrazos, cuando él se preparaba para alzarla.

El calor que estaba sintiendo empezó a desaparecer cuando pensó en Cheverock. En su padre. Subió a la señorita Darby al caballo y dijo:

—A casa. Lo mandé a mi casa.

Aquellas palabras tenían un gusto amargo para él.

—¡Oh! —exclamó ella, sorprendida y encantada—. Eso es muy arriesgado, ¿no cree, señor Bain? Pensarán que ha llevado usted a su amante —dijo, y se echó a reír como si aquello fuera imposible.

Nichol no se rio. No podía reírse. El miedo había empezado a apoderarse de él, le presionaba las costillas y le atenazaba la garganta.

A la señorita Darby se le borró la sonrisa.

—Discúlpeme, ha sido una broma de mal gusto. ¿Qué excusa va a dar sobre mí, entonces? No me importa lo que diga, si puede ayudarle. A mí ya no me hace daño la opinión de nadie.

Nichol pensó amargamente que ella no conocía a su padre.

—No lo sé —dijo, con sinceridad—. Hace muchos años que no voy por allí, y no sé cómo van a recibirnos. Pero no permitiré que le hagan daño, señorita Darby.

–Oh –dijo ella, sorprendida–. Pero…

Nichol le dio la espalda y montó a caballo. No quería escuchar su pregunta, no quería dar explicaciones, no quería pensar en ello. Puso a los animales al trote y se alejó del momento de ternura que habían compartido, del calor que había estado sintiendo, del afecto que ella le había demostrado.

Había sido divertido, de todos modos. Lo que había hecho era una tontería, puesto que nada podía cambiar el hecho de que iba a entregársela a Dunnan Cockburn. Así era su vida. Conocía a mujeres, y algunas de ellas lo atraían mucho. Algunas veces se acostaba con ellas. Sin embargo, siempre las dejaba.

Era un bala perdida, no tenía hogar, no tenía nombre.

Pero eso no significaba que no pudiera alterar su ruta y disfrutar de su compañía durante uno o dos días.

Y de su afecto.

Capítulo 13

Al principio, Maura se había quedado horrorizada por lo que había hecho, pero ya no lo lamentaba. Ya no quería preocuparse más por el decoro y ¿quién podía culparla? Se había dejado llevar por las emociones, por una terrible decepción cuando habían salido de casa de los Garbett y, después, al saber que el señor Bain sí había recuperado su collar, por una alegría inmensa. Era como si los dos fueran unos rebeldes que luchaban contra la tiranía y la injusticia, y había sentido tanta gratitud y tanto alivio, que no había podido contenerse.

En realidad, no se arrepentía de haberlo besado. Se alegraba.

No podía dejar de pensar en sus labios, suaves y flexibles y, a la vez, exigentes. Se estremeció de deseo al recordar su beso. Ella no había querido que terminara nunca, y supuso que habría abandonado por completo su moralidad si la conciencia no la hubiese aguijoneado. De repente, se había dado cuenta de lo que estaba haciendo, de quién era, o de quién había sido hasta que Adam Cadell le había destrozado la vida. Era una mujer que valoraba su buena reputación y se cuidaba de no ofender a nadie. Era una mujer que estaba esperando pacientemente a que Sorcha se casara para poder encontrar a su posible marido.

No era una mujer que se abalanzaba sobre un hombre y lo besaba con entusiasmo.

Observó al señor Bain, que cabalgaba por delante de ella. Llevaba la espalda muy recta y un puño apretado y apoyado en el muslo.

Tenía que dejar de pensar en el beso, y en él. En realidad, no lo conocía. El señor Bain había entrado en su prisión rompiendo la ventana de un puñetazo y se la llevaba a casarla con un desconocido. Había dejado claro que ella no era más que un problema, y que le habían pagado para que lo resolviera. Y, si no se hubiera escapado, él la habría entregado sin la menor vacilación. Solo sabía que era un hombre decente, porque la había ayudado a recuperar el recuerdo de su familia.

Sin embargo, también sabía que iba a llevarla a casarse con un hombre a quien no conocía, y que debía planear su huida. Ya lo haría cuando llegara el momento. No tenía sentido pensar en ello hasta que supiera cuáles eran los obstáculos que tendría que superar.

Así pues, iba a permitirse vivir aquella fantasía mientras durara. Dentro de poco tiempo solo iba a poder pensar en cómo sobrevivir.

El señor Bain miró hacia atrás, por encima de su hombro, como si quisiera cerciorarse de que ella todavía estaba allí. Le sonrió. Él volvió a mirar hacia delante.

Era un enigma muy interesante. Tenía buena educación y era refinado. Tal vez fuera hijo de un vicario o de un terrateniente, de una familia respetable. Entonces… ¿por qué llevaba varios años sin ir a su casa?

¿Por qué no sabía cómo iban a recibirlo? Era extraño, porque se presentaba como si tuviera el control absoluto de todo, y ella hubiera pensado que también tenía el control de su familia.

Aquello le presentaba de una forma distinta ante su vista. Al principio le había parecido alguien en blanco y negro, pero ahora estaba empezando a ver muchos matices grises, sombras y luces.

Quería conocer cuáles eran las sombras del señor Bain. Tal vez fueran sombras muy oscuras, pecados raros que la dejarían asombrada. Tal vez le gustaran los pies de las mujeres. Para Maura, eso siempre habría sido algo indignante e imposible, pero Delilah Frank se lo había contado acerca del señor Grant, un viudo que se había casado con una muchacha treinta años menor que él. «Ella me ha dicho que le gusta frotárselo contra sus pies», le contó al oído Delilah, una tarde que estaban siguiendo a Sorcha y a Adam por el jardín.

—¿Qué significa eso de frotárselo? —preguntó Maura.

Delilah se había echado a reír y se había sonrojado.

—Me refiero a eso —dijo, mirando furtivamente a su alrededor mientras le daba un codazo en el costado.

En aquel momento, ella miró al señor Bain e intentó imaginárselo. Se le escapó una risita y, aunque intentó contenerse, no pudo evitar que le entrara la risa. Tanto, que se atragantó.

El señor Bain se giró de nuevo.

—Vamos, cuéntemelo. ¿Qué es lo que le hace tanta gracia?

«¿Le gustan a usted los pies de las mujeres, señor Bain?». Cabeceó y se mordió el interior de las mejillas para no echarse a reír de nuevo.

–No, nada.

Él entrecerró los ojos e hizo que el caballo aminorara el paso.

–Si no me lo dice, pensaré que se está divirtiendo mucho planeando cómo se va a escapar la próxima vez.

–¡Escaparme! –exclamó ella–. ¿Por qué piensa eso?

–Porque ha demostrado que tiene tendencia a hacerlo. Además, ahora tiene su collar, y supongo que cree que el mundo está a sus pies.

No se equivocaba.

–Pues se equivoca, señor. Usted ha cumplido su parte del trato, y yo voy a cumplir la mía.

–Entonces, me va a permitir que la lleve a Luncarty –dijo él, con una sonrisa.

–Le doy mi palabra, señor Bain, que no trataré de escapar hasta que haya pasado mucho tiempo desde que usted se ha ido y nadie pueda echarle la culpa –respondió ella, y sonrió también.

–Muy considerado por su parte –dijo él, tocándose el ala del sombrero–. No obstante, debería advertirle que, aunque el señor Cockburn es muy tranquilo, no es ningún tonto.

–Seguro que él diría lo mismo de usted. Y, sin embargo...

Ella se encogió de hombros con descaro.

Él se echó a reír.

–De acuerdo, señorita Darby. ¿Tiene hambre?

–¿Hambre? ¿Y qué tiene eso que ver con los tontos tranquilos?

–Tiene que ver con que este tonto está hambriento, ¿sabe? Me he tomado la libertad de pedir un paquete de comida a la cocina. Vamos a parar a dar de beber a los caballos.

–Piensa usted en todo, señor Bain.

–Sí, mi trabajo es pensar en todo.

A quinientos metros, él salió de la carretera y tomó un camino más estrecho que los llevó a un bosque de pinos, álamos y alisos. A los pies de una colina había un pequeño lago. No se veía un alma, ni un campesino, ni una cabaña de pesca.

El señor Bain extendió una manta sobre un lecho de agujas de pino, y Maura se sentó de rodillas. Él abrió un paquete y lo puso entre los dos. El cocinero de los Garbett les había dado queso, un pedazo de pan y algo de jamón. El señor Bain se acercó a la orilla del lago y se metió entre los caballos, que se habían ido a beber agua y estaban moviendo la cola. Él metió una botella bajo la superficie y la llenó.

No podía haber encontrado un sitio más bonito. La vista era la imagen de Escocia que Maura llevaba en el corazón. El sol salía de entre las nubes de vez en cuando y hacía brillar la superficie del lago. Los pájaros piaban y, aparte de su canto, solo se oía el chapoteo del agua que movían los caballos.

Había tanta paz, que Maura se dio cuenta de que hacía muchas semanas que no estaba relajada. Tal vez, años.

Comieron en silencio, pensativamente. Cuando terminaron, el señor Bain se fue a dar de comer a los caballos. Aparecieron algunos patos y se posaron en el lago, y él les lanzó el pan que no se habían comido. Cuando hubo terminado de atender a los caballos, volvió a su lado.

–Tiene cara de no haber dormido, señorita Darby.

Ella asintió.

–No he dormido bien, salvo cuando un misterioso visitante ha entrado a mi habitación, ¿sabe?

Él sonrió.

–Cuando es necesario, puedo ser muy silencioso.

–¿Y usted? –preguntó ella–. ¿No está cansado?

El señor Bain hizo un gesto negativo.

Maura se tendió de costado y miró al cielo. Intentó imaginarse cómo sería llegar a casa de su familia sin que lo esperaran, sin invitación.

–¿Cómo es su hogar? –le preguntó, con curiosidad.

–Es una casa imponente. O, por lo menos, lo era la última vez que la vi. Han pasado muchos años.

–¿Cuántos?

–Muchos.

–Ah. Pero… ¿y su madre, señor Bain? Estoy segura de que ella no permitiría que no fuera a visitarla.

–Mi madre murió hace mucho tiempo.

Tal vez eso lo explicara todo. Tal vez fuera huérfano, como ella, y no tenía ningún motivo para volver a la casa de su infancia. Allí nadie lo esperaba.

–¿Su padre también ha muerto?

Él no respondió de inmediato. Después de unos instantes, dijo:

–No, que yo sepa.

Fue como si estuviera hablando de un personaje público, o de un pariente lejano. Maura no entendía aquella falta de estima por su familia y su hogar.

–¿De veras no sabe cómo está? –le preguntó.

El señor Bain estaba mirando fijamente el lago, pero Maura tuvo la sensación de que veía mucho más allá.

–No, no lo sé.

–¿Tiene algún hermano?

Él la miró y sonrió con cierta impaciencia.

–Es usted muy curiosa. ¿Acaso enseñan a las señoritas, durante sus estudios, a interrogar a los caballeros?

–Usted es un hombre muy particular, señor Bain. Por supuesto que siento curiosidad. Va a llevarme a su casa sin invitación, a una casa a la que lleva años sin ir, donde no sabe quién vive, y yo tengo derecho a saber a quién voy a conocer y qué puedo esperar.

–Está bien –dijo él–. Es una petición razonable. Tengo un hermano dos años menor que yo. Se llama Ivan y vive en Cheverock.

–Gracias –dijo ella, sonriendo–. ¿Sabe qué tal está?

–Hace unos años que no recibo ninguna carta suya. Supongo que está bien.

–Espero que lo esté, por nuestro bien –dijo ella, y se tendió boca arriba. Miró las copas de los pinos y se deleitó con la luz que se filtraba por sus agujas. Esperó a que el señor Bain siguiera explicándose, pero, como era de esperar, él no lo hizo–. Entonces, ¿voy a tener que preguntárselo?

–¿El qué?

Ella chasqueó la lengua.

–Señor Bain, estoy desesperada por saber por qué lleva tanto tiempo sin ir a su casa.

Él sonrió ante lo impertinente de su pregunta.

–No puedo responder a todas sus cuestiones, señorita Darby. Mi vida ha sido muy complicada.

Maura se echó a reír.

–¡No ha podido ser más complicada de lo que es mi situación, señor Bain! No necesita cuidar tanto lo que dice conmigo. Yo no estoy en posición de juzgarlo.

–Bueno, eso sí es cierto –respondió él–. De acuerdo, ¿por dónde podría empezar? Llevo tantos años sin ir a casa porque tuve una relación difícil con mi padre. Cuando tenía diez años, me envió a casa del duque de Hamilton como aprendiz.

–¿De veras? –preguntó ella, con fascinación, y rodó por el suelo para mirarlo directamente. Tenía la impresión de que aquella era una costumbre que practicaban las familias ricas e importantes, así que la suya debía de serlo–. ¿Y cómo fue?

El señor Bain se quedó pensativo.

–Solitario –dijo–. Aprendí mucho con el viejo duque, pero me sentía solo sin mi hermano. No había nadie más, salvo unos cuantos criados.

Maura sabía lo que se sentía al verse en una casa extraña. Cuando había llegado a casa de los Garbett, al principio, Sorcha estaba entusiasmada por tener alguien con quien jugar, pero que hiciera siempre lo que ella quería. Pero Maura se había sentido como una intrusa incluso entonces, como un objeto de la niña favorita de la casa. Algunos años habían sido más fáciles que otros, los de la niñez, antes de que se convirtieran en mujeres, pero ella nunca había tenido un sentido de pertenencia a la familia. *Diah*, cómo lloraba por las noches, cómo echaba de menos a su padre y a su ama de llaves, a la cocinera, a todos los empleados de su casa. Había sido muy difícil para una niña.

–Desde la casa del duque de Hamilton me enviaron a St. Andrews.

–Ah, allí fue donde aprendió francés y alemán.

–No. Después, pasé mucho tiempo en el Continente, donde terminé mi educación y aprendí idiomas. ¿Y usted? ¿Cómo aprendió dos idiomas?

–Mi padre insistió. Éramos solo él y yo en la familia, desde que yo era muy pequeña, y como decía que ya no iba a tener un hijo, yo tendría que ser una hija y un hijo para él. También me enseñó ciencias. Yo quería ser astrónoma.

–¡Astrónoma!

–Sí, ¿por qué no? Me gustan las estrellas. ¿A usted no le gustan, señor Bain?

–Sí, bueno –dijo él, encogiéndose de hombros–. No he pensado mucho en eso.

–¿Qué quería ser usted?

–Abogado –respondió–. Yo estaba muy encariñado con el abogado de mi padre. Era un tipo guapo, atlético, un excelente jinete… –dijo, y apartó la mirada–. Y fue muy bueno conmigo en un tiempo en que casi nadie lo era. Lo admiraba.

¿Y por qué no había sido buena con él la gente?

–Todavía puede ser abogado, señor Bain. Tal vez pudiera aprender con él. ¿No vive cerca de usted? ¿Dónde vive usted?

–No vivo en ningún sitio en particular –dijo él–. Y no quiero ser abogado. Me gusta mi ocupación.

–¿Cómo no va a vivir en ningún sitio en particular? Todo el mundo tiene una casa.

–No todo el mundo –replicó él, y le tocó la mano suavemente–. Usted, no.

Ella puso los ojos en blanco.

–Había conseguido olvidar ese detalle un ratito –le dijo.

Además, en aquel momento, no le importaba. Estaría feliz para el resto de su vida en aquella manta, a la orilla de aquel lago, con los pájaros cantando y el señor Bain mirando al horizonte.

–Entonces, ¿es usted un nómada? –le preguntó, con un bostezo.

–Sí, supongo que sí –dijo él–. Vivo en las casas de la gente que contrata mis servicios.

–¿Como el señor Garbett?

–No, no como él. Más bien, como el duque de Montrose, a quien he servido. Y, más recientemente, el conde de Norwood.

–¿Y ahora? ¿Dónde va a vivir cuando me haya dejado abandonada en Luncarty?

Él se echó a reír.

–No la voy a dejar abandonada, señorita Darby. La entregaré al dueño de la casa con todo el cuidado posible. En cuanto a mí, me ha contratado un rico comerciante galés. Ha perdido un barco en el mar, y debe mucho dinero. Me ha encargado que vaya a Francia y negocie los términos de la deuda en su nombre.

Aquello le pareció muy interesante a Maura. Y emocionante. A ella también le gustaría ir de un sitio a otro, vivir en grandes casas, relacionarse con gente rica y resolver sus problemas.

–Tiene una vida fascinante –dijo ella, con una punzada de envidia.

–Algunas veces, sí –respondió él.

Pero lo dijo sin convicción. En su actitud había algo que le hacía pensar en aquel niño que había sido enviado a casa de un duque como aprendiz. ¿Se sentiría todavía un poco solo? No debía de ser fácil hacer amigos si estaba cambiando constantemente de casa y de ciudad.

–¿Nunca ha estado casado?

–Sí, hace usted demasiadas preguntas –respondió él, y le apretó suavemente el brazo.

–Ajá… Entonces, no, no se ha casado nunca –dijo ella.

–Sí, ha descubierto usted mi más oscuro secreto, señorita Darby. Nunca me he casado.

El señor Bain sonrió y le apartó una hoja del hombro.

–Ummm… –murmuró ella.

–¿Qué quiere decir «ummm»?

–Nada.

–Embustera.

–Lo que quiere decir, señor Bain, es que parece imposible que no se haya casado nunca. Un hombre con su educación, al servicio de duques y condes, es un buen partido. Me sorprende que haya escapado de las garras de las madres que buscan buenos matrimonios para sus hijas. La señora Garbett se habría desmayado si usted hubiera sido soltero y tan galante y estuviera cerca de ella, ¿no? Pero se habría despertado justo a tiempo para clavarle las garras por el bien de su hija.

–*Diah* –murmuró él, enarcando una ceja–. No me había dado cuenta de la suerte que he tenido evitando el peor destino que puede soportar un hombre.

Maura se echó a reír.

–Ojalá yo hubiera podido evitar el peor destino posible –dijo–. ¿Por qué los solteros pueden hacer lo que quieran y las solteras tienen que estar bajo llave?

–Así es el mundo. ¿Y sus pretendientes? Me imagino que habría una larga fila esperando a las puertas de casa de los Garbett.

–No. La señora Garbett no quería ni oír hablar de eso. Estaba empeñada en que Sorcha pudiera elegir entre los mejores candidatos de Stirling y alrededores. Pero yo no me quejaba, porque los caballeros a los que invitaba a cenar no eran adecuados para mí, creo. Todos eran para Sorcha. Pero casi siempre preguntaban por mi disponibilidad para el matrimonio, y eso hería los sentimientos de Sorcha.

–Es comprensible.

–¡Claro que no! Yo nunca he animado a ningún caballero que viniera a ver a Sorcha. Siempre procuraba no estar presente y, si no lo conseguía, estaba callada como un fantasma.

—Sin embargo, desde la perspectiva de un hombre, usted es más deseable, señorita Darby. Creo que eso debe de ser evidente incluso para usted.

Ella se rio con incredulidad.

—¡Pues no sé cómo iba a pensar eso un caballero! Yo no decía ni una palabra.

—A lo mejor, por ese mismo motivo. Las palabras no llaman tanto la atención de un hombre como la belleza. Y, sin duda, cualquiera que la conozca sentiría una atracción inmediata, y más en comparación con la señorita Sorcha.

Maura se ruborizó al oír aquellos halagos. Ciertamente, Adam Cadell se lo había dicho más de una vez, y con tal desesperación, que ella tenía ganas de salir corriendo. Pero oírselo decir al señor Bain tenía un impacto mucho más fuerte. No quería salir corriendo, quería creerlo. Quería creer que le parecía bonita, y no solo por el físico, sino, también, por su carácter.

Pero ella no tenía derecho a sentir aquel anhelo. Apartó la mirada. Ojalá pudiera dejar de imaginarse lo imposible.

—Le doy mi palabra de que intento ser justa con Sorcha, se lo prometo. Pero cuando las cosas no salen como ella quiere, es muy desagradable. En realidad, ella es su peor enemiga.

—Yo diría que su peor enemiga es su madre.

Maura se rio.

—Ah, sí, es una bruja. Pero, cuando consiguieron que Adam Cadell se comprometiera con ella, pensé que iba a mejorar.

–Pero fue todo lo contrario para usted, ¿no?

Ella asintió y suspiró cansadamente.

–Ese chico estaba enamorado de usted, ¿sabe?

–Es un tonto.

El señor Bain sonrió.

–Otro tonto.

Ella también sonrió. No se le había olvidado que, aquel día, había llamado «tonto» al señor Bain.

–Todos los hombres, en realidad. ¿No lo sabía? –le preguntó. Volvió a rodar por el suelo y se tendió boca arriba. Se puso el brazo sobre los ojos–. ¿Cuánto falta para llegar a Cheverock?

–Unas cinco horas. Descanse. Podemos estar aquí una hora, más o menos.

–¿Y qué va a hacer usted?

–Yo la voy a vigilar.

Aquellas palabras, que él pronunció con suavidad, le causaron un estremecimiento. Maura apartó el brazo para mirarlo, sin saber exactamente qué quería decir.

Al darse cuenta de que él estaba mirando sus labios, sintió un cosquilleo en el estómago. No estaba segura de lo que sentía.

–No puedo permitir que vuelva a escaparse. Eso acabaría con mi excelente reputación.

–Y no podemos permitir que suceda eso –murmuró ella–. Le prometo que no me voy a escapar hasta que haya dormido la siesta –añadió. Cerró los ojos y apoyó la cabeza en un brazo. El señor Bain le acarició ligeramente la cara y le apartó un mechón de pelo de la mejilla. Se lo metió detrás de la oreja, y ella notó su calor. Se sintió segura.

«No seas tierno conmigo, por favor. No seas tierno».

Con eso solo iba a conseguir que ella anhelara más cosas.

Y, cuando llegara el momento, le resultaría imposible separarse de él.

Ojalá no la animara a imaginarse más cosas imposibles aquel día.

No obstante, buscó a tientas su mano y, cuando la encontró, envolvió sus dedos con los de ella, de todos modos.

Capítulo 14

Era como si el cielo estuviera bajo él, y la tierra, encima. No era verano ni invierno, y estaba en algún lugar entre la inmovilidad y el movimiento.

Nichol nunca se había sentido así. No entendía lo que le estaba ocurriendo. No era muy dado a sentir nada en absoluto. Había besado a una docena de mujeres en su vida, y las había besado de todas las maneras imaginables. Pero nunca había experimentado un beso como el que ella le había dado aquel día.

Nunca había vivido nada como aquel día.

Le sorprendió que su pequeña travesura le hubiera proporcionado tanta energía. Era como si pudiera sentir de nuevo, y estaba impaciente por descubrir algo nuevo y diferente cada vez que girara una esquina. ¿Acaso su vida se había estancado? ¿Se había acostumbrado tanto a los problemas familiares y de negocios de los caballeros ricos que había olvidado lo que era sentir emociones? ¿Cuántas veces se le había acelerado el corazón aquellas últimas veinticuatro horas? ¿Cuántas veces había sentido entusiasmo al exponerse a un riesgo que sabía que no debía correr? ¿Cuántas veces había sonreído?

Y ahora, allí estaba, mirando cómo dormía la señorita Darby.

Hacía frío. Cada vez estaba más nublado, y se notaba que iba a nevar. Los caballos también lo notaban.
Estaban inquietos y se tocaban el uno al otro mientras
esperaban. Y, sin embargo, él no quería marcharse de
aquel extraño lugar.

Sabía que Maura Darby tenía algo que le hacía sentir cosas desconocidas. Cosas nuevas. Y no había sido
solo el beso, aunque sorprendente y muy agradable.
No, era el espíritu de Maura, su desafío, la determi-
nación con la que se enfrentaba a las adversidades y
a lo que escapaba a su control. Era joven; tal vez no
tuviera más de treinta años. No había vivido lo suficiente como para saber que la vida siempre era injusta.
Había tenido una existencia más o menos protegida,
pero no se había desmoronado cuando la situación había cambiado para ella. Había tomado las riendas de
los acontecimientos.

Y él la admiraba por ello. ¿Quién no iba a admi-
rarla? Era mejor enfrentarse al destino con una espada
en la mano que con una espada clavada en la espalda,
¿no?

Entendía que aquella admiración podría causarle un
problema terrible. Lo sabía muy bien, pero no podía
apartarse de ella.

Cuando, por fin, volvió a mirar la hora, eran las
doce y media. Quería llegar a Cheverock antes de que
anocheciera y, aunque con reticencia, despertó a la Bella Durmiente. Ella se incorporó y pestañeó.

—Entonces, no lo he soñado —dijo.

—¿El qué?

Ella se puso en pie de un salto, se estiró y bostezó.

–Nada –dijo.

Se pusieron en camino. Nichol no podía dejar de mirarla. Intentaba separar sus sentimientos de la realidad de la situación en la que se encontraban. A ella la esperaba su futuro marido y, a él, un comerciante galés para el que tenía que resolver un problema financiero. No podía perder aquella oportunidad. Y la señorita Darby tampoco podía perder la suya. No tenía a nadie en el mundo, y Dunnan era su única opción.

Nichol sabía bien todas aquellas cosas, pero se le encogía el corazón al pensar en que tenía que separarse de ella.

La señorita Darby se había despertado con mucho vigor, y no dejó de parlotear durante todo el camino. Tenía una idea, según dijo. Cosía muy bien y había decidido que podía encontrar trabajo si aprendía a confeccionar vestidos para las damas ricas.

–Eso me gustaría –dijo–. Me encantaría hacer vestidos preciosos con las mejores telas llegadas del Continente. El color que más me gusta es el azul –dijo, pensativamente, con el ceño fruncido–. ¿Y a usted, señor Bain?

–Me gusta el azul –dijo él, como si no lo hubiera pensado y el azul, especialmente el de sus ojos, le pareciera algo casi divino.

Ella se echó a reír, como si pensara que él le había tomado el pelo.

Después, empezó a hablar filosóficamente del proceso del cortejo.

–Es imposible saber si dos personas son compatibles para el resto de su vida si solo han podido dar paseos y charlar un poco, y siempre en presencia de otros. Piénselo, señor Bain, si nosotros hubiéramos estado en otro lugar que no fuera ese bosque, yo no habría podido preguntarle por su familia, ¿a que no?

—¿Acaso nosotros estamos en medio de un cortejo?

—Si así fuera —dijo ella, con una sonrisita—, yo no habría podido saber tantas cosas de usted hasta el momento en que estuviéramos casados. ¡No tiene sentido! Estoy segura de que, en cuanto Sorcha tenga su marido y su casa, tiene muchas posibilidades de ser infeliz, puesto que sabe muy poco del señor Cadell.

—Yo diría que lo que sabe es suficiente para saber que no es un matrimonio recomendable.

—¡Cierto, señor Bain! —exclamó ella—. Y, sin embargo, usted quiere casarme con un hombre con quien ni siquiera he mantenido una conversación.

—Puede tener todas las conversaciones que quiera —le aseguró él—. El señor Cockburn es muy dado a las conversaciones vehementes.

—Eso me parece bien, porque tengo muchas cosas que decir.

Nichol se echó a reír sin poder evitarlo.

Entonces, la señorita Darby preguntó si había algún astrónomo en cuyo estudio ella pudiera aprender, porque, aparentemente, había empezado a sopesar la idea de aprender cosas, en general.

—¿En Escocia? —preguntó él.

—Sí. El señor Ferguson de Rothiemay es un astrónomo muy conocido y ¿sabe qué es lo mejor de todo? ¡Que es autodidacta!

—Sí. Entonces, a lo mejor debería escribirle y preguntarle si puede convertirse en su maestro.

—Eso me gustaría mucho, si mi nuevo marido me lo permitiera —dijo ella, mirándolo de reojo—. Por desgracia, el señor Ferguson se ha ido a Inglaterra a educar a todos los caballeros jóvenes que pueden permitirse el lujo de aprender sobre los planetas y las estrellas. Estoy segura de que yo tendré que ocuparme de elaborar los menús de los domingos y de bordar corazones en los pañuelos de mi marido.

Nichol se rio.

Estaba disfrutando del viaje a Cheverock. Escuchaba hasta la última palabra que ella decía, lo cual le sorprendió, porque siempre le había parecido que las mujeres utilizaban demasiadas palabras. Sin embargo, en el caso de la señorita Darby, escuchó. Se rio y pensó en las preguntas que ella le formulaba. El tiempo pasó rápidamente y, cuando se dio cuenta de que ya estaban llegando, se quedó consternado.

Cuanto más se acercaban a su casa natal, más inseguro se sentía. Empezó a dolerle la mano de sujetar las riendas con tanta fuerza. Tenía los dedos crispados. Y, al entrar en la rotonda delantera de la casa, aquella inseguridad se convirtió en temor. El cielo tenía un color plomizo y todo transmitía pesadez y opresión.

La casa seguía siendo tan magnífica como él recordaba, pero no le dio ninguna pista de cómo iban a ser las cosas. El césped estaba perfectamente cortado y había un rebaño de ovejas paciendo tranquilamente en los campos, como siempre.

La señorita Darby se había quedado callada, y Nichol la miró. Ella no dejaba traslucir lo que pensaba de la casa, pero le devolvió la mirada como si también notara algo opresivo.

Rodearon la fuente y continuaron hacia la entrada. Nichol casi esperaba que apareciera su padre y lo echara de allí.

—Allí está el mozo —dijo la señorita Darby, y señaló

una figura que salía de uno de los cobertizos. El niño corrió hacia ellos y se detuvo delante de los caballos. Se quitó el sombrero e inclinó la cabeza.

—Entonces, sí que ha venido, señor.

Parecía aliviado.

—Por supuesto, hijo, te di mi palabra de que lo haría —dijo Nichol, y desmontó—. ¿Hablaste con mi hermano? —le preguntó, preparándose mentalmente para lo que Gavin hubiera podido encontrarse allí.

Gavin asintió.

—¿Y fue todo bien? ¿Le diste el anillo?

Gavin asintió de nuevo.

—Sí, señor. Me dieron permiso para dormir en el establo hasta que usted llegara.

Nichol miró la sombría casona. Después, ayudó a desmontar a la señorita Darby.

—Entonces, ¿mi hermano está aquí? —le preguntó al chico, con incertidumbre.

—Sí, señor.

De repente, Gavin se agachó, se levantó el bajo del pantalón y se sacó una pistola de la bota. Se la ofreció a Nichol.

—¿Qué va a hacer? —preguntó la señorita Darby, alarmada.

Nichol hizo un gesto negativo con la cabeza mientras se guardaba la pistola en el bolsillo.

—Era una precaución —dijo, distraídamente—. Bueno, Gavin, llévate a los caballos. Que coman y descansen, ¿de acuerdo?

Miró a la señorita Darby y le ofreció el brazo.

—Bienvenida a Cheverock, señorita Darby.

Ella tomó su brazo y bajó la mirada.

—Estoy un poco nerviosa —dijo.

Él sonrió apagadamente. Ojalá pudiera tranquilizarla, pero él también estaba hecho un manojo de nervios.

–No se preocupe, estaré cerca de usted –le aseguró.

Se acercaron a la puerta, y él llamó utilizando la aldaba de bronce. Se preguntó si acudiría el señor Ross, el mayordomo de la familia, o si sería recibido como un intruso en casa de su padre.

Sin embargo, fue el propio Ivan quien acudió a la puerta. La abrió de par en par y se quedó completamente asombrado al ver a Nichol. Era dos años más joven que él. Todavía no tenía treinta años y, sin embargo, parecía que tenía diez más. Estaba demacrado. Avejentado.

Era un poco más alto que él, e iba en mangas de camisa, con un chaleco, como si hubiera estado trabajando mucho. Llevaba peluca, y estaba muy delgado. Tenía los hombros encorvados.

Sinceramente, parecía que había vivido en el infierno.

–Nichol –dijo Ivan, con incredulidad. Después, frunció el ceño–. No podía creerlo, pero aquí estás, en la puerta de nuestra casa, tal y como dijo el mozo.

Nichol no esperaba aquella frialdad por parte de su hermano.

–No lo tenía planeado –dijo–. No habría venido de no ser necesario.

–Necesario –repitió Ivan, mirándolo de pies a cabeza–. Eres todo un caballero, ¿eh, Nichol? –le dijo. Sin embargo, su tono no era de admiración. Se tiró del chaleco con azoramiento, y musitó–: Creía que…

–¿Ivan?

Se oyó la voz de una mujer, e Ivan se dio la vuelta.

–Finella –dijo. Después, se volvió hacia Nichol nuevamente–. Llevas tanto tiempo fuera, que no has tenido ocasión de conocer a mi esposa. Ahora soy un hombre casado. La señora MacBain –dijo, e hizo una floritura con la mano–. Puedes llamarla Finella.

Nichol apartó la vista de su hermano y se fijó en la mujer que estaba a su lado. Era muy menuda y tenía la nariz respingona, y llevaba un pequeño en brazos. A él le pareció que tenía una mirada bondadosa.

–¡Ah, por supuesto, debe llamarme Finella! –exclamó ella, alegremente–. ¿Cómo está, señor MacBain? –preguntó, e hizo una reverencia de la mejor manera que pudo–. Ahora es tío, ¿sabe? –dijo, mostrándole al bebé.

Nichol lo miró. El bebé arrugó la cara y se echó a llorar. No debía de tener más de tres meses.

–Entonces, ¿es un niño?

Finella se echó a reír.

–¡Una niña! Se llama Britta. ¿Le gustaría tomarla en brazos?

–Ahora, no –gruñó Ivan.

–Tiene muy buen aspecto, señor MacBain –dijo Finella, con una gran sonrisa–. Tenía muchas ganas de conocerlo.

–Deja de hablar ya, Nella –le espetó Ivan.

Nichol se sintió incómodo. Avergonzado. Su hermano tenía una actitud hostil hacia él. Ya no le tenía afecto. Era culpa suya; llevaba tanto tiempo alejado de casa, que su hermano había perdido la fe en él.

Aparecieron dos niños pequeños que lo miraron desde detrás de las faldas de su madre. Nichol se sorprendió al verlos, y se puso nervioso. Era como si allí hubiera transcurrido una vida entera sin él, una vida que le habían arrebatado de niño, y una vida a la que él había renunciado de adulto.

–Tienes más hijos –murmuró.

–Sí, Geordie y Alice –dijo Finella–. Hemos recibido muchas bendiciones durante estos cinco años –añadió–. Entonces, ¿ella es su esposa?

De repente, Nichol se acordó de la señorita Darby y se giró hacia ella.

–*Diah*, perdóneme –dijo.

Se había quedado tan asombrado con el aspecto de su hermano, y con su antagonismo, que se había olvidado de ella.

–Maura Darby –dijo. Se hizo a un lado y le puso una mano en el codo para que subiera al último escalón.

–¿No es su esposa? –preguntó Finella, con desilusión, mientras sonreía a la señorita Darby.

–Eh... no. Estoy acompañando a la señorita Darby a Luncarty.

–¡Luncarty! –exclamó Ivan–. ¿Qué es lo que hay en Luncarty?

–Allí está mi futuro esposo –dijo la señorita Darby, e hizo una reverencia–. Es un gran placer conocerlos.

–Señorita Darby, le presento a mi hermano, el señor Ivan MacBain –dijo Nichol–. Y a su esposa, la señora Finella MacBain.

–MacBain –murmuró ella, y miró con curiosidad a Nichol.

–¿Cómo está, señorita Darby? –dijo Finella, con amabilidad–. Mira, Ivan, los tenemos esperando en la entrada. Por favor, pasen. Hace mucho frío –añadió, y se hizo a un lado para que pudieran entrar, empujando suavemente a sus hijos hacia dentro. Chasqueó la lengua y les dijo a los niños, señalando hacia las escaleras–: Vamos, id a vuestra habitación. ¡Volved a la cama!

Los niños se marcharon corriendo, aunque se detuvieron antes de empezar a subir para echar un último vistazo.

Su madre casi no se dio cuenta. Se giró de nuevo hacia ellos.

–Por favor, señorita Darby, llámeme por mi nombre de pila, Finella. Ivan me llama Nella. Pasen al salón. Tenemos un buen fuego encendido, y podrán entrar en calor.

Ivan se hizo a un lado, y la señorita Darby siguió a Finella hacia el salón. Ivan también fue hacia allí, y Nichol fue el último en entrar, preparándose para lo peor: ver la imponente figura de su padre.

Sin embargo, en aquella habitación no había nadie más. Era la misma habitación espléndida que él recordaba: en el centro había dos butacas tapizadas, situadas frente a un sofá. Junto a las paredes, varias sillas. Había retratos de sus ancestros, escenas de caza y paisajes. Había libros de su padre apilados en una mesita, junto al sofá; su amor por la lectura era lo único que Nichol había heredado de él. Nichol tomó el primero de la pila. Era el *Tratado de la naturaleza humana*, de David Hume, un libro que le había fascinado cuando había estado brevemente en casa, después de su etapa de aprendiz.

La señorita Darby lo miró con curiosidad.

–Lo leí de joven –dijo él, en voz baja–. Me impresionó mucho.

Nichol dejó el libro en su sitio, y la señorita Darby pasó un dedo por el lomo, con interés.

–¿Pido que nos sirvan un té? –preguntó Finella.

–Esto no es una visita de cortesía, Finella –dijo Ivan, con irritación.

Nichol miró a su cuñada.

–¿Tiene un poco de whiskey, señora? Si no recuerdo mal, a Ivan le gustaba tomar un poco de vez en cuando.

–Ah, es cierto –dijo ella, alegremente. Sin soltar al niño, se acercó a una consola para servir el licor.

La señorita Darby la siguió lentamente, mientras observaba la habitación. Nichol pensó que debía de parecerle bastante lujosa, comparada con la casa de los Garbett. Había varias arañas colgadas del techo, pendiendo desde medallones cubiertos con pan de oro, y el suelo estaba vestido con alfombras belgas de mucho valor. Su padre le daba mucha importancia a las apariencias. Era barón, y estaba empeñado en figurar como el barón más prestigioso de Escocia.

En aquella habitación, mientras lo asaltaban los recuerdos, empezó a sentirse agitado. De niño, siempre estaba esperando un estallido de ira de su padre, por algún motivo u otro. No le habría sorprendido ver al barón salir de detrás de uno de los cortinajes de terciopelo o entrar por la puerta oculta del servicio en aquel salón.

Ivan empezó a retirar los juguetes de los niños del sofá, así como la labor de su esposa.

–¿Cómo estás, Ivan?

Ivan le lanzó una mirada de desagrado.

–Bien –dijo, secamente.

Nichol no veía en aquel hombre al niño que había conocido. Tenía la sensación de que su espíritu se había perdido.

–¿Y dónde está nuestro padre?

La expresión de Ivan se oscureció aún más.

–En su cama.

–¿Está enfermo? –preguntó Nichol, desconcertado. Su padre era un hombre anciano, después de tantos años. Tal vez se acostara pronto por las noches.

–¿Enfermo? –preguntó Ivan, también confuso–. ¿Acaso no has venido por ese motivo?

–¿Disculpa?

–Has dicho que has venido porque era necesario, ¿no? Porque se está muriendo.

–Se está muriendo –repitió Nichol, mientras asimilaba la noticia. Cabeceó–. No lo sabía.

–¿De veras? –preguntó Ivan, con escepticismo–. Tuberculosis.

–Señorita Darby, ¿whiskey para usted también, entonces? –preguntó la mujer de Ivan.

–No, gracias –dijo la señorita Darby.

–¿Cuánto tiempo lleva enfermo? –preguntó Nichol, en voz baja.

–Un año, o más –respondió Ivan–. Si no has venido a intentarlo con él por última vez, ¿qué te trae por aquí?

¿A intentarlo por última vez? ¿Qué quería decir su hermano?

–He venido a recoger al mozo –dijo Nichol–. Tuve que enviarlo aquí porque surgió un problema, y no tenía dónde dejarlo. Y para verte. ¿Por qué no me escribiste para contarme lo que estaba sucediendo? –le preguntó. Durante aquellos años, Nichol se había ocupado de enviarle a Ivan noticias de su paradero.

Ivan soltó un resoplido.

–¿Y dónde iba a enviarte las cartas, hermano? ¿A

la atención de quién? La última vez que tuve noticias tuyas fue antes del nacimiento de mi segundo hijo –le dijo, con amargura.

Nichol apretó la mandíbula. ¿Había pasado tanto tiempo?

–Sí –dijo–. Debería haber escrito.

–¿Y por qué ibas a hacerlo? A ti no te importa nada, salvo...

Ivan se calló lo que iba a decir.

Nichol miró a las dos mujeres. Finella hablaba muy deprisa, y en voz baja, como si estuviera contando algún secreto. Y la señorita Darby estaba ligeramente inclinada hacia atrás, como si la fuerza de las palabras de Finella estuviera empujándola.

–Nella, por favor, el whiskey –dijo Ivan, con firmeza.

–Ah, sí –respondió ella, como si se hubiera olvidado de su tarea.

De repente, le puso a la niña en brazos a la señorita Darby. A ella se le escapó una pequeña exclamación de sorpresa. Miró al bebé, que empezó a llorar mientras su madre atravesaba rápidamente la estancia con las copas de whiskey.

–Gracias –le dijo Ivan, tomando ambas copas.

La niña empezó a llorar más alto, y Nichol se preguntó cómo aguantaría su padre el llanto de los hijos de Ivan. Cuando ellos dos eran pequeños, no estaba dispuesto a soportar ni el más mínimo ruido. «Si vuelves a llorar, te azotaré hasta que sangres, ¿entendido?».

–¿Dónde está ese mayordomo? –preguntó Ivan, y apuró su copa de un trago, antes de encaminarse hacia la campana del servicio.

–¿Dónde está Ross? –preguntó Nichol.

—Murió hace mucho tiempo —respondió Ivan, secamente.

Se abrió la puerta, y apareció un hombre joven y
muy delgado.

—Ah, aquí estás, Erskine. Avisa en la cocina de que
seremos dos más a cenar, ¿de acuerdo?

El joven miró a los dos recién llegados.

—Vamos, vete —le espetó Ivan.

Erskine, o quien fuera aquel sirviente, inclinó la cabeza y se marchó.

—No encontramos servicio adecuado —dijo Ivan, con
amargura—. La gente le tiene miedo a la tisis. Erskine
no es mayordomo, pero es lo mejor de lo que disponemos en este momento.

De repente, se oyó un ruido en la entrada, como si
alguien estuviera moviendo torpemente algunas cosas.
A través de la puerta, que se había quedado abierta,
vieron a un hombre con un abrigo desgastado y sucio
depositando la bolsa de la señorita Darby y las dos maletas que había llevado Gavin a Cheverock.

—No las deje ahí, por favor —le ordenó Ivan, con
enfado—. Súbalas al piso de arriba, ¿quiere?

El hombre murmuró algo entre dientes. Después,
recogió las bolsas y comenzó a caminar arrastrando los
pies por el suelo. Los gritos de la niña se volvieron
agobiantes. En Cheverock, las cosas siempre habían
sido así: había mucha ansiedad entre tanto lujo y muestras de riqueza. Nichol llevaba alejado de todo aquello
tanto tiempo, que le resultó discordante.

—¡Finella! —gritó Ivan.

—Es que tiene cólicos, solo es eso —dijo su esposa,
mientras tomaba en brazos a la niña.

—¡Llévatela! —exclamó Ivan—. Nella, *leannan*, te lo

pido por favor. Quisiera hablar con mi hermano, pero no puedo pensar con tantos lloros. Enséñale a la señorita Darby la habitación de invitados, ¿de acuerdo?

–Por supuesto que sí. Querrá arreglarse antes de la cena, ¿verdad, señorita Darby? Además, tengo que darle de comer a la pequeña. Come mucho, y aquí no tenemos nodriza. No se atreven a venir por la tuberculosis.

–Ah –dijo Maura. Se había quedado asustada.

–Pero no tiene nada que temer, se lo aseguro –dijo Finella–. Lord MacBain apenas baja de su habitación. Está postrado en su lecho. Venga conmigo, por favor.

La señorita Darby miró a Nichol, que asintió ligeramente. Necesitaba hablar con Ivan. Necesitaba ver a su padre.

Cuando se quedaron a solas, Ivan se sirvió más whiskey. Se hizo un silencio incómodo.

–Me alegro mucho de verte, Ivan –le dijo Nichol.

–¿De verdad? –le preguntó su hermano, mirándolo por el rabillo del ojo.

–Pues… Por supuesto. Te he echado de menos…

–No sé si nuestro padre querrá verte –dijo Ivan, de repente.

Nichol se encogió de hombros. En realidad, no le importaba, pero sí se preguntaba por qué un padre no querría ver a su hijo en su lecho de muerte. ¿Qué podía haber hecho él, que nunca había dicho una mala palabra, que siempre había tratado de ser el hijo que quería su padre, para que el barón lo rechazara incluso ahora?

Ivan se frotó la cara con ambas manos.

–Ha sido un sufrimiento, Nichol. Un verdadero sufrimiento.

–Cuéntamelo –le sugirió Nichol–. Empieza por el principio.

Quería saber todo lo que había que saber, si aquella era la última vez que iba a ver a su padre.

Ivan suspiró, mirando al techo.

–Seguramente, querrás lavarte antes de cenar, ¿no? –le preguntó a Nichol. Después, fue hacia la puerta, y gritó–: ¡Erskine!

Nichol no sabía qué había sucedido, pero estaba claro que su hermano le había tomado odio.

Capítulo 15

Mientras subían las escaleras y llegaban a una habitación de invitados que olía a humedad, Finella seguía hablando como si fueran antiguas amigas. Maura vio que los muebles estaban tapados con sábanas y que la chimenea estaba apagada. Finella abrió la ventana para ventilar, pero había empezado a nevar, y entró un aire muy frío.

Maura no sabía qué pensar de aquel lugar. Era muy lujoso, como había dicho el señor Bain, pero parecía que estaba vacío. No tenía calor. Aunque era evidente que estaba habitado por una familia, parecía que allí no vivía nadie.

–¿Cómo debo llamarla a usted, señorita Darby? –le preguntó Finella, o Nella, como quería que la llamara Maura. Su anfitriona se sentó en la cama, descubrió uno de sus pechos y empezó a amantar a la niña–. No le importa, ¿verdad?

No, a Maura no le importaba. Sin embargo, tampoco sabía dónde mirar, y se puso a estudiar atentamente la repisa de la chimenea.

–Mi esposo se va a alegrar mucho ahora que ha venido su hermano. Sé que lo echaba muchísimo de menos, aunque casi no lo mencione. Pero es su hermano, después de todo. Cuando llegó el muchacho y le dio el anillo, mi esposo quiso enterarse de todo, y no confiaba en él, pero el chico solo dijo que Nichol MacBain llegaría en cuanto le fuera posible.

–¿El anillo? –preguntó Maura.

–Sí, un sello que perteneció a su abuelo. No sé qué significado tiene, porque entre dos hermanos puede haber muchas cosas incomprensibles para los demás, ¿no cree?

–Bueno, yo… no…

–Hace siglos que no tenemos invitados –continuó Finella, colocándose a la niña sobre el hombro–. La culpa, en mi opinión, es de la señora Garbunkle. Le ha contado a todo el pueblo que el barón tiene una tisis que se contagia incluso desde el otro lado de la habitación. Y eso no es cierto, porque todos nosotros estamos bien. Si yo pensara que hay algún peligro, no tendría aquí a mis hijos.

–¿Disculpe? –preguntó Maura, sin dejar de mirar la repisa. Le estaba costando seguir a la exuberante Finella.

–Sí, el padre de mi marido. Es barón, ¿no lo sabía? El baron MacBain.

¡MacBain! ¿Por qué había cambiado su apellido el señor Bain?

–Es terrible que tenga tuberculosis –dijo Maura. Fue a la ventana y la cerró, antes de que las tres quedaran convertidas en hielo. Con cuidado, apartó una sábana de una silla y se sentó. Se preguntaba si el señor Bain sabía, antes de llegar allí, que su padre estaba enfermo–. ¿Y dónde está el barón?

–Arriba, en su dormitorio –respondió Finella, y volvió a ponerse a la niña en el pecho–. Está muy enfermo, en su lecho de muerte. Hace semanas que yo no lo veo. Mi esposo no me lo permite por miedo al contagio –le explicó. Miró hacia la puerta y añadió, en voz baja, mirando a Maura–: Pero no lo lamento. Es un hombre muy desagradable.

A Maura le sorprendió que la mujer fuera tan franca con alguien a quien acababa de conocer. Sin embargo, Finella no se percató de su extrañeza, porque estaba arrullando al bebé.

–No sé lo que va a suceder cuando haya muerto – dijo–. Su heredero, por supuesto, es el señor Nichol MacBain, porque es el primogénito. Mi esposo dice que no tenemos que pensar en eso, porque Dios guiará la mano de su padre. Pero yo creo que Dios ha estado guiando su mano durante todo este tiempo, ¿verdad? ¡Y este hombre es un tacaño terrible! A mi esposo no le gusta que diga esto, pero no me importa. Es la verdad.

Maura se sintió muy incómoda. No quería que Finella le hablara así del padre del señor Bain.

–A él no le importa, ¿sabe? –dijo Finella.

–¿Disculpe?

–¡Finella! Finella, ¿dónde estás? –gritó su esposo, desde el piso de abajo.

–¡Oh! –exclamó Finella, y se puso en pie de un salto. Tendió a la niña sobre el colchón y se tapó el pecho–. Voy a pedirle a Erskine que suba un brasero.

¡Un brasero! Si no encendían la chimenea, iba a congelarse en aquella habitación.

–Cenamos a las ocho –añadió Finella.

Tomó en brazos a su hija y salió apresuradamente, porque la niña empezó a llorar otra vez.

«A él no le importa». ¿A qué se había referido con aquella afirmación?

Por desgracia, Maura no lo averiguó durante la cena. Llegó puntual al comedor, envuelta en la manta del señor Bain. Tenía muchísimo frío y no comprendía por qué no calentaban adecuadamente la casa. ¿Eran pobres, entonces? ¿O acaso al barón no le gustaba que hiciera calor?

Los señores MacBain se habían puesto sus mejores galas para la ocasión, pero el señor Bain y ella llevaban la misma ropa con la que habían viajado.

La señora MacBain era muy parlanchina, mientras que su esposo estaba callado y de mal humor. Tal vez tuviera algo que ver con la cantidad de vino que consumieron. Parecía que los dos estaban nerviosos, como si pensaran que iba a ocurrir algo. ¿Qué podía ocurrir? Finella no dejó de hablar para informar al señor Bain de todo lo que sabían de Cheverock y de la gente que vivía y trabajaba allí.

El señor Ross, que debía de ser el anterior mayordomo, había muerto de un infarto mientras dormía, sin darse cuenta. Su muerte había sido plácida. Por el contrario, una de las sirvientas había desaparecido un mes de diciembre cuando iba a ordeñar, y la habían encontrado unas semanas después, muerta por congelación, aún agarrada al cubo de la leche, al fondo de un precipicio.

La señora Schill se había tomado como una gran ofensa la infidelidad de su marido, el señor Schill, y lo había seguido hasta Falkirk para sorprenderlo en flagrante delito. Como respuesta, el señor Schill había desterrado de por vida a su esposa a una remota finca que poseía en las Highlands, porque, según él, no iba a permitir que lo cuestionara una mujer.

Y, por algún motivo, al señor MacBain le parecía muy graciosa aquella historia, porque se rio como si fuera una comedia. Maura, por el contrario, se puso furiosa. ¿Cómo podía parecerle gracioso a alguien que una mujer no pudiera pedirle cuentas a un hombre infiel y que, al final, ella fuera considerada la mala del cuento?

Se preguntó qué pensaría de todo aquello el señor Bain. Era imposible saberlo, porque estaba callado, escuchando atentamente, y solo hablaba cuando alguien se dirigía a él. La noche anterior, en casa de los Garbett, ella había entendido lo que sentía. Su silencio le transmitía impaciencia. Él había tamborileado con los dedos sobre la mesa y había mirado a su alrededor como si buscara algo que pudiese distraerlo de la charla inane de los Garbett y sus invitados.

Sin embargo, aquella noche estaba compungido. Escuchaba el parloteo de Finella y los comentarios ocasionales de su hermano. En más de una ocasión, la miró desde el otro lado de la mesa, y la observó un poco más de tiempo del que hubiera sido necesario.

¿Cuáles eran sus pensamientos? Ella veía la angustia reflejada en su boca y en sus ojos. Estaba desesperado. Lo sabía porque también había sentido aquella oscuridad la noche anterior, en casa de los Garbett, con la gente que le había prometido a su padre que iba a cuidarla y que, sin embargo, la había traicionado. Eso le había roto el corazón.

Al señor Bain no le habían traicionado como a ella, pero allí había ocurrido algo malo, algo de lo que ninguno de los dos hermanos podía regresar. Lo sabía porque el señor MacBain estaba demasiado callado, y la señora MacBain estaba bebiendo demasiado, seguramente, para intentar rebajar la tensión. Y, a medida que transcurría la cena, el señor Bain estaba cada vez más malhumorado.

Maura sentía una gran compasión por él. Cada vez que sus miradas se cruzaban, le sonreía para darle ánimos. Ojalá pudiera hacerle entender que estaba a su lado, que comprendía su decepción, aunque no entendiera los motivos.

Sin embargo, también estaba segura de que el señor Bain no la veía. Cada vez que la miraba, notaba que sus ojos la atravesaban e iban hacia un punto que solo él podía ver.

Iba a alegrarse mucho cuando él volviera de aquel lugar, fuera cual fuera.

Capítulo 16

Después de la cena, cuando las señoras se retiraron al salón para que Ivan pudiera fumarse un puro, Ivan le dijo a Nichol que su padre sabía que había ido a Cheverock.

–Él lo predijo. Sabía que ibas a venir antes de que muriera.

–Yo no sabía que estaba enfermo, Ivan. ¿Cómo iba a saberlo?

Ivan lo miró con desprecio.

–¿Te dijo algo más? –preguntó Nichol, con curiosidad. Tal vez, con los años y la enfermedad, su padre se hubiera dulcificado un poco.

Ivan le dio una calada a su cigarro.

–No voy a repetirlo. Pero está dispuesto a verte.

Por un momento, Nichol pensó en decirle a Ivan que no quería ver a su padre. Sin embargo, eso no era cierto. Era la última oportunidad que tendría de hacerlo, y sentía una gran curiosidad.

¿Sería posible que un hombre que estaba tan cercano a la muerte albergara aún unos sentimientos tan malos?

–Está bien –dijo Nichol, y se levantó de la mesa.

Ivan lo acompañó al piso superior.

–Te vas a horrorizar al verlo –le dijo, mientras subían las escaleras.

–No me importa su aspecto –respondió Nichol.

Y era cierto. No tenía ninguna esperanza con respecto a aquel hombre. No estaba seguro de qué quería conseguir con aquella última reunión, y sabía que, seguramente, iba a arrepentirse. Sin embargo, había algo que lo empujaba.

Llegaron a la puerta del dormitorio principal. Ivan lo miró.

–Te lo he advertido –dijo. Después, dejó que Nichol entrara solo.

A pesar de lo que le había dicho su hermano, Nichol no estaba preparado para la visión de aquel anciano acostado en una enorme cama. Debía de tener cincuenta y cinco años, como mucho, sesenta. Sin embargo, parecía mucho mayor.

Nichol percibió el olor de la carne putrefacta, de la suciedad. Su padre era como un esqueleto, y él no conseguía identificarlo con el hombre robusto y viril que recordaba. Tenía la piel blanca y traslúcida y los labios grises y agrietados. El poco cabello que conservaba era completamente gris.

Sin embargo, seguía siendo despreciativo, seguía teniendo la misma mirada llena de odio.

Nichol se detuvo a medio metro de la cama. No quería acercarse más a él. No quería tocarlo, ni respirar el mismo aire que él. Así pues, se mantuvo a distancia observando a aquel fantasma que, una vez, lo había tratado tan miserablemente.

–Vaya, así que has vuelto a regodearte sobre mis

restos, como un buitre, ¿eh? –le preguntó su padre, con la voz ronca.

–No tenía pensado venir, en realidad.

–Entonces, ¿por qué lo has hecho? –le espetó su padre, con tanta fuerza, que se provocó a sí mismo un ataque de tos. Sus espasmos eran tan fuertes, que Nichol se estremeció.

–Para ver a Ivan –dijo Nichol, con calma–. Yo no tengo nada contra mi hermano.

–Solo contra mí, ¿eh? –le preguntó su padre, mientras que, con los dedos encogidos por el reumatismo, palpaba la colcha para taparse el pecho.

–Tampoco tengo nada en contra de usted, señor, y nunca lo he tenido. Siempre ha sido usted quien me ha odiado, ¿no?

–*Mi Diah*, espero que no hayas venido a verme en mi lecho de muerte para pedirme cuentas por lo mal que te he tratado. Si esperas una disculpa, no la vas a oír.

Nichol soltó un resoplido.

–¿Y de qué serviría ahora una disculpa? No he venido por eso, señor. Me enseñó desde muy pronto que no podía esperar nada de usted.

–Veo que, al menos, tienes algo de coraje. Pues, ahora ya me has visto y has dicho lo que tenías que decir. Vete. No me hagas perder el tiempo. Y no pienses que vas a tener nada de mi patrimonio. Se lo he dejado todo a Ivan.

En aquella ocasión, Nichol se echó a reír. Nunca había pensado que fuese a heredar nada, y no le importaba en absoluto. Sin embargo, seguía queriendo saber el motivo por el que su padre lo odiaba tanto. Se acercó a su cama, y dijo:

–No quiero nada de usted, viejo. Yo sé ganarme la vida, y me ha ido muy bien solo. No necesito nada suyo.

–Me alegro –dijo el barón, débilmente.

–Lo único que quiero saber es por qué. ¿Cómo es posible que un niño pequeño pudiera ganarse tanto odio por su parte? ¿Qué pudo hacer un niño para que su propio padre le diera la espalda?

–¡Yo no soy tu padre! –gritó su padre, y se puso a toser de nuevo, expulsando sangre–. Creía que ya lo habías comprendido, idiota.

Nichol no lo entendió.

–No es mi padre, no, pero me dio la vida…

–¡Yo no te di nada! –gritó su padre, de nuevo, entre las toses–. ¡No tuve nada que ver contigo!

Nichol pestañeó. Por fin, entendió lo que le estaba diciendo. ¿Cuántas veces se había referido su padre a Ivan como hijo suyo, pero nunca a él?

–¿Qué quiere decir, exactamente?

–Oh, ¿es que eres imbécil? La sangre que corre por tus venas es plebeya, eso es lo que te estoy diciendo. Tu madre era una puta. Lo único que me dio fue a Ivan. Pero… ¿tú? Tú eres hijo de algún villano. ¡No eres hijo mío!

Nichol se quedó boquiabierto. Nunca se le había ocurrido aquella posibilidad. Nunca, durante todas las horas que había pasado sufriendo a causa del odio de su padre, se le había pasado por la cabeza que su madre hubiera tenido una aventura. Y le sorprendía no haberlo pensado, puesto que, durante muchos años, había estado trabajando para resolver asuntos como aquel.

Su padre se rio con malicia, pero volvió a toser, y todo el cuerpo se le sacudió dolorosamente.

–Qué estúpido eres –dijo, a duras penas–. ¿Nunca te preguntaste por qué odiaba tanto a la zorra de tu madre?

Su madre había muerto poco después de tener a Ivan. Él no podía recordar cómo la trataba su padre.

–No, nunca me lo pregunté, porque el odio hacia todo el mundo está en su naturaleza –dijo Nichol, con calma–. ¿Y por qué no me lo dijo nunca? Seguro que le habría proporcionado un gran placer decirme que era bastardo, ¿no?

–¿Y permitir que el escándalo perjudicara a mi verdadero hijo? ¿Que Ivan tuviera que soportar la carga de tu nacimiento? Eres más idiota de lo que pensaba.

–Si no quería que nadie supiera la verdad por Ivan, ¿por qué no me aceptó como si fuera suyo? Era un niño, por el amor de Dios.

–Eras un bastardo. Cada vez que te veía, recordaba lo que había hecho ella para deshonrarme.

Nichol se dio la vuelta. Estaba muy agitado, pero también sentía alivio. De repente, todo estaba cobrando sentido para él, aunque la verdad fuera amarga. Con la cabeza dando vueltas, empezó a caminar para alejarse de aquel hombre.

–¿Eso es todo? –le preguntó el barón–. ¿No tienes nada más que decir?

Nichol apretó los dientes y se giró de nuevo hacia él.

–Era un niño –repitió–. No tenía la culpa de cómo vine a este mundo. Pero usted tendrá que responder ante Dios de cómo me trató. Le deseo suerte con eso.

El barón frunció los labios con desprecio.

–¿Crees que puedes asustarme? Tengo muchas cosas por las que dar cuentas, pero tú no eres una de ellas. Eso le corresponde a la puta de tu madre.

Incluso a punto de morir, tenía fuerzas y odio para tratarlo mal. Nichol se dio la vuelta y salió de allí, aliviado, porque ya no tendría que volver a verlo.

Sin embargo, al verse solo en el pasillo, empezó a sentir un viejo dolor en el pecho. Por cómo podrían haber sido las cosas. Por su madre, de quien tenía un recuerdo vago. Por todas aquellas noches que había llorado hasta quedarse dormido, sin comprender qué tenía él que era tan horrible. Era algo espantoso que no podía ver. Por las dudas que había tenido de joven, cuando estaba seguro de que nadie podría amarlo y se había mantenido alejado de las relaciones íntimas. ¿Dónde estaría ahora si hubiera tenido un padre cariñoso? Tal vez estuviera casado y tendría hijos, amigos, un hermano que lo querría, en vez de un hermano que lo miraba con rencor y odio, como Ivan.

Nichol bajó las escaleras con la cabeza dando vueltas. Recordó lo asustado que estaba cuando lo habían enviado a casa del duque de Hamilton. Y que, cuando había vuelto a Cheverock, después de aquellos años de aprendizaje, estaba seguro de que lo que tenía de malo se había corregido por fin. Sin embargo, todos lo habían recibido con frialdad e indiferencia, salvo Ivan que, aunque fuera todavía muy joven, ya vivía en una situación de ansiedad. Tal vez el barón considerara que Ivan era su único hijo y heredero, pero no lo trataba mucho mejor que a él. Había fijado unos estándares muy altos para él y, como Ivan no los había alcanzado, su padre lo había despreciado también.

Eso había hecho envejecer a su hermano. Estaba prisionero en Cheverock. No era capaz de abandonar a su padre enfermo ni de encontrar su propio lugar en el mundo. Se había inclinado hacia el lado amargo del barón.

Y, sin embargo, a pesar de todo el dolor que había sufrido, Nichol nunca había perdido la esperanza de que su padre cambiara alguna vez. Al pensar que podía haberlo liberado hacía muchos años diciéndole la verdad, que podía haberle ahorrado aquella carga y aquel sufrimiento, se enfurecía.

Y se sentía hundido.

Al llegar al primer piso, se dirigió hacia su antigua habitación. Al final del pasillo había una puerta abierta por la que salía el brillo suave de un brasero. Pensó que era Ivan, que estaba esperándolo para saber qué tal había ido su encuentro con el barón. Sin embargo, fue la señorita Darby quien se asomó a la puerta. Lo miró con expectación. Con ansiedad.

Él se detuvo. ¿Había visto alguna vez algo más bonito, a pesar de aquel vestido gris y gastado? Su sentimiento de amargura y de vacío empezó a desvanecerse, y se le llenó la cabeza con los recuerdos de aquel día, de aquella mujer tendida en una manta junto a un lago, bajo un cielo invernal. Aquella mujer era como un puerto inesperado en medio de la tormenta que bramaba en su interior. No había nadie más que pudiera comprender su dolor, nadie que pudiera entender lo que era ser repudiado. Ninguna mujer ni ningún hombre lo había mirado como lo miraba ella.

Siguió caminando por el pasillo, a grandes zancadas, porque necesitaba abrazarla.

La señorita Darby permaneció inmóvil en la puerta.

—¿Ha ido todo bien?

No, no había ido bien. Nichol llegó hasta ella y

vaciló. La miró. Observó sus ojos azules, el collar de diamantes que brillaba en su cuello, el vestido desgastado, los zapatos manchados de polvo de la carretera. Vio que se mordía el labio nerviosamente. Estaba intranquila. No sabía qué quería de ella.

Y él tampoco lo sabía. Solo sabía que quería estar con ella. Dio un paso y le puso la mano en la cintura.

Ella no se resistió. Lo miró a los ojos mientras él la atraía hacia sí, lentamente, pasándole la mano por la espalda. Con la otra mano, le tomó la cara.

—Señorita Darby.

—Maura —le dijo ella—. ¿Qué le ha ocurrido, señor Bain?

—¿Qué no me ha ocurrido? —preguntó él.

La besó tímidamente, porque no sabía ni lo que estaba haciendo, ni lo que pretendía. Todo era horrible. Aquella casa. El barón. El hecho de besarla cuando ella iba a casarse con Dunnan Cockburn. Todo estaba mal, salvo el deseo que sentía por ella, un deseo feroz y desmesurado. La ferocidad se transmitió a aquel beso. El roce de su lengua encendió todos sus nervios. La señorita Darby, Maura, se quedó inmóvil, al principio, sin alzar los brazos. Tal vez no quisiera que sucediese aquello. Sin embargo, cuando él deslizó la lengua dentro de su boca, ella emitió un suave sonido de aceptación, como si hubiera estado esperándolo. Pasó los brazos por su pecho, hacia arriba, y le rodeó el cuello. Saltó sobre él y se aferró con una pierna alrededor de su espalda, y él la agarró. Entonces, ella tomó su cara con ambas manos y lo besó también, con frenesí.

Nichol se quedó sorprendido, pero aquello le dio coraje para continuar. Cerró la puerta de una patada y se giró, apoyándola en la puerta.

–¿Qué estamos haciendo? –preguntó, con un gruñido, mientras le acariciaba el cuello con la nariz.

–Esto –susurró Maura, con los ojos cerrados, y arqueó el cuello para facilitarle el acceso.

–Entonces, somos dos tontos. Esto no puede suceder…

Maura le impidió que terminara la frase. Lo besó con fuerza, hasta que un calor candente se extendió por todos sus músculos. Nichol estaba sin aliento, dominado por el deseo, y sabía que, si no dejaba de acariciarla en aquel momento, no podría parar.

–Maura –susurró contra su mejilla–. Estoy loco de deseo, pero no puedo hacerte esto. Hay consecuencias…

–¡*Diah*, no digas nada más, por favor! –le rogó, y le acarició la cara–. Si fuera una debutante y tú fueras un pretendiente, sí, habría consecuencias. Pero no somos esa gente. Somos distintos a todos los demás. Tenemos nuestras propias reglas.

–No –dijo él–. Yo no tengo nada, Maura. No tengo hogar, no tengo familia. Ni siquiera tengo un apellido.

–Por supuesto que lo tienes…

–Hace mucho tiempo que me lo cambié para que nada pudiera vincularme a un hombre que no me ha causado más que tristeza durante toda mi vida.

–Tu padre.

Él se echó a reír con amargura.

–Eso es lo que he creído siempre, pero no, no es mi padre. En su lecho de muerte, acaba de decirme por qué me echó de casa y me envió lejos, por qué nunca pudo soportar verme. Porque no soy su hijo. Soy bastardo. Mi padre es un desconocido. Mi madre le fue infiel a mi padre, y él me ha odiado siempre por su pecado. Siempre desahogó su ira conmigo.

–*Diah*... –susurró ella. Trató de abrazarlo, pero él se resistió.

–Siento una gran estima por ti, Maura, pero no puedo ofrecerte nada. ¿Me oyes? No soy nadie.

Quiso darse la vuelta y separarse de ella, pero Maura lo agarró del brazo.

–No te he pedido que me ofrezcas nada. Yo solo quiero... Tú quieres...

Se quedó callada mientras miraba por la habitación, intentando describir su deseo mutuo.

–Sí, los dos lo deseamos –convino él–. Más de lo que se puede describir con palabras.

–Sí –susurró ella.

Él le acarició la cara con ternura.

–Mañana voy a llevarte a Luncarty. Lo sabes, ¿no? No tengo otra elección.

–Sí, lo sé. Pero también sé que no todo está perdido para ti, ni para mí. Todavía tenemos una elección. Aquí mismo, ahora. Tenemos una elección.

–Lo que me estás sugiriendo es impensable, Maura. No puedo llevarte a Luncarty deshonrada.

A ella se le escapó una carcajada seca y amarga.

–La deshonra ya está hecha. Pero esta noche no tenemos nada, solo el uno al otro. La noche se convertirá en día y nuestras vidas continuarán, y esto no será más que un recuerdo. Pero, esta noche, nos tenemos el uno al otro.

Para ser un hombre que se había entrenado para que nada ni nadie le afectara y para poder mantenerse a distancia de los demás, sus palabras tuvieron un potente efecto en él. Le reverberaron en el corazón y le dieron vida. Se dio cuenta, como ella, de que eran dos almas perdidas en el mundo, y que iban a aferrarse el uno al otro tan solo una noche, antes de que sus vidas volvieran a separarse y tomaran caminos solitarios.

–*Diah*, Maura –dijo, en voz baja, y la besó.

Aquel beso fue distinto a cualquier otro que hubiera experimentado. Estaba lleno de deseo y lujuria, pero también estaba lleno de anhelo por un afecto que nunca había tenido. El deseo de aquel afecto era tan poderoso que tuvo que contenerse, que calmarse, que suavizar sus caricias. Con aquellas emociones tan intensas, el corazón le latía como un tambor. Tomó las manos de Maura y se las sujetó por encima de la cabeza, y siguió besándola con avidez, conociendo su cuerpo.

A ella se le aceleró la respiración. Permaneció apoyada en la pared, con los ojos cerrados y la piel enrojecida por el deseo. A él le resultaba increíble que aquella mujer pudiera excitarlo tanto. Se sentía viril, y le ardía la sangre de deseo.

Ella se soltó las manos y le acarició los brazos. Después, las deslizó al interior de su abrigo y se lo quitó. Él la ayudó encogiendo los hombros mientras seguía besándola y descendía por su garganta, hasta que empezó a mordisquearle suavemente la parte superior del pecho por encima del escote del vestido.

Maura jadeó suavemente, y él notó su respiración caliente en la piel cuando ella comenzaba a desabotonarle el chaleco. A Nichol se le había endurecido el cuerpo de deseo, y se apretó contra su pelvis.

Ella lo miró a los ojos al desabrocharle el último botón del chaleco y quitárselo. Él no vio nerviosismo en ella, solo deseo, y se sintió feliz de poder corresponderla. Empezó a subirle el vestido, hasta que pudo deslizar la mano entre sus piernas.

A Maura se le abrieron los labios al tomar aire. Estaba húmeda, y él estaba perdido. Escondió la cara en su cuello y metió los dedos en su cuerpo mientras la besaba suavemente.

Maura gimió de placer y, al oír aquel sonido, él estuvo a punto de desintegrarse. Le desabotonó el vestido y Maura dejó que cayera de su cuerpo al suelo, mientras Nichol se quitaba la camisa sin apartar los ojos de ella. Al ver su pecho desnudo, Maura abrió mucho los ojos y pasó las manos con reverencia por su abdomen, hasta sus clavículas.

Él le abrió la camisa y dejó a la vista sus pechos. Los tomó en una mano y se los acarició. Tenía una necesidad desesperada. La tomó por la cintura y la llevó a la cama. La miró fijamente, haciéndole una pregunta en silencio: «¿Estás segura? ¿Es esto lo que quieres?».

Maura se sentó en la cama. Le tomó la mano y le besó la palma y los nudillos. Aquella era la respuesta que necesitaba Nichol; la tendió sobre el colchón y se colocó sobre ella.

Comenzó a acariciarla apasionadamente, y le quitó la camisa. Maura quedó desnuda, salvo por el collar. Era como un símbolo del extraordinario viaje que iban a hacer juntos.

Nichol exploró lentamente su cuerpo con las manos y la boca. La acarició por todas partes, más y más excitado cada vez por los sonidos que ella emitía. Maura también lo exploró a él, pasó las manos por los planos de su espalda y por sus caderas, y pasó la boca por su cuello y su pecho.

Estaba jadeando, gruñendo, apretando el cuerpo contra el de él. Se movieron juntos hasta que no pudieron soportarlo más, y él apretó el extremo de su miembro contra su cuerpo. Estaban desesperados el uno por el otro. Nichol levantó la cabeza y la miró.

—¿Ahora? —preguntó.

Maura le contestó con una caricia en la frente y un suave mordisco en el labio inferior. Separó las piernas y le rodeó la espalda con una, y lo miró a los ojos mientras él se hundía en su cuerpo, poco a poco. Solo se detuvo cuando llegó a su virginidad, y ella cerró los ojos y tragó saliva.

Nichol dejó de moverse. Apretó los dientes y quiso contenerse, pero no pudo. El cuerpo de Maura era como un canto de sirena, y se hundió en él profundamente, cuidadosamente. Mientras se movían al unísono, deslizó la mano entre ellos y la acarició. Maura gruñó y se arqueó contra él, le clavó los dedos en los hombros, como si temiera salir volando. Él siguió con sus caricias y movimientos hasta que ella llegó al éxtasis.

Nichol acometió una última vez y, rápidamente, salió de su cuerpo para derramar su semen en el muslo de Maura.

Durante los siguientes instantes, trataron de recuperar el aliento.

Finalmente, él se levantó y se tendió sobre el colchón, junto a ella. Sentía una gran estima por Maura Darby. Un gran afecto.

Afecto.

Ahí estaba de nuevo aquel sentimiento que siempre lo había eludido. Sin embargo, lo notaba extendiéndose por su cuerpo. Y notaba también el afecto que ella sentía por él.

No todo estaba perdido.

Maura se incorporó y se inclinó sobre él. Le besó el cuello.

–¿Y qué hacemos ahora?

–¿Ahora? –preguntó él–. ¿A qué te refieres, *mon trésor*?

Ella sonrió al oír aquella expresión de cariño.

–¿Volvemos a hacerlo, *mon Roméo*?

Él se echó a reír. La tomó entre sus brazos y la besó.

–Sí, pero, primero, hay que descansar.

«Tenemos toda la noche. Después, amanecerá y, con el día, solo tendremos los recuerdos. Pero, por ahora, tenemos toda la noche».

Capítulo 17

Tan solo un mes antes, Maura ni siquiera habría pensado en entregarse a un hombre que no fuera su marido. Creía en la castidad y en la santidad del matrimonio. Sin embargo, cuando su mundo se había desmoronado, todo en lo que creía había empezado a parecerle falso. Se alegraba de haber hecho lo que había hecho. Nunca olvidaría aquella noche. Aquella experiencia quedaría atesorada en su corazón para el resto de su vida.

Para su sorpresa, no tenía remordimientos. Prefería entregarse a un hombre que le importaba y a quien deseaba que a un desconocido que necesitaba que le buscaran esposa porque no era capaz de encontrarla por sí mismo. No sabía lo que podía esperar en Luncarty, pero sabía muy bien lo que tenía en Nichol Bain.

Creía que ella le importaba. Aquella noche había sido muy tierno con ella, y sus ojos habían brillado de una forma real. Tenía la sensación de que era la primera persona a la que le había importado algo desde que había muerto su padre.

Ah, Nichol...

Estaba inmersa en las emociones. Sentía cosas extraordinarias, nuevas y frescas, que le habían abierto los ojos. Nunca se había sentido tan relajada en compañía de otra persona. Segura, deseada, protegida y cálida. La compatibilidad era perfecta.

¿Acaso se estaba equivocando? ¿Aquellos exquisitos sentimientos, aquella ligereza y aquel profundo afecto por él no eran la perfección?

Al verlo tendido a su lado, había admirado su físico. Era como las estatuas griegas que aparecían en los libros de su padre, los que ella había estudiado de niña. Sin embargo, cuando la abrazaba y la besaba, su carne no era fría como el mármol, sino cálida, suave y dura. Hacía que se sintiera dolorida de deseo, de una manera deliciosa, y no quería que aquello terminara nunca.

En el transcurso de aquella noche, él le había hablado sobre el barón, el hombre a quien siempre había creído su padre. Le había hablado de la amargura y la frialdad que había sufrido durante su niñez, del rechazo del barón. Le contó que, después de cumplir la mayoría de edad, había llevado una vida de nómada. Viajaba a cualquier parte, salvo a Cheverock. Se había cambiado el apellido y había dejado que sus empleadores pensaran lo que quisieran de él. Solo le había revelado su verdadera identidad a una persona, y lo había hecho en un momento de debilidad, después de haber bebido demasiado vino. Era un secreto que pensaba llevarse a la tumba, porque no soportaba reconocer que su padre lo despreciaba.

Pero ya no tenía importancia. No le pertenecía a nadie. No tenía a nadie. Era un hombre que solo dependía de sí mismo.

Maura sufrió por el niño que había sido Nichol.

Entendía su desesperación, porque sabía lo que era no tener amor, sentirse rechazada y desolada. No era de extrañar que se mantuviera siempre a distancia de los demás. No era de extrañar que fuese tan difícil traspasar su dura fachada. Cuando le había confesado la verdad sobre sí mismo, lo había hecho con angustia. Sin embargo, nada le haría cambiar de opinión sobre él. Nada haría que su estima por él disminuyera. Al contrario, todo el dolor que había tenido que soportar hacía que fuera más querido para ella.

Tampoco le importaba que no tuviera familia, ni hogar, ni apellido. Era como ella, ¿no? ¿Alguna vez habían existido unas personas más adecuadas la una para la otra?

Se despertó cuando estaba saliendo el sol y volvió a admirar a Nichol, que estaba tendido de costado, de espaldas a ella. Era magnífico. Ojalá tuviera papel y lápiz para captar aquel momento, porque temía olvidar algún día su belleza.

Nichol se despertó y se estiró, y la miró por encima de su hombro. Sonrió y se giró hacia ella para abrazarla.

—Qué escándalo hemos provocado, señorita Darby —dijo, y la besó.

—No habrá escándalo si no nos descubren —dijo ella, y puso las manos en su cintura.

—Nos van a descubrir, no lo dudes. Sospecho que Finella y su doncella vendrán a tu habitación rápidamente, en cuanto descubran que nadie ha dormido en mi cama.

Maura se echó a reír.

—En esta cama tampoco ha dormido nadie, señor Bain.

Él la besó con más vehemencia, estrechándola contra su cuerpo como si pudiera desvanecerse en cualquier momento.

Era asombroso que el deseo pudiera invadir a una persona tan rápidamente y tan completamente como para borrar todo pensamiento racional de su mente. Las caricias de Nichol la dejaban jadeando, deseosa de experimentar más y más, y su reverencia la conmovía. Su cuerpo temblaba bajo sus besos. Se aferró a él, con un deseo profundo y ferviente.

El placer de Nichol era tan evidente como el suyo, y ella se sintió feliz al notarlo. Se había transformado, había dejado de ser inocente y había pasado a ser una atrevida, y quería que él la deseara.

Nichol le besó los labios con avidez y entrelazó su lengua con la de ella, y Maura correspondió a sus besos y le acarició los planos duros del cuerpo, le acarició las mejillas y el pelo, y deslizó la mano por sus caderas. Después, posó la otra mano sobre su corazón para notar los latidos fuertes y constantes. Se dio cuenta de que el cosquilleo que sentía en todos los miembros del cuerpo era el anhelo de su sexo, y estrechó su cuerpo contra el de Nichol sin pensarlo, impulsada por el deseo más puro.

Sin embargo, Nichol vaciló en medio de todo aquel calor. Maura abrió los ojos, sin saber qué ocurría. Él la estaba mirando, y sus ojos tenían un verde mucho más oscuro de lo normal. Le acarició la mejilla con los nudillos, y musitó:

–Qué bella eres, Maura. Qué… qué cruel puede llegar a ser la vida, algunas veces.

Inclinó la cabeza, le mordisqueó el lóbulo de la oreja y se deslizó en su cuerpo con un gruñido de placer.

Maura suspiró de satisfacción y le acarició la espalda musculosa. Nunca habría pensado que llegaría a unirse de tal manera con otra persona. Se pertenecían el uno al otro, pensó. Debían estar juntos.

No tenía ninguna duda. Su deseo se hizo más imperativo y lo rodeó con los brazos, se apretó contra él y se dejó llevar. Él la siguió hacia el éxtasis y ella notó su respiración caliente en el pelo y sus manos posesivas en el cuerpo. Y no tuvo ninguna duda.

Nichol la devolvió a la tierra con un beso suave. Después, le acarició los labios con las yemas de los dedos.

—Tenemos que irnos. Y rápidamente.

Ella abrió los ojos, y la sensación de dicha empezó a desvanecerse. No se movió, porque no quería que se hiciera de día aún.

—Maura, *leannan* —le dijo Nichol—. Tenemos que irnos antes de que nos descubran.

Con esfuerzo, ella se levantó para vestirse. Limpiaron la habitación lo mejor que pudieron. Las sábanas eran un problema, pero Nichol hizo un hatillo con ellas para que las lavaran. Salieron a la calle, donde los estaba esperando Gavin con los caballos ensillados. Tenía cara de temor, como si estuviera impaciente y ansioso por salir de Cheverock.

Sin embargo, no consiguieron escapar antes de que Ivan MacBain saliera a la puerta en camisón.

—¿Nichol? —dijo, con una expresión de incredulidad—. ¿Querías marcharte como si fueras un ladrón, en medio de la noche? Esperaba que bajaras al despacho de mi padre anoche, después de hablar con él.

—Tu padre —dijo Nichol, y suspiró—. Entonces, lo sabes.

–¿Que si sé que querías aprovecharte de un hombre viejo y enfermo? –preguntó Ivan–. Sí, lo sé.

Maura dio un jadeo.

Nichol la miró con consternación.

–Quédate aquí –le dijo.

Después, se encaminó hacia su hermano. Trató de pasarle el brazo por los hombros a su hermano, pero Ivan lo rechazó. Entonces, Nichol le hizo un gesto para que caminaran, y ambos se alejaron de los caballos. Cuando dieron unos cuantos pasos, Ivan se detuvo y fulminó a Nichol con la mirada.

–*Mi Diah* –le dijo Maura a Gavin, en voz baja.

Hubo una discusión. Ivan alzó la voz, pero Nichol siguió hablando con calma. Después, volvió hacia los caballos y ayudó a montar a Maura. Él montó también, y le dijo a Gavin que cabalgara delante de ellos.

Maura se giró para mirar a Ivan, que seguía delante de la casa, en camisón y descalzo. Tenía la cara desfigurada por la ira.

–¿Qué le has dicho?

–La verdad –respondió Nichol–. Que no quiero nada del barón.

–Entonces, ¿por qué sigue tan furioso? –preguntó ella.

–Cree lo que ha dicho mi padre de mí –respondió él, y se le escapó una carcajada llena de amargura–. Todos estos años echándolo de menos y, mientras, él estaba aprendiendo a odiarme.

–Claro que no –dijo Maura–. No puedes dejarlo así.

Ivan estaba subiendo los escalones de la entrada para meterse en la casa.

–Puede que vuelva algún día, cuando haya muerto el barón. Hasta ese momento, no serviría de nada.

–Pero…

–Por favor, Maura, déjalo –le rogó él.

Estaba claro que aquella última conversación que había mantenido con su hermano preocupaba a Nichol. Pero, para ella, aquel día era como una mezcla de arco iris y cielo azul. Fue charlando para llenar el silencio, porque no podía soportar que él se hubiese quedado tan callado. Nichol le sonreía. Respondía cuando ella le hacía preguntas. Maura sabía que estaba hablando sin parar, pero era la única forma de no permitir que la realidad echara a perder aquel día.

A pesar de todo lo que ocurría, era feliz. Tenía la cabeza llena de recuerdos deliciosos, y no podía dejar de pensar lo que podría ocurrir. ¿Acaso él no compartía todo eso? ¿Podría olvidar con facilidad aquella noche? Sin embargo, estaba claro que las noticias de Cheverock le entristecían. A medida que el sol ascendía por el cielo, él fue quedándose cada vez más silencioso. Fuera lo que fuera lo que sentía Nichol, era lo suficientemente angustioso como para suprimir el aire que los envolvía.

Sin embargo, Maura no tenía los mismos sentimientos deprimentes. Ahora sabía lo que quería. Sabía lo que debía hacer, lo que debía pensar. Sabía qué camino debía tomar.

Lo que quería era estar con Nichol. En el suelo del bosque, en una casa destartalada, sin hogar, sin apellido… No le importaba cómo ni dónde, siempre y cuando pudiera estar con él. Y eso le parecía muy romántico.

Aunque todavía no sabía qué hacer al respecto.

A primera hora de la tarde pararon en el espacio público de una posada. Nichol mandó a Gavin a comer primero, mientras él atendía a los caballos.

–Luncarty está solo a dos horas de aquí –le dijo al muchacho–. Come y descansa un poco. Después, te adelantarás para avisar al señor Cockburn de que ya estamos aquí, ¿de acuerdo? Él nos esperaba uno de estos días.

Por primera vez aquel día, a Maura se le borró la sonrisa. Por supuesto, ya sabía cuál era su destino, pero al oír a Nichol decirlo con claridad, se hundió.

Cuando Gavin se fue, Nichol sonrió a Maura y la acompañó al interior de la posada. Ocuparon una mesa cerca del fondo de la sala y pidieron estofado y cerveza. Mientras esperaban, él se dedicó a mirar por la habitación, y Maura se preguntó si la estaba evitando.

–¿No me vas a mirar? –le preguntó.

Nichol se volvió hacia ella.

–Por supuesto que sí.

–Casi no me has mirado en todo el día, Nichol.

–Ah –dijo él–. Todo lo contrario. Te he estado mirando todo el día –le aseguró. Le tomó una mano y se la sujetó con fuerza–. Te doy mi palabra de que me voy a asegurar de que quedas perfectamente instalada antes de marcharme, ¿de acuerdo?

Eso no era lo que ella quería oír.

–No digas eso –le advirtió.

–Tengo que decirlo. Ya te expliqué que esto era lo que iba a suceder, y tú accediste, Maura. Las cosas no han cambiado.

–Todo ha cambiado. Mi vida ha cambiado, y la tuya también. Deberías admitirlo.

Él sonrió con tristeza. Se llevó su mano a los labios y la besó con dulzura. No se estaba comportando como un hombre que quisiera dejarla «perfectamente instalada».

–Es cierto que he cambiado para siempre, sí –le dijo–. Pero nuestras circunstancias no han cambiado, Maura. Yo sigo siendo un hombre sin apellido. Tú sigues siendo una muchacha sin posibles.

–Ya basta.

–No has visto Luncarty, Maura. Te gustará.

Aquella afirmación la enfureció, y se zafó de sus manos.

–¿Cómo puedes decirme eso, después de todo lo que hemos compartido? ¿Acaso crees que me voy a conformar con una casa bonita? He estado en grandes casas, Nichol, y no me han parecido suficiente. En ellas no hay amor, no hay calor. La casa de los Garbett era preciosa, pero estaba llena de hostilidad. Cheverock estaba helada. No me importan las buenas casas.

–Te aseguro que, si tuvieras que dormir varias noches en una colchoneta al aire libre, empezarían a importarte.

Ella se quedó boquiabierta.

–¿Es que no sientes nada por mí?

–*Mi Diah, leannan*, lo siento todo por ti. Todo. Me causa un enorme dolor no poder darte lo que te mereces. No puedo darte un apellido decente, ni un hogar propio.

–Claro que podrías.

Él hizo un gesto negativo.

–Me hundo al pensar que, aun siendo un hombre cuya ocupación es arreglar los problemas de los demás, no puedo solucionar este problema, porque el problema soy yo.

–No me importa.

–Debe importarte –respondió él, con calma–. Puede que ahora no te des cuenta, pero te importa. Tú quieres creer que soportarás no saber nunca dónde está la próxima cama, o la próxima comida, que soportarás no tener un techo, no saber si podrás tener hijos, porque tampoco tendrás casa para ellos. ¿Y si te quedas embarazada? Una vez que has optado por este camino, no hay escapatoria, Maura. Yo no podría hacer nada por ti si, al final, te resulta insoportable. No podría encontrar una situación mejor para ti. No podría arreglarlo. ¿No lo entiendes, Maura? ¿No ves lo que me atormenta?

Por supuesto que lo veía. Sabía que lo que él le estaba diciendo era cierto, pero no había podido prever que iba a sentirse así, que su corazón estuviera tan lleno. Ladeó la cabeza y pensó en lo que él le había dicho.

—¿Y qué pasará si no le gusto a tu amigo?

Nichol sonrió con ironía.

—Si no le gustas, es que es idiota. Le gustarás. Lo hechizarás como me has hechizado a mí.

—¿Y si decide que no quiere casarse conmigo? Yo no voy a poder disimular la estima que siento por ti.

Él sonrió aún más.

—¿Acaso estás tramando algo? ¿Vas a causarme problemas otra vez?

Maura se encogió de hombros.

—Claro que quiere casarse contigo. De hecho, ya ha hecho una propuesta de matrimonio.

—A mí, no —dijo ella—. Tiene que proponérmelo a mí, y yo tengo que aceptar, para que todo sea legal y decente, ¿no?

—Tienes que confiar en mí. Te lo va a pedir.

Maura apartó la mirada y se tocó el collar distraídamente.

—¿Maura?

—¿Umm? —murmuró ella, y lo miró de reojo.

–Ni se te ocurra. Si lo haces, no te saldrá bien.

–¿A qué te refieres? –preguntó Maura, con una expresión de inocencia.

Él sonrió con ironía. Ya la conocía bien.

–Si haces algo que obligue al señor Cockburn a retirar su oferta, te dejaré en la cuneta, y sin tu collar. ¿Entendido?

Maura sonrió.

–Tendría que quitármelo, señor Bain.

Él se inclinó hacia delante, y le susurró:

–Te prohíbo que me sonrías así. No me dejas pensar. ¿Por qué tú, Maura? ¿Y por qué ahora?

–¿Por qué tú? –susurró ella–. ¿Y por qué ahora?

Se le empañaron los ojos. Aquello era una tragedia shakespeariana. Maura sabía que su corazón nunca se iba a recuperar de aquella separación.

Si se separaban. No sabía cómo, pero estaba empeñada en encontrar la manera de convencerlo.

Capítulo 18

Nichol quería decirle muchas cosas a Maura, pero no tenía derecho a hacerlo. Sobre todo, porque la noche anterior había hecho el daño más grande de todos. «Te estimo, te admiro, te deseo. Quiero dártelo todo. Te deseo».

Se mordió la lengua y no dijo nada. Aquello era culpa suya. En un momento de desesperación, se había refugiado en ella, había permitido que su deseo acallara al sentido común. Había hecho algo impensable, especialmente para un hombre como él, que valoraba la integridad y la franqueza por encima de todo. Como resultado de sus actos, había creado unas arenas movedizas para los dos.

«Te deseo. Te deseo. Te deseo».

No podía dejar de oír aquellas palabras mientras cabalgaban.

Se preguntó qué estaría pensando Maura. Tal vez, «te odio». Y él se lo merecía.

Se merecía su más absoluto desdén.

Pensara lo que pensara, habló muy poco durante el tramo final del camino a Luncarty. Era desconcertante, porque había sido muy habladora todo el día, con la piel rosada a causa de la felicidad, los ojos resplandecientes... y las reveladoras señales de un amor incipiente. Ella sentía afecto por él, y él lo notaba en los huesos. Lo ansiaba como un hombre moribundo ansiaba la salvación.

¿Qué iba a hacer? ¿Iba a verla en brazos de Dunnan Cockburn? ¿Iba a marcharse a Gales como si no hubiera pasado nada? No sabía cómo iba a arreglar el destrozo que había causado en sus pensamientos y sus emociones.

Cada vez hacía más frío y el cielo estaba más plomizo. Iba a nevar de nuevo, y Maura iba temblando. Sí, el día se deterioraba, al igual que su corazón.

Necesitaba más tiempo para pensar bien las cosas, para arreglarlas, pero, por desgracia, llegaron a Luncarty antes de que pudiera hacerlo.

—Entonces, ¿ya hemos llegado? –preguntó ella, con un hilo de voz.

—Sí, hemos llegado –respondió él.

Detuvo el caballo en una colina que dominaba la finca. Luncarty era tan grandioso e imponente como él le había dicho a Maura.

—Debe de tener veinte chimeneas –comentó ella. Su tono de voz era de reverencia.

—Veinticuatro –dijo Nichol.

—¿Por qué no se ha casado nunca el señor Cockburn? –preguntó ella, con curiosidad.

Era una pregunta lógica. Nadie que residiera en un lugar como aquel podía librarse de que los padres trataran de presentarle a sus hijas solteras.

—Es torpe –respondió Nichol, con sinceridad–. Se siente azorado en compañía del bello sexo. Se merece compasión, porque no es por falta de intentos. Es un buen hombre, ¿sabes?

—Es lo más raro que he oído.

Sí, era raro, pero Maura aún no había conocido a Dunnan Cockburn. Era único. Llegaría a entenderlo, como le había sucedido a él. Y, con suerte, llegaría a tomarle afecto de alguna manera.

De alguna manera. Era una locura pensar algo así, pero esperaba con todas sus fuerzas que Maura nunca llegara a estimarlo como lo había estimado a él.

Retomaron la marcha y, cuando llegaron a la casa, Nichol desmontó y ayudó a bajar a Maura al suelo. De repente, se abrieron las altas puertas de madera de la casa y empezó a salir gente que se quedó mirándolos como si fueran dos criaturas exóticas.

Maura dio un paso atrás.

Eran una docena de personas. Todos llevaban peluca e iban vestidos con trajes de satén y seda, de colores muy vivos. Nichol no entendía qué era todo aquello. Era como si hubieran estado preparándose para un baile… pero su ropa era más exagerada aún. «Dios Santo… ¿Qué pretende Dunnan?».

—¿Quiénes son? —preguntó ella, con nerviosismo. Dio otro paso hacia atrás y se chocó con el caballo.

—No lo sé.

Salió un muchacho del grupo. Llevaba guantes blancos y una librea. Se acercó, hizo una reverencia, y dijo:

—He de llevarme a los caballos, milord.

Nichol le entregó las riendas de mala gana. El muchacho tiró del caballo, que se negó a moverse. Sin embargo, apareció Gavin y se lo llevó con facilidad, y el muchacho de los guantes hizo un ruido de exasperación. Y, justo en aquel momento, Dunnan salió de la casa con su madre del brazo.

Madre e hijo eran inseparables, algo que no le había mencionado a Maura. Tendría que hablar con Dunnan acerca de ello. Había llegado el momento de que se hiciera inseparable de otra mujer.

–¿Es él? –preguntó Maura.

Por su tono de voz, Nichol no supo lo que pensaba de él.

–Sí –respondió, y observó la figura redonda de Dunnan y su peluca recién empolvada. Se acordó de que, la última vez que había estado allí, Dunnan le había reprochado que llevara el pelo caoba recogido en una sencilla coleta.

–No tengo sitio donde guardar la peluca y sus accesorios –le había dicho él, riéndose.

–Pero así… –se había quejado Dunnan, señalando su cabeza–. No va a la moda, Bain.

Dunnan sí iba a la moda con el traje que llevaba: una chaqueta de tela brocada con hilo de oro y de mangas muy largas, un chaleco de seda azul con profusión de bordados, puños y pañuelo del cuello de encaje, medias de un blanco inmaculado y zapatos muy brillantes. Por lo menos, se había vestido para la importante ocasión de recibir a la mujer que tal vez fuera su esposa.

Sin embargo, Nichol se dio cuenta de algo más: Dunnan estaba muy sonrojado, como si hubiera tenido que esforzarse mucho por aparecer. Eso era una señal de nerviosismo. Dunnan tenía los nervios a flor de piel.

Su amigo estaba en la parte superior de la escalera con una pierna estirada, sonriendo a los que estaban por debajo.

Nichol miró a Maura por el rabillo del ojo. Ella estaba observando maravillada a Dunnan.

–Prepárate, *leannan* –murmuró él, y avanzó para saludar a Dunnan.

–¡Bain! –exclamó Dunnan, con alegría, como si acabara de verlo. Bajó los escalones junto a su madre e hizo una reverencia.

–Ha venido, tal y como prometió –dijo, y se volvió hacia su madre–. Querida madre, recuerda a Bain, ¿verdad?

–¡Por supuesto que sí! –exclamó ella, entusiasmada. También iba primorosamente vestida–. Señor Bain, es un placer darle la bienvenida a Luncarty una vez más.

Hizo una reverencia, y añadió:

–¡Mire! ¡Hemos preparado una fiesta para el recibimiento!

Una fiesta. A Nichol le entraron ganas de estrangular a Dunnan.

–No podía decírselo, madre. Era una sorpresa –le dijo Dunnan.

–¿Cómo iba a ser una sorpresa, si todos están aquí, cariño? –replicó su madre.

Dunnan le estrechó la mano a Nichol. Todavía no había mirado a la mujer con la que tenía que casarse, y se comportaba como si ella no estuviera presente. Sin embargo, por su forma de estrecharle la mano, sin parar de moverla, Nichol se dio cuenta de que se había fijado en ella. ¿Cómo no iba a hacerlo? Era bellísima.

–Dunnan… suélteme la mano, amigo –le murmuró Nichol.

Dunnan lo soltó al instante, y retrocedió. Miró a su madre, que lo estaba observando con orgullo.

–Ha sido un viaje muy largo, ¿no es así, Bain? ¿Qué tal estaban las carreteras? He oído que su estado es terrible. ¿No dijo usted que el estado de las carreteras era muy malo, señor Givens? –preguntó, dándole la espalda a Maura para dirigirse a alguien del grupo.

Un hombre que llevaba pantalones de seda azul claro se sobresaltó.

–No, yo no he dicho tal cosa. Estoy seguro.

–Bueno, pues lo dijo alguien –insistió Dunnan, mirando al resto del grupo–. Estoy seguro…

–Señor Cockburn, si me lo permite… ¿Podría presentarle a la señorita Darby?

Dunnan se dio la vuelta.

–¿Disculpe?

–La señorita Maura Darby –dijo Nichol, mirando con fijeza a su amigo. Se volvió hacia Maura, que estaba observando a todo el mundo con los ojos abiertos como platos–. Señorita Darby, el señor Dunnan Cockburn y su madre, la señora Cockburn.

–¿Cómo está? –dijo Maura, e hizo una reverencia. Dunnan se quedó inmóvil.

Maura se irguió y miró a Nichol.

–Es usted una muchacha muy bella, señorita Darby –dijo la señora Cockburn con entusiasmo–. ¿A que es una muchacha bellísima, Dunnan?

–Ah, sí, –dijo Dunnan, y carraspeó–. Buenas noches, señorita Darby –dijo el, y le hizo de nuevo una reverencia–. Bienvenida a Luncarty.

Habló con solemnidad, e hizo una floritura con la mano, señalando la casa. No parecía que se hubiera dado cuenta de que había empezado a nevar. Carraspeó de nuevo, y miró al grupo que había tras él.

–Gracias –dijo Maura. Ella estaba observando a Dunnan.

Dunnan sonrió forzadamente. ¿Acaso se había quedado desilusionado con Maura? Eso era imposible. No había un solo hombre en Escocia que pudiera sentir desilusión al verla. Sin embargo, Dunnan se estaba comportando como un idiota.

–Tal vez deberías invitarnos a entrar –dijo Nichol, enarcando una ceja–. Ha empezado a nevar.

–¿Qué? –preguntó Dunnan, y miró al cielo–. ¡Vaya! Por supuesto, entremos. ¡Fillian! ¿Dónde está Fillian? –exclamó, llamando a su mayordomo–. Necesitamos que avive el fuego de las chimeneas.

Rodeó a su madre por la cintura con un brazo y la hizo entrar en la casa, junto a los demás invitados, que estaban deseando volver al calor del salón principal.

Nichol los vio entrar a todos, como si fueran un arco iris de azules, dorados, verdes y rosas. Se dio cuenta de que Maura no se había movido, y la miró.

Ella giró lentamente la cabeza y lo fulminó con la mirada.

–Debes de estar loco –dijo.

–Es muy posible –respondió él, asintiendo–. Dale una oportunidad.

Ella lo miró con incredulidad.

–No seas demasiado dura con él –le rogó Nichol–. Ya te dije que es un poco torpe. Pero mejorará, ya lo verás.

–¿De verdad? –inquirió ella, con escepticismo.

Nichol no respondió. Hacía quince días, aquel plan le había parecido perfectamente razonable y lógico. Sin embargo, en aquel momento se lo estaba cuestionando.

Maura murmuró algo con impaciencia y se encaminó hacia la puerta. La capa se hinchó a su espalda, mientras los copos de nieve caían suavemente a su alrededor.

Nichol no iba a reprocharle que estuviera furiosa. Él también lo estaba. Dunnan había dado una muy mala impresión. ¿Cómo podía ser tan inepto?

De mala gana, siguió a Maura al vestíbulo de la casa.

Maura todavía estaba allí. Se había quitado la capa y se la había entregado a un sirviente. Su vestido gris era muy soso en comparación con la vestimenta de las otras damas, pero, aun así, era la más bella de todas. Tenía las mejillas sonrosadas por el frío, y eso le confería un aspecto juvenil y vibrante. Su pelo oscuro le proporcionaba una corona oscura sobre la piel pálida. Llevaba puesto el valioso collar de brillantes. No se lo había quitado desde que él se lo había devuelto.

Volvió a mirar torvamente a Nichol, se giró y entró al salón. Él la siguió.

El salón de Dunnan era un espectáculo. Tenía cortinas de terciopelo, pinturas al fresco y bodegones por las paredes y grandes medallones de escayola en el techo. Maura se quedó asombrada y miró hacia arriba y, después, al suelo, que estaba cubierto con gruesas alfombras. Por toda la habitación había consolas y muebles.

Los invitados de Dunnan estaban muy alegres, y el ambiente era agradable. Aquello le recordó a Nichol a un carnaval al que había asistido en Londres. Los sirvientes se paseaban entre la gente ofreciendo copas de vino y whiskey, que los invitados tomaban con gusto.

¿Qué demonios estaba pensando Dunnan? Sabía muy bien que Maura y él iban a llegar aquel día. ¿Acaso había cambiado de opinión con respecto al matrimonio? ¿Pensaba que podía esconderse entre toda aquella gente? Maura siguió observándolo todo y aceptó, tímidamente, una copa de vino ofrecida por uno de los sirvientes. Entonces, Nichol aprovechó la oportunidad y se fue a hablar un instante con Dunnan Cockburn.

El caballero estaba charlando con dos invitados, riéndose tan exageradamente, que Nichol supo que era una risa fingida. No había nada tan divertido. Cuando llegó junto a su amigo, se dio cuenta de que estaba sudando; le caían las gotas de sudor por debajo de la peluca, por la sien y la mejilla.

—¡Señor Bain! Todavía no ha tenido el placer de conocer a mis amigos...

—Sí, y estoy deseando hacerlo, pero ¿podríamos hablar un segundo?

—Oh —dijo Dunnan. Sonrió con inseguridad a sus dos acompañantes. La mujer le devolvió una sonrisa llena de picardía y, después, miró apreciativamente a Nichol.

—¿Podemos hablar, entonces? —insistió Nichol.

—Sí, por supuesto.

Dunnan se despidió de la pareja y Nichol lo tomó del codo y se lo llevó a un rincón.

—¿Qué demonios le ocurre? —le preguntó, con severidad.

Dunnan abrió unos ojos como platos.

—¿Disculpe? ¿A qué se refiere?

—¿No se ha dado cuenta de que la señorita Darby es la mujer con quien usted aceptó casarse?

Dunnan enrojeció aún más.

–Sí, por supuesto que sí me he dado cuenta. No soy idiota.

–Pues entonces, compórtese como es debido –le espetó Nichol.

Dunnan se enjugó el sudor de la cara, que se le había resbalado hasta la barbilla.

–Está bien, pero ¿qué tengo que hacer?

–*Diah*, hable con ella. Pregúntele qué tal el viaje. Cualquier cosa será mejor que el recibimiento que le ha dado hasta ahora.

–Está bien –dijo Dunnan, asintiendo–. Lo haré. Lo haré.

–¿Y qué hace esta gente aquí? Son una distracción.

Dunnan miró al grupo de gente.

–Son actores –dijo. Ante la cara de asombro de Nichol, siguió explicándose–: Son miembros de un grupo teatral. Los he visto actuar y son excepcionales. Se me ocurrió que podrían hacer un número musical en honor a la señorita Darby.

Lo dijo esperanzadamente, como si creyera que a Nichol iba a parecerle una idea brillante.

No fue así. A Nichol le pareció que Dunnan se había vuelto loco.

–No puede dar un espectáculo musical si todavía no la conoce. Todavía no sabe cómo se llama. Es un poco prematuro hacer algo tan grande para alguien cuando todavía no la ha saludado como es debido, ¿no lo ve? Ella no está preparada para esto, Dunnan, claro que no. Acaba de llegar, acaba de verlo a usted por primera vez.

–Pero… Yo pensé que tendría que descansar, naturalmente. La actuación sería después de la cena. Después de que yo sepa… cómo se llama.

–Escuche, Dunnan. Esta mujer no lo conoce. Ni siquiera tiene un buen vestido. Puede que le perdone esta reunión tan impulsiva, pero no le perdonará ser la peor vestida de toda la reunión, ¿lo entiende? ¿Sabe usted algo de mujeres?

–Muy poco –admitió Dunnan, con un suspiro–. Parece que no les gusto mucho.

–Debe posponer la actuación musical…

–¡No puedo! ¡Han venido desde Glasgow!

Nichol tuvo ganas de estrangularlo.

–Está bien. Entonces, encuéntrele algo adecuado para vestirse, y no diga que el número musical es en su honor.

–¿Cómo? –susurró Dunnan, con horror.

Nichol le hizo un gesto hacia Maura, que estaba todavía junto a la puerta del salón, dando sorbitos a una copa de vino y hablando con una mujer que llevaba el pelo adornado con flores.

Dunnan la miró.

–Ah, entiendo –dijo–. Tengo algo perfecto para ella, Bain. Puede pedirle prestado…

–Si le dice que es un vestido de su madre, le doy un puñetazo –le advirtió Nichol.

Dunnan tragó saliva.

–Entonces, ¿cómo…?

Nichol miró a su alrededor. Señaló a la mujer que estaba charlando con Maura.

–Esa. Tiene la misma talla que la señorita Darby. Dígale que el equipaje de la señorita Darby todavía no ha llegado, y que consideraría un favor personal que la ayudara.

–Un favor personal –repitió Dunnan, y asintió.

–Después, lleve a la señorita Darby a una habitación para que pueda descansar, bañarse y prepararse para conocer adecuadamente a la gente. Pero, por favor, compórtese como si estuviera muy contento de que haya venido, ¿de acuerdo?

–Sí, sí. Por supuesto. Lo entiendo.

Nichol le puso las manos en los hombros.

–Mírela. No va a encontrar a nadie mejor, Dunnan. Ni aunque fuera el rey de Inglaterra.

–Sí –dijo Dunnan.

–Así que, demuestre un poco de interés en ella.

–¡Claro! Me interesa mucho.

–Y no se esconda detrás de las faldas de su madre.

Iba a darse la vuelta para marcharse. A él también le hacía falta bañarse y cambiarse de ropa.

–Pero… ¿de qué hablo con ella? –le susurró, con desesperación.

–Le gusta la astronomía –dijo Nichol.

–Astronomía. Oh, Dios. No sé nada de astronomía.

–¡Pues piense en algo!

–¡Puede estar seguro de que lo haré, Bain! –exclamó él, asintiendo–. No se va a arrepentir.

Nichol no estaba preocupado por si se iba a arrepentir o no. Lo que le preocupaba era que Maura lo odiara para siempre.

Eso no podría soportarlo.

Sin embargo, tenía la sensación de que él iba a odiarse a sí mismo en nombre de los dos.

Capítulo 19

Maura se había tomado dos copas de vino con el estómago vacío, y estaba un poco embriagada cuando, por fin, la señora Cockburn le preguntó si podía acompañarla a su habitación.

–Sí –dijo Maura.

Cualquier cosa, con tal de escapar de aquel salón. Se sentía fuera de lugar. Los invitados la habían ignorado, en general.

Y el señor Cockburn tampoco se había preocupado mucho por ella. En realidad, parecía que la estaba evitando, aunque se había acercado a ella con cautela.

–¿Qué tal el viaje, señorita Darby? –le preguntó.

Se quedó mirándolo. No sabía por dónde empezar. Tal vez debiera explicarle que la habían expulsado de casa de los señores Garbett y todo lo que había ocurrido después, pero, en vez de decirle nada, tomó la segunda copa de vino que le ofrecía un sirviente y respondió:

–Bastante bien, gracias.

–Ah, me alegro –respondió el señor Cockburn, como

si estuviera aliviado de que eso fuera todo lo que ella tenía que decir. Después, se alejó y desapareció entre la gente.

Se había tomado ya la segunda copa, y estaba buscando con la mirada a Nichol, cuando se le acercó la señora Cockburn. Ya no tenía la sonrisa agradable del principio. Miró atentamente a Maura, con una mezcla de fascinación y disgusto.

—Voy a llevarla a una habitación en la que podrá descansar, ¿de acuerdo? —le dijo.

—Muchas gracias —respondió Maura.

—Sígame.

La señora Cockburn salió de la estancia seguida por Maura, pero no se dirigió hacia la gran escalinata, sino que atravesó el vestíbulo y entró a un corredor muy largo.

—Nuestro comedor está aquí —dijo, y se detuvo ante una puerta abierta para que Maura pudiera ver la enorme habitación, en la que había una mesa tan larga como un barco—. Como verá, puede acoger a cuarenta personas, si queremos.

—Umm —murmuró Maura.

La señora Cockburn la miró.

—Perdone, pero ¿está acostumbrada a mesas como esta? ¿Cena a menudo en mesas para cuarenta?

Su tono de voz dejó asombrada a Maura.

—¿Disculpe? No, señora, en absoluto.

—Ya me parecía a mí —dijo la señora Cockburn, y echó a andar.

Maura la siguió. Estaba agotada y, a decir verdad, un poco embriagada.

—Este es el comedor matinal. Aquí toman el té las damas. Para tomar el té nos arreglamos, señorita Darby.

–Ah, muy bien –dijo Maura. No se atrevió a hablar más por miedo a ofenderla de nuevo.

–Y este es el despacho de mi hijo. Cuando está aquí, no se le debe molestar. Es un hombre muy ocupado. Mucho.

A Maura le pareció perfecto. Así, tal vez, no se diera cuenta cuando ella se escapara.

–Esta habitación –prosiguió la señora, mientras abría la puerta de una habitación completamente cubierta de tela de flores– es mi despacho.

–Ah. Sí, es muy… alegre.

–Yo misma la he decorado –dijo la señora Cockburn, con petulancia–. Dunnan quiso que trajéramos a un joven muy reputado de Salisbury. Ha decorado las mejores casas de Inglaterra.

–El joven hizo un trabajo precioso, sí –respondió Maura, distraídamente, pensando en que nunca permitiría a aquel joven que decorara su casa. Cualquiera podría perderse entre tantas flores.

Sin embargo, una vez más, la señora Cockburn la miró con severidad.

–No lo hizo él, señorita. Lo hice yo.

–Ah. Sí, es precioso –repitió Maura, y se fijó por primera vez en que el vestido de la señora Cockburn también era de tela de flores. Casi estuvo a punto de sonreír.

–Pues sí –dijo la señora–. Mi despacho es pequeño, sí, pero es la envidia de todo Luncarty.

La señora Cockburn siguió hablando, señalándole un cuadro que había pintado ella misma, o los tapetes de encaje que había en las consolas del largo corredor. También había viajado hasta Londres para elegir personalmente la tela de los cortinajes.

Por insistencia de su hijo, por supuesto.

Subieron por una escalera estrecha y salieron a otro pasillo.

—Esta es el ala norte de la casa, donde se alojan nuestros invitados. Tenemos invitados muy a menudo. Mi hijo prefiere estar rodeado de amigos que viajar. Tiene que gestionar una gran empresa de fabricación de lino, como seguramente ya sabe.

Maura intentó recordar si había oído eso. Durante aquella última semana habían ocurrido demasiadas cosas.

Aquel pasillo estaba muy concurrido por gente que iba y venía entre habitaciones. Las doncellas, vestidas con uniformes de rayas, los acompañaban portando sábanas y ropa. Maura siguió a la señora Cockburn hasta que llegaron a una habitación del final del pasillo.

—Solo nos quedan dos habitaciones. El señor Bain prefiere la que está al otro lado del pasillo, porque tiene vistas al jardín y un salón privado. A usted no le importará quedarse en la más pequeña, ¿verdad? —le preguntó a Maura, y abrió la puerta.

No era una habitación, era un armario. Apenas había sitio para una cama y una cómoda. Maura estaba tan cansada que no le importaba el tamaño del cuarto, pero no pudo resistirse a mirar a la señora Cockburn. Le parecía curioso que eligiera aquella habitación para una mujer que podía ser su nuera. Tal vez la señora Cockburn detestara tanto como ella la idea de que su hijo se casara.

La señora Cockburn sonrió como si estuviera retando a Maura a que dijese algo.

—Gracias —dijo Maura, e inclinó la cabeza—. Es perfecta para mí.

–Eso pensaba yo –dijo la señora Cockburn–. La señorita Fabernet le ha prestado generosamente uno de sus mejores vestidos –añadió, y le señaló un traje que había sobre la cama.

Maura había conocido a la señorita Fabernet en el salón. La mujer le había llevado una copa de vino y le había dicho que tenía muy buen aspecto para haber viajado desde tan lejos. El vestido era de seda azul claro, con un bordado de flores rojas diminutas en las enaguas y un corpiño a juego. Era muy bonito.

–Oh, tengo que darle las gracias a la señorita Fabernet.

–Un sirviente le traerá una tina y la doncella le traerá agua para que se dé un baño.

–Muchísimas gracias de nuevo –dijo Maura.

La señora Cockburn se encogió de hombros con indiferencia.

–El señor Bain ha dicho que debíamos hacerlo.

¿Por qué estaba tan resentida aquella señora? Maura no lo entendía, pero no le importaba demasiado. Estaba agotada y un poco embriagada, y quería bañarse.

–Cuando vea al señor Bain, le daré las gracias a él también –dijo, y sonrió.

La señora Cockburn no le devolvió la sonrisa.

–Cenamos a las siete, señorita Darby. A propósito, ¿dónde está su equipaje?

–En Stirling –dijo Maura. No le explicó que su ropa se la estaba poniendo Sorcha. Ni que la habían echado de casa con lo puesto.

La señora Cockburn señaló su collar.

–Ha venido sin ropa, pero lleva puesto eso –dijo.

Maura se tocó el collar en el cuello.

–Perteneció a mi bisabuela, y ha pasado de generación en generación.

–Pues es una preciosa dote. Le dije a Dunnan que debía exigir una dote.

Maura contuvo una carcajada. Ella pensaba que Dunnan no debería exigir nada.

–No me ha ofrecido el matrimonio –dijo ella, con toda la cortesía que pudo–, y yo no he ofrecido una dote.

–Sí, no lo ha ofrecido, y debería tenerlo en cuenta, señorita Darby. Le aconsejo que se comporte ejemplarmente. Mi hijo no es un hombre que se deje impresionar fácilmente. Si no está segura de algo, pregúntemelo.

Maura miró con curiosidad a aquella mujer.

–¿Segura de qué?

–De cualquier cosa que tenga que ver con mi hijo. De lo que le gustaría y no le gustaría, y de cosas por el estilo.

En aquel momento, Maura se dio cuenta de que la señora Cockburn no estaba dispuesta a ceder a su hijo. Aquel era un comentario que habría hecho la señora Garbett, y ella no estaba dispuesta a aceptarlo dócilmente en aquella ocasión. No quería quedarse allí y, mucho menos, si la madre del señor Cockburn era quien dirigía la casa. Sonrió con dulzura, y preguntó:

–¿Y no debería preguntarle al señor Cockburn lo que le gusta o lo que no?

La señora Cockburn pestañeó. Se le ruborizaron las mejillas. Se acercó tanto a Maura, que ella vio que tenía una minúscula miga en la comisura del labio.

–No quisiera que empezáramos con mal pie, señorita Darby.

—Yo, tampoco, señora Cockburn —replicó Maura.

La señora Cockburn sonrió con frialdad. Con mucho cuidado, le apartó el pelo del hombro a Maura.

—Vamos a ver si nos entendemos, ¿le parece, señorita Darby? Ha venido usted aquí porque estamos en deuda con el señor Bain, puesto que nos prestó una ayuda considerable en otro asunto. Él nos dijo que usted está en una situación difícil y que necesitaba que la salvaran.

—Yo no necesito que me salven…

—Le estamos haciendo un favor —dijo la señora Cockburn, interrumpiéndola—. Debería agradecernos tener un techo, fuego en la chimenea y una muchacha que la ayude a bañarse.

Maura se tragó la contestación que quería darle a la señora Cockburn. Quería decirle que lo peor de todo era tener que hacer lo que le ordenaban los hombres, no poder decidir por sí misma, verse obligada a aceptar el tratamiento que le estaba dando en aquel momento una mujer que había decidido que era superior a ella en todos los sentidos.

Sin embargo, agradecía no tener que dormir en el suelo de un bosque, bajo la nieve, y era consciente de que eso todavía podía sucederle. Así pues, se tragó el orgullo.

—Sí, por supuesto. Disculpe, señora Cockburn.

La señora Cockburn sonrió fríamente.

—Muy bien. No ha sido tan difícil, ¿verdad, hija?

Más difícil que atravesar un desierto, que vivir quince días en casa de David Rumpkin, que estar sola en el mundo y tener que someterse a gente como la señora Cockburn. Sin embargo, sonrió con dulzura, como si se hubiera dado cuenta de que había cometido un error y estuviera dispuesta, una vez más, para ser la joven virginal que necesitaba un marido.

La señora Cockburn tuvo el valor de darle una palmadita en la mejilla, como si fuera una niña petulante.

–Ahora vendrá Penny para ayudarla a bañarse y a vestirse.

–Gracias.

La señora Cockburn se giró. Vio el vestido que le había prestado la señorita Fabernet y lo acarició con una mano.

–Oh, es precioso –dijo, y se marchó.

Maura esperó hasta que estuvo segura de que la mujer se había alejado, y le dio una patada al poste de la cama, con todas sus fuerzas. Después, se estremeció de dolor.

–Entonces, ¿se ha hecho daño?

Maura se giró; no había oído entrar a una joven menuda en la habitación con dos cubos de agua.

–¿Dónde pongo la tina? –preguntó un hombre que venía tras ella.

–Junto a la chimenea, señor Gils, ¿dónde iba a ser? –dijo la doncella, y se hizo a un lado para que el sirviente pudiera meter una bañera de madera en la habitación. Cuando la hubo depositado frente a la chimenea, le hizo una reverencia a Maura y se fue.

La muchacha vertió el agua en la tina.

–Me llamo Penny –dijo, alegremente–. La señora me ha dicho que la ayude con su baño.

Maura no sabía si podía confiar en Penny, pero la perspectiva de darse un baño con agua y jabón la convencieron de que podía arriesgarse. Comenzó a desabrocharse el vestido.

Penny cerró la puerta de la habitación y se inclinó

hacia uno de los cajones de la pequeña cómoda. Sacó una tela de lino.

–Gracias –dijo Maura–. Estoy desesperada por bañarme. He estado varios días viajando a caballo.

–¿De dónde viene? –preguntó la muchacha.

Después de su conversación con la señora Cockburn, Maura pensó que, cuanto menos dijera, mejor.

–En realidad, no desde muy lejos.

Se desnudó y entró en la bañera. Cerró los ojos y suspiró.

–Vaya, sí que es un vestido bonito –dijo Penny, mirando hacia la cama.

–Umm –dijo Maura–. Tengo que darle las gracias a la señorita Fabernet por su amabilidad.

–Podrá dárselas enseguida, porque va a venir a peinarla.

–¿Cómo? –preguntó Maura, y abrió unos ojos como platos.

–Dijo que su pelo era una tragedia, discúlpeme por repetirlo, y que no podía bajar así a cenar, y que quería ayudarla a peinarse. Es actriz.

Y, justo en aquel momento, alguien llamó a la puerta. Penny se apresuró a abrir, mientras Maura se cubría. Entró una mujer con una torre de pelo empolvado y adornado con flores de seda. Tenía una preciosa figura, y los ojos, de color marrón claro. Se había oscurecido las cejas y las pestañas con kohl y, en contraste, su piel parecía casi blanca.

–¡Aquí está! –exclamó–. La he pillado bañándose.

A juzgar por su acento, la señorita Fabernet era inglesa, algo que a Maura se le había pasado por alto antes.

–Ah…

–No se preocupe por mí, querida –dijo la señorita Fabernet. Llevaba una funda de almohada llena de cosas–. He venido preparada para arreglarle el pelo. No desearía entrometerme, y estoy segura de que cualquier dama con la que pretenda casarse Dunnan tendrá su propia peluquera, pero parece que la suya todavía no ha llegado. Me he apiadado de usted.

Maura no supo qué responder. ¿Acaso todo el mundo sabía que había ido allí para aceptar una oferta de matrimonio?

–No se preocupe –dijo la señorita Fabernet. Se acercó a la cama y vació el contenido de la funda de almohada junto al vestido–. Esta habitación es muy pequeña, ¿no? –preguntó, mirando alrededor–. Ah, bueno, así estará más calentita que todos los demás. Bueno, vamos a lavarle el pelo. Está un poco... descuidado –dijo, y se estremeció.

Maura se hundió más en el agua. ¿Aquel era el lugar donde pensaba dejarla Nichol?

Capítulo 20

Nichol no vio entrar a Maura al salón a la hora de la cena, porque estaba preocupado por Dunnan. Conocía bien al escocés; era muy despreocupado y siempre estaba dispuesto a divertirse. Sin embargo, aquella noche estaba apagado. Y había estado hablando en secreto, durante un cuarto de hora, con un caballero de pelo negro que llevaba una coleta. Eso le había dejado agitado.

Nichol se dirigió hacia él con intención de llevárselo aparte y preguntarle qué ocurría. Sin embargo, al alejarse de la pared en la que había estado apoyado, vio a Maura. Ella estaba en el centro de la habitación, charlando con la mujer que le había prestado el vestido, tal y como él le había sugerido a Dunnan. Se quedó paralizado por un momento. Ella era una visión espectacular con aquel vestido azul claro. *Boideach. Bel. Schön.*

Miró a su alrededor para comprobar si los demás también se habían quedado atónitos por su belleza. ¿Era el único que se había fijado? ¿Por qué no estaba todo el mundo a su alrededor, mirándola? Tenía el pelo sobre la cabeza, en una especie de torre oscura con pájaros posados en la parte superior. Sonrió al ver aquel tocado tan fantasioso. Ella le parecía demasiado práctica para permitir que le colocaran pajaritos azules en el pelo, pero el efecto era encantador. El vestido le sentaba como un guante y hacía que pareciera aún más femenina.

Era la mujer más bella que él había conocido.

Sin embargo, el bobo de Dunnan no se había fijado en ella, así que atravesó el salón para saludarla. Él también se había bañado y se había cambiado, y llevaba una chaqueta formal y un *plaid* para la cena. Ella giró la cabeza mientras él se acercaba y, al verlo, se le iluminaron los ojos de deleite.

—Señor Bain, ¿un *plaid*? No sabía que tuviera tanta afinidad con las Highlands.

—Sí, es una verdadera afinidad —dijo él—. Este *plaid* me lo regaló el clan de los Mackenzie. Tal vez usted tenga la suerte de ver Balhaire algún día.

Los días que había pasado en las tierras de los Mackenzie habían sido algunos de los mejores de su vida.

—No había oído hablar de ellos. Tal vez, algún día —dijo ella, sonriendo con ironía—. ¿Me permite que le presente a la señorita Fabernet? Me ha prestado un vestido y me ha ayudado a peinarme.

Se giró hacia la señorita Fabernet, y dijo:

—Le presento al señor Bain.

—*Enchantée* —dijo la mujer, con una sonrisa seductora. Le tendió la mano e hizo una reverencia.

Nichol tomó su mano y se inclinó sobre ella.

—Es un placer, señora.

Ella se irguió y lo miró, fijándose en su tartán.

—A mí también me gustaría ver las Highlands —dijo,

suavemente–. He oído decir que, allí, los caballeros son formidables. En todos los sentidos.

Nichol sonrió. Hacía quince días, habría aceptado aquella invitación que se reflejaba en su mirada. Aquella noche, sin embargo, quería que se marchara. Solo quería estar con Maura.

–Tengo que decir, señor, que luce muy bien su *plaid*.

Ah, cuánto admiraba a las mujeres atrevidas. Fijó su atención en la más atrevida de todas y sonrió.

–Qué bella está, señorita Darby. La señorita Fabernet ha sido muy generosa.

–Puedo ser aún más generosa –ronroneó la actriz, y se acercó a él.

–¿Vamos a saludar al señor Cockburn? –le preguntó Nichol a Maura, y le ofreció el brazo.

La señorita Fabernet suspiró.

–Bien, vayan, vayan –dijo. Abrió un abanico, sonrió a Nichol por encima del borde y se alejó.

–Estás muy guapa, Maura –le dijo él, mientras caminaban por el salón–. Pero, hasta esta noche, no creía que fueras una mujer dada a las aves.

Ella se echó a reír.

–A la señorita Fabernet le pareció que mi pelo estaba fatal, y casi no podía contener su alegría mientras me lo peinaba. Dijo que me iba a poner más atractiva para mi futuro marido –respondió, y lo miró de reojo–. ¿Le parece que lo ha conseguido, señor Bain?

–Es imposible que pudiera estar más atractiva.

–Me pregunto si el señor Cockburn me va a hacer verdaderamente esa oferta de matrimonio. Su madre no me tiene demasiada estima.

–Claro que sí.

–No, claro que no. Me ha dejado bien claro que el

señor Cockburn es suyo y que no voy a poder decir nada con respecto a él.

Maldito Dunnan por seguir aferrado a las faldas de su madre.

—Hablaré con él.

—No te preocupes, Nichol —dijo ella, y apartó la mirada—. Conozco a las mujeres como la señora Cockburn. Se saldrá con la suya, y no hay nada que puedas hacer para evitarlo.

Nichol tragó saliva, porque se le había formado un nudo de culpabilidad en la garganta. Nunca se había cuestionado los planes que elaboraba para resolver los problemas de sus empleadores, pero aquel sí se lo estaba replanteando. No obstante, sus dudas quedaban mitigadas por la riqueza y el carácter afable de Dunnan. Era una buena solución para Maura, ¿no?

Cuando llegaron junto a Dunnan, el hombre de la coleta negra había desaparecido. Dunnan alzó la mirada y, al ver a Maura, se tambaleó hacia atrás.

—¡Oh! ¡Oh, vaya! ¡Señorita Darby, está maravillosa!

Maura se rio.

—Cuando llegué debía de estar hecha un adefesio.

—No, no, claro que no —dijo Dunnan, intentando recuperarse de su sorpresa.

—La señorita Fabernet me ha ayudado mucho. Gracias por pedirle ayuda.

—Sí, bueno, me pareció que debía hacerlo. No es que pensara que usted necesitaba ayuda, ¿sabe? Pero quería hacer que se sintiera bienvenida. Mi madre y yo queríamos que se sintiera bien recibida —dijo, y miró a Nichol. Había empezado a sudar de nuevo.

Diah, Dunnan era tan torpe con las mujeres como

gordo. Nichol se sintió molesto. ¿Acaso tenía que estropear hasta el más mínimo detalle?

–Gracias –dijo Maura–. Su madre ha sido...

–Oh, es un encanto. Vive para servir a los demás –dijo Dunnan, y se acercó un poco a ella–. Señorita Darby, ¿le importaría que le pidiera un favor, si me permite el atrevimiento?

–Por supuesto, señor Cockburn.

–¿Le importaría sentarse a mi lado durante la cena?

–Oh, yo...

–Es una mesa muy larga y, si está demasiado lejos, no podré hablar con usted. Ni oírla.

–Me encantaría, señor Cockburn. ¿Y el señor Bain?

–¿Quién? ¿Bain? ¡Ah! Sí, sí, él, también. Sí, claro, pero tengo que ocuparme de ello –dijo. Titubeó y se tocó los labios con un dedo–. Será mejor que vaya a ocuparme de ello, ¿de acuerdo? Voy a hablar con Fillian. Él ha organizado los sitios en la mesa, pero tendrá que hacer los cambios. ¿Me disculpan?

Sonrió como si estuviera muy satisfecho consigo mismo por haberlo resuelto todo.

Maura hizo una reverencia mientras él se alejaba. Cuando desapareció entre la multitud, le preguntó a Bain:

–¿Está en posesión de todas sus facultades mentales?

Nichol se había distraído, porque, mientras Dunnan atravesaba el salón a toda prisa, como si hubiera un incendio, fue abordado de nuevo por el hombre de la coleta oscura. ¿En qué se había metido Dunnan?

–¿Hay vino?

Nichol miró a Maura. Ella estaba mirando hacia abajo, quitando una pelusa imaginaria de la falda del vestido. Era tan bella que, de repente, él notó una emoción inesperada en el pecho. Fue una descarga de calor. Tuvo miedo de ponerle nombre a aquella emoción, miedo de legitimarla.

–Voy a buscar una copa –dijo, en voz baja, y se alejó de Maura antes de que ella pudiera atravesarlo con sus ojos azules.

Cuando volvió a su lado, había tenido la oportunidad de tomarse un whiskey, y la señorita Fabernet había encontrado a Maura de nuevo, en aquella ocasión, en compañía del señor Johnson, que debía de ser el director del grupo teatral. Tenía una forma de hablar muy ampulosa. Se anunció la cena, y todos se dirigieron al comedor. La señora Cockburn gritaba para indicar quién debía acompañar a quién, pero la mayoría de los presentes ignoraban sus instrucciones.

Dunnan había olvidado informar a Fillian del cambio de sitios en la mesa y, cuando se dio cuenta, hubo que mover a todo el mundo para que Maura pudiera sentarse a su derecha. En el revuelo, Nichol terminó sentado al otro extremo de la mesa junto a una anciana que decía ser una buena amiga de la señora Cockburn.

Mientras sufría la tortura de tener que mantener conversaciones intrascendentes por cortesía, no podía apartar la mirada de Maura. Dunnan hablaba mucho; cuando bebía demasiado vino, se volvía muy locuaz. Parecía que ella también intervenía de vez en cuando en la conversación, y consiguió sonreír en alguna ocasión.

Lo estaba intentando.

Cuando terminó la cena y todos volvieron al salón, varias personas ya estaban embriagadas. Los actores se reunieron alrededor del pianoforte y empezaron a cantar canciones subidas de tono, y la escena le recordó a un salón francés. Por algún motivo, se acordó de los Garbett, y sonrió al pensar en cuánto se habrían escandalizado si estuvieran allí aquella noche.

Si Maura se sentía escandalizada, no lo demostró. Estaba con Dunnan y con la señorita Fabernet, riéndose de algo que había dicho uno de ellos. De vez en cuando, miraba a su alrededor y se ponía de puntillas, buscándolo. Al verlo, sonreía con alivio. Le reconfortaba que él estuviera allí todavía, ocupándose de ella.

–Deberíamos bailar, ¿no? –gritó Dunnan. Se puso en pie y miró a todo el mundo–. ¡Un baile! Usted, señor, el que lleva ese *plaid*… ¡Tiene que enseñarnos un baile escocés!

Nichol se echó a reír.

–No, señor Cockburn, enséñenoslo usted.

–Vamos, vamos, debe hacerlo –insistió Dunnan, que se estaba tambaleando un poco.

–Yo bailaré con usted, si quiere –dijo Maura, y se puso en pie.

Aquel ofrecimiento fue recibido con comentarios picantes y risas. La única que se ofendió fue la señora Cockburn. A su hijo le divirtió.

–Sí, Bain, debe abrir el primer baile con la señorita Darby –dijo Dunnan, con deleite.

Maura hizo una reverencia y comenzó a mover las caderas de un lado a otro, meciendo la falda.

Nichol la observó un momento. Estaba maravillado con su resistencia, a pesar de todas las cosas que habían sucedido durante los últimos días. Él estaba agotado, y quizá le hiciera falta una distracción. Quizá necesitara bailar.

Se apartó de la pared y dijo:

—Bueno, si vamos a bailar, necesitamos música, ¿no?

Dunnan dio unas palmadas.

—¡Música! —gritó, y le hizo un gesto al caballero que estaba sentado ante el teclado.

Rápidamente, empezó a tocar una melodía muy alegre, y Nichol miró a Maura.

—No soy buen bailarín, señorita Darby. Le habría ido mejor con cualquiera de los presentes.

—Nunca será buen bailarín si no lo intenta, señor Bain.

Se agarró la falda con ambas manos, levantó el bajo y comenzó a bailar.

Por suerte, Nichol había practicado un poco en Balhaire. Catriona, lady Montrose, se había empeñado en que aprendiera, en parte para castigarlo por lo que le había hecho cuando se había enamorado del duque de Montrose y, en parte, porque a pesar de lo sucedido, Catriona lo estimaba. En aquel momento, él se lo agradeció, porque pudo seguirle el paso a Maura, que era una espléndida bailarina.

Todo el mundo empezó a bailar, empujándose los unos a los otros, y hubo muchas carcajadas. Por fin, Nichol rogó que le permitieran dejarlo, y Maura y él se apoyaron sin aliento en la pared. Ella tenía las mejillas sonrojadas y los ojos brillantes de alegría. Podría ser feliz allí, en Luncarty. Podría adaptarse a aquella vida.

Nichol buscó a Dunnan para procurar que bailara con ella, pero no lo vio.

—¡Venga! —gritó un caballero, y se llevó a Maura al baile de nuevo.

Maura se echó a reír y siguió bailando, riéndose, hasta que se le desmontó el peinado y comenzaron a caérsele mechones por los hombros. Ella se rio con ganas, con frenesí, y el sonido de sus carcajadas llenó el corazón de Nichol hasta que estuvo a punto de explotarle.

Él no sabía qué hacer con su corazón. Si explotaba, lo mataría. Podía morir de anhelo por ella.

Alguien abrió las puertas de la terraza para que entrara el aire al salón. Había una gran cantidad de nieve apilada fuera, y eso fue un alivio para Nichol. Significaba que no tendría que decidir al día siguiente lo que tenía que hacer. Significaba que todavía no se le iba a romper el corazón. Aquello le procuró un descanso. Era un buen motivo para que un hombre se pusiera a bailar, así que entró al círculo de bailarines y se rio con ella.

Capítulo 21

Mucho después de que todo el mundo se hubiera acostado, Maura estaba despierta sobre la cama, mirando la nieve acumulada en el alféizar de la ventana. Su habitación estaba helada, porque el fuego se había apagado antes de que subiera del salón.

Se acurrucó bajo las mantas, pero todavía oía susurros y correrías sigilosas por el pasillo. Los miembros del grupo de teatro estaban terminando la noche unos en las camas de los otros. Pensó en Nichol y en el calor de su cuerpo.

Aquella noche lo había pasado muy bien. Había disfrutado en compañía de aquel grupo tan escandaloso. Pero, sobre todo, había disfrutado bailando con él.

No quería pensar en el señor Cockburn ni en su madre. Él había sido muy agradable durante la cena, aunque no sabía llevar una conversación y parecía que estaba más relajado cuando otro llevaba la voz cantante. A ella le daba la impresión de que lo intimidaba.

Sin embargo, no quería pensar en él, sino en Nichol. Él estaba constantemente en sus pensamientos, y la llenaba de deseo.

¿Cómo iba a despedirse de él? No podía seguir con su vida como si nunca hubiera sucedido nada entre ellos. No sabía qué iba a ocurrir después; debido a la nieve, nadie podría marcharse al día siguiente. Sin embargo, ella se iba a escapar de aquel lugar, de un modo u otro. No podía soportar estar sin él. Y no podía casarse con el señor Cockburn después de lo que había conocido en brazos de Nichol.

Miró de nuevo la nieve y, de repente, lo deseó con tanta fuerza que perdió cualquier pensamiento racional y sensato. Se levantó y abrió la puerta una rendija. Notó una ráfaga de aire frío, pero abrió un poco más y se asomó al pasillo. No había nadie en aquel momento, aunque oyó una risita al final del corredor.

Salió del dormitorio y cerró la puerta, y empezó a andar de puntillas, rápidamente, hasta que llegó a la puerta de Nichol. Abrió suavemente el pomo y lo vio en la cama, incorporado y apoyado en un codo, observándola.

Maura se quedó inmóvil, sin saber qué decir. Pero, entonces, él abrió las sábanas y le mostró su cuerpo desnudo, como una invitación silenciosa.

Maura echó a correr por la habitación, subió a la cama y se colocó sobre él.

—Temía que fueras la señorita Fabernet —le dijo Nichol, y la besó.

Ella se echó a reír en voz baja. No tenía remordimientos. No sentía culpabilidad. No sentía nada, salvo la necesidad de que la acariciara y la besara, de que llenara su cuerpo.

—*Mi Diah*, señor Bain, me tiene atrapada —dijo, y deslizó la boca por su cuello, por su pecho, hasta que atrapó su pezón entre los labios—. No sé cómo evitar que me atrapes otra vez, un día tras otro.

–Dios, Maura, no pares ahora –le rogó él, con la voz enronquecida. Tomó su cabeza con ambas manos y la besó en los labios.

Ella se quedó desarmada. Él podría hacerle lo que quisiera, y ella lo aceptaría encantada. No quería pensar, solo quería sentir. Quería que él la amara como se amaban un hombre y una mujer.

Notó su respiración caliente, su cuerpo. Él le desató la lazada del camisón y se llenó la boca con su pecho. Maura se deslizó el camisón por los hombros hasta la cintura, para que él pudiera devorarla. Él gruñó de satisfacción, le rodeó la cintura con un brazo y la tendió, bruscamente, boca arriba. Entonces, se colocó a horcajadas sobre ella y se movió hacia abajo.

Ella arqueó la espalda y movió las piernas contra sus caderas, apretó una rodilla contra su dureza. Él le acarició la curva de la cadera y la carne blanda y suave del muslo y, después, clocó el cuerpo entre sus piernas.

Maura tenía la respiración acelerada por la impaciencia. Nichol empezó a descender por su vientre con los labios y la lengua, hasta que su cabeza estuvo entre las piernas de Maura. Aquello era nuevo para ella, y asombroso. Tuvo la sensación de que iba a perder la cabeza y alzó las caderas, y gritó cuando él cerró la boca sobre su sexo.

Se vio envuelta en una nube de placer. Su cuerpo latía, y su cabeza no podía pensar. Empezó a jadear de desesperación por llegar al éxtasis. Y, cuando lo alcanzó, fue intenso y largo, un placer etéreo. Entendió que no era solo una cuestión de placer físico, sino algo mucho más grande. Era la sensación de encontrar un refugio en otra persona, de poder ser vulnerable con una persona mucho más fuerte que ella, lo que convertía aquello en una experiencia mucho más fuerte.

Llevaba tanto tiempo protegiéndose a sí misma, que era muy liberador dejarse llevar y confiar en él.

El éxtasis siguió vibrando en ella hasta que ya no pudo soportarlo más. Salió de debajo de su cuerpo e hizo que se tendiera boca arriba, y se sentó sobre él, porque estaba impaciente por sentirlo dentro de su cuerpo. Se deslizó hacia abajo y capturó su miembro, y observó cómo se le cerraban los ojos. Él la tomó de las caderas, apretó los labios y abrió los ojos, clavándolos en los de ella mientras empezaban a moverse al unísono.

Maura creyó que él también lo sentía. Que se sentía vulnerable y poderoso a la vez. Cuando él alcanzó el orgasmo, se sentó y la sujetó con un brazo, se apoyó con el otro sobre el colchón y la llevó consigo a la cima del placer.

Después, la tuvo abrazada durante largos momentos, hasta que, lentamente, se tendió en la cama y la sujetó contra su pecho desnudo. Maura oyó los latidos desbocados de su corazón y él también debía de sentirlos porque le cubrió la mano con la suya.

Nichol cerró los ojos y le acarició la espalda, suavemente, de arriba abajo. Dijo algo en un murmullo, y ella no pudo entenderlo.

—¿Disculpa? —le preguntó, y le besó la mejilla.

—He dicho que me has echado a perder. Por completo, absolutamente.

Aquellas palabras llenaron de alegría a Maura.

—¿No debería haberlo hecho?

Él sonrió y cerró los ojos de nuevo.

—No deberías haberlo hecho.

Ella volvió a apoyar la cabeza en su pecho.

—¿Y qué hacemos ahora?

—¿Ahora? Dormir. Pronto va a amanecer.

Eso no era lo que ella le estaba preguntando, y él lo sabía.

—No me dejes aquí, Nichol.

Él la estrechó entre sus brazos.

—Ah, *leannan*… ¿Adónde te llevaría, entonces? ¿Qué haría contigo?

—Puedes llevarme a Balhaire. ¿Dónde está?

—Ah, Balhaire —dijo él—. Al norte de las Highlands.

Le habló sobre aquella fortaleza que dominaba el mar. Le habló de una mujer llamada Catriona, que se había casado con el duque de Montrose, a pesar de que él mismo había hecho grandes esfuerzos por evitarlo. Le habló del hogar para mujeres descarriadas que dirigía la duquesa.

—¿Su qué? —preguntó Maura.

Él se echó a reír. Se lo explicó todo y le describió la temporada que él había pasado allí con aquella familia y, mientras hablaba, Maura supo que quería estar en aquel lugar.

—Quiero ir —dijo.

—Sí —dijo él, con melancolía.

Pero Maura hablaba en serio. Nunca había estado en las Highlands y le parecía un buen lugar para ellos. No sabía a qué se dedicaban las mujeres allí, pero encontraría alguna ocupación.

—¿Cómo te ha ido durante la cena? —le preguntó él.

—Ha sido tediosa —dijo ella, con un suspiro—. Es un hombre extraño. No sabe cómo mantener una conversación.

—Sí, es tímido. Se pone muy nervioso cuando estás presente.

–¿Lo crees de verdad?

–Sí. No se me ocurre otra cosa. Me parece que está más distraído de lo normal.

–No me importa –susurró Maura–. No me dejes con él, Nichol.

–Maura, *mo chridhe* –dijo él–. Tengo que embarcar dentro de quince días, ¿sabes? No puedo llevarte conmigo. Me he comprometido, y no puedo arriesgar mi profesión.

–Está bien. No puedes llevarme esta vez. ¡Pero puedes volver a buscarme!

Él la miró de un modo extraño.

–Creo que estarías casada para cuando yo volviera.

Ella no quería que él le dijera aquello, y cerró los ojos con fuerza. ¿Cómo podía ser tan distante? ¿Acaso no le había afectado en nada hacer el amor con ella?

–¡Has dicho que te he echado a perder! ¡Yo te he dicho que me has atrapado! ¿Qué más pueden decirse dos personas para describir sus sentimientos?

–Hay más cosas –dijo él, y se incorporó lentamente–. Maura, escúchame, por favor. Por mucho que yo quiera que las cosas sean diferentes, no lo son. Yo no puedo darte esta vida. No puedo ofrecerte una casa bonita y un grupo de teatro que te divierta. Piénsalo. Serías la señora de esta casa…

–Esta casa ya tiene una señora.

–Tú te convertirías en la nueva señora. Tendrás libertad para ir y venir. Es la mejor solución posible. Si no te… si no te hubiera tomado tanta estima, te diría que eres una tonta, porque no podrías esperar nada mejor que esta casa y este matrimonio. Dunnan te tendrá en un pedestal.

–Su madre me tirará al suelo.

–No hará nada semejante cuando estés casada con su hijo. No te preocupes, yo hablaré con él. Pero esto es lo mejor para ti.

Ella se apartó de él y se levantó de la cama.

–Estoy harta de que los hombres me expliquen lo que es mejor para mí –dijo mientras recogía su camisón del suelo–. Yo sé qué es lo mejor para mí, Nichol, y, en este momento, eres tú.

–Eso es lo que quiero que entiendas, Maura, que no soy lo mejor...

–¡Tú no puedes decidir por mí! Yo decido lo que es mejor para mí.

–Está bien –respondió él, con una calma exasperante–. ¿Tener un hogar no es lo mejor para ti?

–No me importa.

–No sabes lo que significa eso –respondió Nichol, y se levantó.

–¿No? Mírame, Nichol, ahora no tengo hogar. Llevo más de un mes sin tenerlo –replicó ella, y alzó una mano al ver que él iba a objetar de nuevo–. No digas ni una palabra más, porque no me importa lo que pienses. Yo sé qué es lo mejor para mí, y sé otra cosa: que a ti te vendría bien alguien que te quisiera tanto como yo.

–Entonces, ¿me quieres, Maura? –le preguntó él, pensativamente.

De repente, a ella se le llenaron los ojos de lágrimas. La euforia que sentía hacía un momento había desaparecido. Quería decir que sí, pero el orgullo y el miedo a la traición se lo impedían.

–¿Me quieres? –le preguntó él, de nuevo, y se puso en pie.

–¿Te importaría? –susurró Maura.

–Sí, me importaría –respondió él, suavemente–.

Más de lo que puedo expresar. Pero ya te he dicho que no tengo hogar. Voy de una oportunidad a otra, y no puedo mantenerte, no sé qué podría hacer para mantener un hogar si no me dedicara a esto. Además, hay algo más: he descubierto que soy bastardo. No puedo reclamar el título, no puedo reclamar la herencia. Ni siquiera puedo dejarte en casa de mi hermano, porque él ha llegado a odiarme tanto como mi padre.

—¡No es verdad!

—Sí. ¿Sabes lo que me dijo cuando nos despedimos? Que no volviera nunca más por allí. Que su padre le había advertido sobre mí, y que yo iba a intentar arrebatarle lo que era suyo por derecho, y que no iba a permitir que yo destruyera la paz que por fin iba a conseguir.

Ella se había quedado anonadada.

—¿Y qué le dijiste tú?

—Ya te lo expliqué: la verdad. Que yo no lo había abandonado, que me habían echado de casa. Que yo lo quería, y que no pretendía robarle nada. Que no quería nada de él, ni de Cheverock. Pero es demasiado tarde, mi padre lo ha envenenado. Yo no quiero que te envenenes también, que sufras por un resentimiento. Te mereces algo mejor de lo que yo puedo darte. Y, además, Maura, también tengo que decidir lo que es mejor para mí.

Maura se quedó mirándolo con asombro. Nichol estaba tan hundido como la noche que había sabido que su padre le había estado mintiendo durante todos aquellos años. Era como si hubiera perdido algo muy querido. Ella se puso el camisón y se alejó de él.

Nichol no trató de detenerla. No dijo nada cuando ella salió de la habitación.

Maura cerró la puerta y fue corriendo a su dormitorio. Al llegar, vio por la ventana las primeras luces del amanecer en el horizonte blanco.

Estaba helada, pero sospechaba que no conseguiría entrar en calor ni con todo el fuego del mundo.

Capítulo 22

Nichol se odiaba a sí mismo.

Era tan débil que resultaba patético. No podía negarse a sí mismo estar con Maura. Sin embargo, debería haberlo hecho. Si fuera un hombre bueno y decente, la habría enviado de vuelta a su habitación. Debería disculparse por no haberlo hecho, pero no sabía si ella iba a perdonarlo.

Intentó convencerse de que todo era culpa de Dunnan, por ser tan indolente. Iba a tener una charla con él para convencerlo de que le demostrara a Maura que quería casarse con ella.

La última vez que había estado allí, Dunnan estaba completamente decidido a casarse. Necesitaba una esposa, y le había rogado a Nichol que lo ayudara. Pues, bien, él le había ayudado, había arriesgado su propio corazón al hacerlo, y Dunnan no había sido más que un idiota.

Lo arreglaría. A eso se dedicaba: a arreglar cosas. Todavía no se había enfrentado a un problema que no hubiera podido solventar. Aquella noche le había dicho a Maura que le había echado a perder, sí, pero se recuperaría, por las buenas o por las malas. Arreglaría la situación para ella y para él.

No iba a pensar en lo mucho que deseaba decirle que él también la quería. No podía hacerlo, porque, entonces, ella no aceptaría lo que debían hacer. Él hablaba en serio al explicarle que no se merecía casarse con un bastardo sin hogar. Se merecía todo lo que podía darle Dunnan.

Estuvo mucho tiempo mirando por la ventana de su habitación, viendo como derretía la nieve la luz del sol. A distancia, se oía el ruido de las carretas mientras los hombres ponían lajas de piedra en las carreteras para pisar la nieve y que pudieran pasar los carruajes. Al día siguiente ya no tendría excusa para ponerse en camino.

Apoyó la frente en el cristal frío y cerró los ojos. ¿Cómo iba a poder hacerlo? No podía soportar separarse de ella. ¿Sería posible convencer a Dunnan de que no se casara con ella, de que le diera cobijo hasta que él pudiera volver a buscarla? ¿Sería posible que él pudiera encontrar un trabajo que le diera la oportunidad de ser marido y padre? ¿Sería posible que, por una vez en la vida, se permitiera tener una relación íntima con alguien, en vez de rehusarla?

Ah… Pero Dunnan le había dicho a todo el mundo que tenía intención de casarse con ella. ¿Y si él no podía volver? Tenía que ir a Francia con un galés, y podía suceder cualquier cosa. Podía sufrir retrasos, o podía morir, Y, entonces, ¿qué? ¿Podría vivir Maura en Luncarty, sin estar casada, sin perspectivas de futuro, prisionera en otra casa? Al menos, si se casaba con Dunnan, podría moverse con libertad. Podría hacer amigos nuevos. Podría tener un amante, si lo deseaba.

Al pensar en que ella pudiera estar con otro hombre, sintió náuseas. No había respuestas para él. Nada que pudiera darle paz.

Cuando, por fin, bajó a desayunar, ya casi era mediodía. No había nadie en la sala de desayunos, salvo Maura. Se había puesto de nuevo su vestido gris, y llevaba el pelo recogido en la nuca. Tenía ojeras, porque no había dormido. Él, tampoco.

Maura casi ni lo miró cuando él entró en la sala. Continuó untando mantequilla en una tostada, con calma.

—Buenos días —dijo él.

—*Bonjour* —respondió ella.

Nichol se acercó a una mesa auxiliar y se sirvió pan y queso. Acababa de sentarse cuando llegó Dunnan, con su pelo natural despeinado en todas las direcciones, en camisón.

—Oh, ya se han levantado, ¿eh? Buenos días.

—Buenas tardes —dijo Maura, sin levantar la mirada del plato.

—¿Perdón? Oh, es cierto —dijo Dunnan. Se sentó en un extremo de la mesa y le hizo un gesto al mayordomo para que le sirviera el té—. Vaya noche la de ayer, ¿eh? ¿Se divirtieron? —preguntó. Estaba mirando a Nichol, pero Maura respondió:

—Sí.

En aquel momento, Nichol perdió la paciencia. Si Dunnan le demostrara un poco de deferencia, no estarían teniendo aquel desayuno tan embarazoso. Todo se habría resuelto ya. Tuvo ganas de gritarle que fuera un hombre por una vez en la vida.

—¿Dónde estuvo usted anoche, a propósito? —le preguntó Nichol. Al oír su tono de voz seco, Maura alzó la vista.

–¿Yo? –preguntó Dunnan, evitando mirar a Nichol–. Oh, bueno... me entró un dolor de cabeza terrible. Pensé que lo mejor sería tomar una tintura y acostarme.

Cuando había empezado el baile, no parecía que tuviera dolor de cabeza. Y, en aquel momento, tampoco parecía que hubiera dormido más que ellos.

–¿Han visto cuánta nieve a caído? –preguntó Dunnan, con una súbita alegría–. No va a poder marcharse hoy, Bain. Tendrá que esperar a que limpien las carreteras.

–Así tenemos tiempo para mantener una conversación seria, ¿no cree?

–¿Usted y yo? –preguntó Dunnan, mientras el mayordomo le entregaba el té.

–Nosotros tres: la señorita Darby, usted y yo.

Maura lo miró.

–¿Yo?

–Sí.

Maura miró su plato con el ceño fruncido.

–Fillian, por favor, dile a la señora Cockburn que el señor Bain quiere hablar...

–No haga tal cosa, Fillian –dijo Nichol, y miró con severidad a Dunnan–. No es necesario que su madre esté presente, amigo. Esto es asunto suyo y solo suyo.

–Sí, por supuesto –dijo Dunnan, con firmeza–. Pero ella prefiere que le informen de los asuntos de la casa.

–Este no es un asunto de la casa. Su madre no está invitada.

–Ah –dijo Dunnan, y se movió en la silla–. Eso tampoco le va a gustar.

Nichol se apoyó en la mesa y lo miró fijamente.

–Disculpe, Dunnan, pero ¿no es usted el hombre de la casa? ¿O es su madre quien manda?

Dunnan palideció y miró tímidamente a Maura.

–Por supuesto que soy yo quien manda en la casa –respondió–. No me ha gustado esa insinuación, Bain.

–No diré nada más –dijo Nichol–. Entonces, ¿podemos reunirnos a las dos y media en su despacho?

–Sí –dijo Dunnan, rápidamente.

Nichol pinchó un pedazo de queso.

–¿Señorita Darby? –preguntó, y alzó la vista.

–Sí –dijo ella, con firmeza.

–Muy bien, entonces, ya está todo decidido –dijo Dunnan, y recuperó su buen humor–. Fillian, enciende la chimenea de mi estudio. En esta casa hace tanto frío que no sé si alguna vez conseguiremos calentarla como es debido.

Entonces, comenzó a hablar sobre lo caro que era calentar aquella casa durante los inviernos, y dijo que se había planteado empezar a utilizar turba, ya que había oído decir que tenía un rendimiento mucho más alto, aunque su olor fuera acre.

Mientras él parloteaba, Nichol miró a Maura. Ella entrecerró los ojos ligeramente, y él creyó que lo estaba desafiando de algún modo. Pero, entonces, se levantó de la mesa, y Dunnan estuvo a punto de tirar su silla hacia atrás por la prisa que se dio en levantarse también.

–Hasta las dos y media –dijo ella, y se marchó de la sala.

Dunnan se dejó caer de nuevo en su silla.

–¿Qué he hecho ahora? –preguntó, quejumbrosamente.

No había forma de explicarle a Dunnan que lo que había hecho era ser él mismo. Nichol cabeceó.

–Vaya a la reunión –le dijo, y se puso de pie–. No llegue tarde y no lleve a su madre.

–No –respondió Dunnan, y palideció.

Nichol fue el primero en llegar al despacho de Dunnan. Estaba inquieto y quería terminar cuanto antes con aquella reunión. Se acercó a mirar por la ventana. Quería cerrar cuanto antes aquel trato matrimonial y, de ese modo, resolver su futuro. Después, se marcharía. Reprimiría sus sentimientos tal y como había hecho siempre; era para lo que se había entrenado toda la vida. Desde niño había aprendido a disimular su decepción y su dolor tras una cara seria.

Mientras pensaba en su destino, vio las huellas de dos caballos en la nieve, bajo la ventana, por el camino que llevaba al establo. ¿Quién habría intentado irse cuando la capa de nieve era tan gruesa?

La puerta se abrió a su espalda, y él se volvió. Afortunadamente, era Dunnan, que se había vestido adecuadamente, se había peinado y se había afeitado. Su amigo caminó directamente a la mesa auxiliar y se sirvió un brandy.

Nichol conocía a Dunnan desde hacía varios años, y nunca lo había visto tan alterado como aquellos dos últimos días. Estaba riéndose y, al instante siguiente, parecía que estaba desesperado. Ni siquiera cuando se habían conocido, momento en el que Dunnan tenía una deuda muy cuantiosa, lo había visto tan nervioso. Tal vez estuviera muy incómodo en presencia de las mujeres. Pero, no… Él había visto a Dunnan con mujeres otras veces, y no estaba tan inquieto.

Se le ocurrió que tal vez hubiera cometido alguna

estupidez. Cerró la puerta del despacho y se dirigió hacia él.

Dunnan frunció el ceño al ver la puerta cerrada.

—La señorita Darby no ha llegado todavía.

—Dunnan. Sabe que puede confiar en mí, ¿verdad?

—¿Disculpe? Sí, ya lo sé, Bain...

—¿Va todo bien?

Dunnan palideció. Volvió a mirar la puerta.

—¿Y por qué me lo pregunta ahora, precisamente?

—Está usted muy raro. Aprensivo.

—No —dijo él, y dejó la copa de brandy que se estaba tomando—. No es verdad, Bain. Pero... ya sabe cómo soy en lo que concierne al sexo femenino. Yo soy una inutilidad, y ella... bueno, es una belleza. Demasiado bella para alguien como yo.

—Sí, es muy bella.

Nichol sintió una punzada de arrepentimiento, de culpabilidad, de repugnancia por sí mismo. Siempre se había considerado un hombre de moral elevada, pero sus actos habían sido deplorables, y su insatisfacción aumentaba cada vez que pensaba en ello. Estaba muy decepcionado. Como si todo lo que creía sobre sí mismo estuviera equivocado. Tantos años tratando de ser alguien que se ganara el respeto de su padre. Tantos años creyendo que él tenía algo de malo. Y nada de eso era cierto.

Ya no estaba seguro de quién era.

También había algo que sonaba a falso en lo que le había dicho Dunnan.

—¿Seguro que no hay nada más? —le preguntó.

—Sí, seguro —dijo Dunnan, y tragó saliva.

Bain lo observó atentamente.

—¿Cómo va el comercio del lino?

–Va muy bien. Mejor que bien. He estado en Londres para abrir un almacén nuevo –dijo. Y, de repente, apuró su copa de brandy.

Dunnan había prometido que se mantendría alejado de Londres, porque allí había demasiadas tentaciones.

–¿Ah, sí? –preguntó Nichol, intentando que su tono no fuera de acusación.

–Fue divertido, en realidad. Me acompañó mi madre y fuimos al teatro…

Se abrió la puerta y entró Maura. Los dos hombres interrumpieron su conversación. Ella se detuvo y los observó con cautela.

–Señorita Darby –dijo Nichol, y miró de reojo a Dunnan.

Debió de comprender la mirada de Nichol, porque le ofreció la mano a Maura para ayudarla a sentarse.

Sin embargo, ella ignoró el ofrecimiento y caminó hasta el centro de la habitación, junto a ellos. Se agarró las manos con fuerza a la altura de la cintura y carraspeó.

–Señor Cockburn.

–¿Sí?

–¿Le importaría que nos saltáramos las fórmulas de cortesía de rigor?

–¿Cómo dice?

–Si me permite el atrevimiento, creo que me trajeron aquí por el motivo de que usted iba a hacerme una oferta matrimonial. ¿Tiene intención de hacerlo, o no?

Nichol y Dunnan se miraron con asombro. Nichol nunca había oído a una mujer hablar con tanta franqueza sobre un tema tan delicado. Ni siquiera a las mujeres del clan MacKenzie, que eran bastante elocuentes.

Dunnan se quedó horrorizado por la pregunta. Tosió. Miró con desesperación su copa vacía.

–Bueno… ah… Sí. Tengo intención de hacerlo… es decir, quiero hacerlo si es lo que usted quiere. Es decir, si está dispuesta a aceptarme.

Maura ladeó la cabeza y lo estudió sin disimulos.

–No puedo elegir. ¿Y su madre?

–¿Cómo?

–Seguro que sabe que ella no desea una unión entre nosotros, ¿no es así?

–¿Mi madre? –preguntó Dunnan, con incredulidad.

–Sí, su madre, señor Cockburn. Ella no quiere que esté aquí. Me lo dijo con claridad.

–Debe de haber algún error –dijo Dunnan–. Ella sí quiere que esté aquí, señorita Darby, ¡tiene mi palabra!

–Creo que le gusta demasiado ser la señora de Luncarty.

Diah, Maura estaba aclarando todo lo que quería sin preocuparse de las consecuencias, y Nichol la admiraba por ello. Era exactamente lo que habría hecho él. No se podían negociar los términos de un trato si no estaban todas las cartas sobre la mesa.

El pobre Dunnan la miraba como si hablara en otro idioma.

–¿Cree, señor Cockburn, que podría hablar con su madre para resolver el problema? –le preguntó ella, con curiosidad.

¡Dios Santo! Era muy atrevida y directa, y Nichol la admiró por ello.

–Sí, lo haré –dijo Dunnan, asintiendo con vehemencia–. Enseguida. ¿Quiere que llame para que la avisen?

–No –respondió Maura–. No, hasta que hayamos llegado a un entendimiento mutuo, si le parece.

–Sí, por supuesto, por supuesto –dijo Dunnan–. ¿Le apetecería un poco de brandy, señorita Darby? Yo tengo sed.

–No, gracias –dijo Maura, de un modo agradable–. Bueno en cuanto a su madre, le sugiero que, si nos casamos, la envíe de vacaciones a Francia.

Dunnan tosió con tanta fuerza que Nichol tuvo que darle una palmada en la espalda.

–Señorita Darby –le dijo a Maura, en voz baja, intentando advertirle que no forzara tanto la situación como para obligar al señor Cockburn a que se echara atrás. Tal vez aquella fuese su intención.

–Disculpe, señor Bain, pero creo que su cometido ya ha terminado, ¿no? Esto solo nos concierne al señor Cockburn y a mí, ¿no es así, señor Cockburn?

–Sí, por supuesto. Pero... a mí me gustaría que el señor Bain se quedara.

Ella se encogió de hombros.

–Como quiera. No tengo nada que ocultarle –dijo, mirándolo fijamente–. Señor Cockburn, creo que debería saber que si quiere ofrecerme el matrimonio, tiene que estar preparado para aceptar algunas condiciones.

Dunnan se quedó atónito. Nichol, también. ¡Qué mujer! Era increíble. Iba a dar condiciones para garantizarse su supervivencia en Luncarty, aunque no tuviera el poder de llevar la negociación. No lo tenía, pero había entrado al despacho como si fuera la dueña de Luncarty. Había determinado que Dunnan no tenía fuerza ni carácter, y estaba imponiéndose, y Dunnan lo estaba permitiendo.

Maura era muy inteligente, y Nichol la admiró profundamente.

Tal vez Dunnan también la admirara, pero, en aquel momento, se estaba mirando las botas.

—En primer lugar, querría una asignación económica —prosiguió ella, alegremente—. Necesito vestidos y ropa nueva, y no quiero tener que pedir cada penique, señor.

—Por supuesto, señorita Darby. Considérelo hecho —dijo Dunnan, como si pensara que todo se reducía a algo tan fácil para él.

Pero no, ella no había terminado.

—Como he dicho, quisiera estar alejada de su madre hasta que ella esté más contenta con nuestra unión. Creo que es imposible que empecemos la vida de casados con alguien que está constantemente entre nosotros, ¿no?

Dunnan pestañeó.

—Eso... podría ser un poco problemático, ¿sabe? Yo soy responsable de ella.

—Lo entiendo a la perfección —dijo ella—. Es usted un buen hijo, señor. Pero también es posible cumplir con sus responsabilidades para con ella a distancia. Ella no necesita que usted sea su enfermera.

Dunnan había empezado a sonrojarse.

—Mi madre y yo estamos muy unidos. ¿Tal vez se conformara usted con que la traslade a otra ala de la casa? —preguntó él, esperanzadamente.

Maura sonrió.

—Tal vez, a otra casa que no sea esta. Por favor, piense en lo que le he dicho.

Dunnan soltó un resoplido y, después, asintió.

—¿Hay más, entonces?

—Sí. No sé cómo decir esto con delicadeza, así que voy a decirlo directamente, ¿de acuerdo? No tendremos relaciones conyugales hasta que no estemos seguros de que somos compatibles.

En aquella ocasión fue Nichol quien tuvo que toser para disimular una exclamación de sorpresa. Maura acababa de lanzar un guante que Dunnan no iba a recoger. No sabía cómo hacerlo.

Dunnan miró a Nichol con los ojos muy abiertos, pero Nichol hizo un gesto negativo. No podía ayudarlo en aquello. Nadie podía ayudarlo. Era una isla en el mar de caballeros que nunca aceptarían esa condición.

Dunnan miró a Maura con tristeza.

—¿Nada de felicidad conyugal, señorita? ¿No es esa la base de un buen matrimonio?

—Tal vez lo sea, señor Cockburn, pero creo que la compatibilidad está por delante en la lista de prioridades para que un matrimonio sea feliz. Usted y yo apenas nos conocemos. Yo le agradezco mucho que haya accedido a casarse conmigo a pesar de mi situación actual. Pero debo exigir ciertas condiciones, porque pienso que serán beneficiosas para los dos.

—Pero... ¿cuándo...?

—Si mantenemos relaciones conyugales —dijo ella, sonrojándose un poco—, será por deseo mutuo. Y tengo una última petición.

—¿Qué puede ser? —gruñó Dunnan—. Voy a darle mi dinero, a alejar a mi madre y a mantenerme alejado del lecho matrimonial. ¿Qué más, señorita Darby?

—Esto es mío —dijo, tocando con los dedos el collar que llevaba al cuello—. Es el único recuerdo familiar que me queda, y tiene un gran valor sentimental para mí. No quiero separarme de él.

—No, por supuesto que no —dijo Dunnan—. Esa es la última de mis preocupaciones.

–Gracias –dijo ella, y respiró profundamente–. Bueno, esas son mis condiciones. ¿Cuáles son las suyas,
señor Cockburn?

Dunnan se quedó mirándola fijamente. Incluso Nichol estaba sin palabras.

–¿Podría pensarlo? –pidió Dunnan, cuidadosamente.

–¡Por supuesto! Tómese el tiempo que necesite –
respondió ella, sonriendo.

–Lo haré. Pero, en este momento, estoy un poco
confuso, porque esta ha sido una reunión muy poco corriente.

–Entonces, le habré dado mucho en lo que pensar
–dijo Maura–. Le pido perdón por ello, pero me parecía muy importante. Si no le importa, ahora preferiría
irme.

–Por favor –dijo Dunnan, débilmente, y le hizo un
gesto hacia la puerta. Ella se dio la vuelta y salió del
despacho sin decir una palabra más, con la cabeza alta.

Dunnan se giró y miró a Nichol. Él estaba anonadado.

Por una vez, no tenía respuestas para su amigo.

No tenía respuestas para ninguno de ellos. Se había
quedado sin respuestas.

Capítulo 23

El resto de los invitados comenzó a levantarse a las tres de la tarde. Fueron bajando las escaleras en busca de comida y bebida. A las cinco, la casa estaba llena de música y risas.

Como no podían salir a causa de la nieve, decidieron hacer una obra de teatro, utilizando como escenario el salón principal de la casa. Después, empezaron a salir bandejas de embutidos, pan y queso de la cocina, y todo el mundo volvió a comer. El vino y el whiskey fluyeron con profusión, y la señora Cockburn, que había bebido demasiado, anunció a bombo y platillo que su hijo estaba casado. A las siete de la tarde, su risa se había vuelto ronca y ruidosa, y se oía por encima de la de todos los demás.

Un poco más tarde, todo el mundo estaba ronco y hacía mucho ruido.

Maura se marchó a su habitación. Aquel día no había sido especialmente divertido para ella, porque estaba furiosa con el mundo en general y con Nichol en particular. No podía soportar mirarlo, porque, cada vez que lo veía, se le encogía dolorosamente el corazón.

Después de la noche anterior había decidido sacar el mejor partido posible de aquella triste solución. Si tenía que casarse con el señor Cockburn, al menos conseguiría poder decidir algo de lo que iba a pasarle. ¡Eso era lo único que quería! Poder decidir lo que iba a ser su futuro.

Nichol se sentó a su lado más de una vez, pero ella no le hizo caso. Aquella mañana, en su cama, lo había dejado bien claro: ella no era lo mejor para él. Sin embargo, ella no creía que aquel fuera el motivo, y sabía que él tampoco lo creía. Nichol estaba convencido de que no podía cargar a nadie con su estigma de bastardo ni con su situación en la vida, a pesar de lo que estuviera diciéndole el corazón.

—¿Señorita Darby? ¿Está ahí? —preguntó alguien, al otro lado de la puerta, y llamó.

Maura se levantó de la cama, donde estaba a punto de llorar, y abrió una rendija de la puerta para ver quién la requería.

Vio la sonrisa de la señorita Fabernet.

—Le he traído una cosa —dijo la actriz.

Maura abrió un poco la puerta, pero la señorita Fabernet empujó y la abrió por completa, y entró en el dormitorio con los brazos llenos de trajes.

—¿Qué es todo esto?

—¿Usted qué cree? Le he traído un poco de ropa.

—Oh, no era necesario —dijo Maura—. Tengo unos cuantos vestidos —añadió, señalando su bolsa de viaje.

—¿Son como el que lleva ahora? —preguntó la señorita Fabernet—. Porque, si son así, la mía es una misión de auxilio. Además, no podía quedarme en el salón ni un minuto más. Cuando el señor Johnson se emborracha, sus manos van a lugares que no deberían. Esta noche está siendo particularmente insoportable –dijo, y se encogió de hombros–. En las demás circunstancias, es un perfecto caballero.

Dejó los vestidos sobre la cama. Eran cuatro.

–Entonces, ¿el señor Johnson no está casado con la muchacha pelirroja? –preguntó Maura.

–Sí –dijo la señorita Fabernet, y le guiñó un ojo–. Pero ya sabe cómo son los hombres.

Sí, Maura lo sabía muy bien.

–Además, el señor Cockburn ha dejado la reunión en compañía de su madre, que es encantadora, pero prefiere jugar a las cartas cuando lo que nosotros queremos es cantar y, además, tiene muy mal perder –dijo la señorita Fabernet, moviendo las cejas con picardía.

–No me sorprende –respondió Maura–. Entonces, ¿dónde está el señor Cockburn?

–No tengo ni la más mínima idea.

Si ella tuviera suerte, el señor Cockburn estaría cavilando para encontrar la forma de liberarse del acuerdo matrimonial.

La señora Fabernet se puso las manos en las caderas y miró los vestidos. Eligió uno de rayas verdes y blancas y lo tomó. Se lo puso a Maura bajo la barbilla y lo observó.

–¿Cuánto tiempo se van a quedar aquí usted y los demás? –le preguntó Maura.

–Si las carreteras lo permiten, nos iremos mañana a Edimburgo. Tenemos que actuar allí.

La señorita Fabernet dejó el vestido en la cama.

–Qué afortunada es usted –dijo Maura con tristeza, mientras la señorita Fabernet tomaba un vestido rosa claro.

–¿Y usted, no? Tiene esta enorme casa.

–No quiero esta enorme casa.

La señorita Fabernet se echó a reír como si aquello fuera absurdo.

–¿Y su señor Bain? –le preguntó a Maura, con una mirada de picardía–. ¿En eso no es afortunada?

Maura tragó saliva.

–No es mi señor Bain. Me ha traído aquí, nada más. Y se va a marchar a Gales.

–¡Gales! –exclamó la señorita Fabernet, y chasqueó la lengua–. Le diré que allí no hay nada de nada.

–Pues parece que hay un hombre que tiene un problema que hay que solucionar.

–Vaya, pues eso es una lástima. El señor Bain es muy guapo. Pero, de todos modos, ¿no se va a casar usted con el señor Cockburn? Él nos lo dijo la noche antes de que llegara usted. Dijo que el señor Bain había arreglado el matrimonio.

–Sí –dijo Maura–. Pero yo no quiero casarme con él.

La señorita Fabernet se echó a reír.

–¡Gracias a Dios! Creía que había perdido el juicio, querida, porque es un hombre muy raro. Si no quiere casarse con él, ¿por qué no viene con nosotros?

Maura se echó a reír.

–¡Lo digo en serio! Baila usted muy bien. Sabe cantar, ¿no?

–¿Cómo? –preguntó Maura–. Canto muy mal.

–Nadie ha dicho que necesite cantar bien –replicó la señorita Fabernet–. Si desafina, cante en voz baja –dijo, y le guiñó un ojo a Maura, mientras alzaba un poco el vestido rosa para observarlo–. Sí, creo que el más adecuado es el rosa. Le favorece mucho, por su piel y su pelo. Se lo regalo.

–No puedo aceptarlo…

–Y yo no puedo seguir viéndola con ese vestido gris tan viejo. Va a aceptarlo, y se lo va a poner ahora, ¿no?

–Gracias –dijo Maura, con una sonrisa, y comenzó a desabrocharse su vestido–. ¿Dónde van a actuar en Edimburgo? –preguntó, con curiosidad.

–Bueno, en realidad, no lo sé. Es un escenario, por supuesto, pero quien se encarga de los contratos es el señor Johnson. Nos pagan, ¿sabe? Así es como nos ganamos la vida.

A Maura le parecía fascinante poder dedicarse a cantar y a bailar, y recibir honorarios por ello.

–Pero ¿dónde viven?

–Nos alojamos en habitaciones. Algunas son muy bonitas. Otras, no tanto, pero nos aguantamos. Debería venir –dijo la señorita Fabernet.

Le puso el vestido rosa por delante a Maura, para que pudiera verse en el espejo.

–¿Ve cómo le favorece el rosa? Le da color a sus mejillas. Es usted muy guapa, señorita Darby. Sería una gran adquisición para la *troupe*.

–¡No creo! –exclamó Maura, riéndose con azoramiento–. Nadie querría oírme cantar.

–No sea ingenua, señorita Darby. Los caballeros no van a oír cantar a las damas. Van a mirarnos con lujuria y envidia. Además, si de verdad quiere aprender a cantar, yo le enseñaré.

Maura miró el reflejo de la señorita Fabernet en el espejo. Era absurdo, pero… también era absurdo todo lo que le había ocurrido durante aquel último mes. ¿Qué podía perder? Preferiría recorrer el país cantando y bailando que quedarse allí, casada con un hombre extraño cuya madre detestaba la mera idea de compartir a su hijo.

–¿Qué piensa? –le preguntó la señorita Fabernet.

–Que sí –dijo Maura.

La señorita Fabernet dio un gritito de alegría y aplaudió mientras daba saltitos.

–¡Espléndido! Voy a decírselo al señor Johnson ahora mismo. No se arrepentirá, señorita Darby. A propósito, me llamo Susan. Susan Fabernet.

Maura sonrió.

–Yo, Maura. ¿Y qué pasará después de Edimburgo?

–¿Después? –preguntó Susan, y se encogió de hombros–. Volveremos a Londres para preparar nuevas actuaciones.

¡A Londres! Aquello era muy emocionante. Por supuesto, que su hija se dedicara al teatro no era precisamente lo que habría querido su padre para ella, pero Maura quería pensar que lo habría preferido a verla casada con el señor Cockburn.

Nichol le había dicho que no había otra salida. Bueno, pues, ahora, ella la había encontrado.

Se giró hacia Susan y comenzó a quitarse el vestido gris.

–Voy –dijo, con firmeza–. Voy a ver si me vale el vestido, ¿de acuerdo?

–¡Me has hecho muy feliz! –exclamó Susan–. No te arrepentirás, Maura, te lo prometo.

Más tarde, cuando Maura se hubo puesto el vestido rosa, Susan y ella bajaron al salón, donde reinaba el caos. Había baile, pero no era tan bueno como el de la noche anterior, porque la mayoría de los presentes estaban borrachos. Apareció más comida en bandejas, y la gente comió sin modales, con las manos, o con tenedores que robaban de la cocina. La señora Cock-burn estaba embriagada y tenía la cara roja, y se reía con grandes carcajadas de los intentos por cantar y bailar.

No había ni rastro del señor Cockburn, pero Nichol estaba allí, aunque apartado, apoyado en la pared, con una expresión apagada. Vio a Maura en cuanto ella entró en la habitación, y ella notó su anhelo, lo vio en su forma de mirarla. Quiso ir con él, pero no lo hizo, puesto que su orgullo no se lo permitió. Él ya había tomado su decisión, y ella no le iba a rogar.

Cuando terminó el baile, alguien sugirió que jugaran al whist, y varias personas se sentaron en las mesas a jugar. Nichol permaneció donde estaba, mirando fijamente a Maura. Aunque ella no lo estuviera mirando, notaba sus ojos clavados en su cuerpo. Rehusó el vino que le ofrecían y, después de jugar un par de manos, dejó la partida, y Susan ocupó su puesto.

En la otra mesa, la partida se había convertido en algo muy competitivo, y había gente alrededor, apostando. Maura nunca había entendido el impulso de apostar. No entendía cómo era posible que alguien quisiera arriesgar el dinero que había ganado o heredado. Además, le parecía muy aburrido. Se puso a caminar por la habitación, examinando las cosas. La figura de porcelana de una ranita sobre una seta. La escultura de una virgen.

Alguien se le acercó, y ella miró por encima de su hombro hacia atrás.

Nichol sonrió suavemente.

—¿Cómo es posible que cada día estés más deslumbrante?

Él era quien estaba deslumbrante. Llevaba unos pantalones, un chaleco color marfil y una chaqueta negra.

Ella quiso acariciarle la manga de la chaqueta, pero dijo, con frialdad:

—Buenas noches.

—Ajá, lo primero que me dices en todo el día.

Maura se inclinó para mirar el retrato de una mujer, y se dio cuenta de que era la señora Cockburn de joven.

—Pensaba que no quedaba nada que decir.

—Maura —dijo él, en voz baja—. ¿Podríamos hablar?

—Fuera hace muchísimo frío.

—Pero hay cientos de pasillos en esta casa. Podemos ir a alguno. En silencio.

—Está bien —dijo Maura, y salió con él del salón.

Mientras recorrían el pasillo, las voces de los demás empezaron a difuminarse. La luna llena les iluminó el camino a través de las ventanas. Caminaron en silencio. Ella notaba su presencia física, su fuerza, su estatura. Quería odiarlo, pero era imposible.

Lo amaba.

Por eso era tan doloroso todo aquello. Quería que él le dijera que la amaba también.

Él se detuvo junto a una ventana y miró la luna.

—Me parece raro que Dunnan no haya bajado esta noche al salón.

Maura se detuvo a su lado.

—Espero que se esté devanando los sesos para encontrar la forma de librarse del compromiso.

Nichol sonrió.

—Si fuera un hombre sabio, estaría buscando la manera de casarse contigo y no perderte nunca.

Aquella afirmación la sorprendió, y lo miró.

—Entonces, ¿no estás enfadado conmigo? —le preguntó.

Él se giró hacia ella y se apoyó en el alféizar.

—Estoy orgulloso de ti, Maura. Muy orgulloso.

—¿Por qué?

—Porque no te has dejado avasallar. Para eso, hace falta valor y fe, algo que no tiene mucha gente. Dunnan no lo tiene, ¿a que no? Debería haberte echado a patadas —dijo él, y se rio.

—*Diah*, ojalá lo hubiera hecho —murmuró Maura.

Nichol le acarició la clavícula. Maura no le apartó la mano, por mucho que le hubiera gustado hacerlo. Anhelaba sus caricias al mismo tiempo que las maldecía.

—No deberías decir esas cosas, *leannan*. Él es tu salvación.

—No. No me voy a casar con él, Nichol.

—¿No? —preguntó él, con calma, casi como si hubiera esperado que ella dijera algo así.

—¿No te sorprendes, entonces?

Nichol se rio suavemente.

—¿Debería sorprenderme de algo que ya has dicho muchas veces? Después del recibimiento que te hizo, no me habría extrañado que hubieses salido corriendo.

Ella se cruzó de brazos.

—Me voy a marchar.

—¿Ah, sí? ¿Y adónde vas a ir?

Lo preguntó con ironía, y ella se dio cuenta de que no la creía.

—¿Es que piensas que eres el único que sabe arreglar las cosas? Pues no. Me voy a unir a la compañía de teatro.

Eso sí que captó su atención. Alzó la vista de su escote.

—¿Cómo?

–Lo que has oído. Me marcho con ellos a Edimburgo, mañana mismo.

–Maura, no puedes hacer eso. ¿Estás loca?

–¿Y por qué no? Tú dijiste que no tenía elección, pero ahora, tengo una.

–Porque esa vida es muy dura. Las actrices no tienen una vida fácil, generalmente. Dependen demasiado de los hombres de ese mundo, que no se preocupan mucho por ellas.

–Tal y como me pasa a mí aquí.

–*Leannan*, escúchame. No tendrías una vida fácil…

–¿Es eso lo que crees que quiero? ¿Una vida fácil?

Él frunció el ceño con desconcierto.

–¿Y por qué no ibas a quererla?

–¿Y por qué sí? Precisamente tú deberías saber lo aburrido que sería tener una vida fácil aquí. ¿Qué haría? ¿Punto de cruz hasta el día de mi muerte?

Él le puso una mano en el brazo para calmarla, pero Maura se la sacudió.

–No me toques, Nichol, te lo ruego. No seas tierno, no me sonrías. Debes de saber lo que siento por ti. Debes de saber que es imposible que me dejes aquí. No podría soportarlo. No podría soportar ver cómo sales por esa puerta mientras yo me quedo aquí con ellos, sabiendo que te quiero, sabiendo que anhelo estar contigo y con ningún otro, y yo…

Se le quebró la voz y no pudo continuar. Estaba tan emocionada, que tuvo que apoyarse en el alféizar. Nichol la abrazó.

–*Mi Diah* –dijo él–. Para mí es igual de difícil, Maura, y lo sabes. Mis sentimientos por ti son los mismos…

–No, no es verdad. Si fuera así, no me pedirías esto. No te separarías de mí. ¿Me quieres?

Él le tomó la cara con las dos manos para que lo mirara fijamente.

–Sí –dijo, con solemnidad–. Te quiero, Maura. Te quiero por encima de todo.

–Entonces, no me dejes aquí –le pidió ella, entre lágrimas.

Nichol la besó. Ella notó su respiración caliente, y él le mordió con delicadeza el labio inferior.

Maura estaba abrumada por la emoción, por una mezcla embriagadora de amor, adoración y deseo. Se puso de puntillas y le rodeó el cuello con los brazos. Se le pasaron un millón de pensamientos por la cabeza mientras sus lenguas se entrelazaban. Rápidamente, se hundió en aquellas sensaciones que solo él podía provocarle. Estaba casi febril, preocupada por si nunca volvía a vivir un momento así, por si estaba intentando desesperadamente atrapar una felicidad que iba a escapársele.

Se agarró a las solapas de su chaqueta para mantener el equilibrio, y Nichol gimió de deseo. La sujetó con una mano y, con la otra, comenzó a acariciarle el cuello, la cara. Ella sentía su excitación y el latido de su corazón, porque la había estrechado contra sí. La quería.

Fue como si le hubiera leído el pensamiento, porque la agarró y la besó con más fuerza. La empujó contra la pared y deslizó las manos por su cuerpo, y le pasó la yema del dedo pulgar por el pezón endurecido. Ella se quedó sin respiración, y unas pequeñas ondas de placer se le extendieron por todo el cuerpo. Tuvo ganas de quitarse el vestido allí mismo para poder sentir su piel y la dureza de su cuerpo.

De repente, él alzó la cabeza.

–Nunca pongas en duda, Maura –le dijo, con la voz enronquecida–, lo que significas para mí.

La miró fijamente mientras se deslizaba por su cuerpo, y empezó a besarle la piel del escote a la vez que le acariciaba un pecho.

–Vamos a subir –susurró–. Vamos a mi habitación. No puedo soportar otro momento más en este pasillo.

Maura también quería subir, pero tomó su cabeza con ambas manos y le obligó a alzar la cara para mirarla.

–No.

–¿No? –preguntó él, mirándola fijamente.

–Si quieres dejarme aquí, no voy a permitir que me hagas más daño, Nichol.

–No entiendes lo que quiero decir. Te quiero, Maura. No voy a…

De repente, se quedó callado y alzó la cabeza.

Maura también lo había oído. Gritos. No los gritos de los borrachos de la fiesta, sino otros gritos más groseros.

Nichol bajó las manos y se alejó un poco, por el pasillo, escuchando con atención.

–¿Qué es eso? –preguntó Maura–. ¿Se están peleando por las cartas?

Nichol hizo un gesto negativo con la cabeza.

–Ha ocurrido algo –dijo–. Quédate aquí. Voy a ver qué es.

Y empezó a correr hacia los gritos.

Entonces, se oyó un disparo, y ella dio un respingo. Se apartó de la pared y siguió a Nichol. No iba a quedarse allí de brazos cruzados.

Capítulo 24

En cuanto entró en el salón, Nichol supo que el responsable de la situación era Dunnan. Su primer pensamiento fue que había estado apostando de nuevo.

Vio a tres hombres armados encañonando al grupo de actores, que estaban reunidos en un rincón del salón, como si fueran ovejas. Vio un agujero de bala en el techo. Y vio al hombre que estaba un poco más retirado, observando despreocupadamente una de sus uñas.

Nichol percibió la agitación, los susurros. Reconoció al hombre, que llevaba una capa larga de color verde oscuro. Era el mismo con quien había estado hablando Dunnan la noche anterior. No era un invitado, ni un miembro del grupo, sino una clase de visitante diferente. Las huellas de los caballos que él había visto pertenecían a aquel hombre. Lo que le hubiera dicho Dunnan el día anterior no le había servido, puesto que había vuelto.

Lo cual solo podía significar que Dunnan no tenía el dinero que debía. De nuevo.

Los actores estaban apiñados, abrazados unos a otros, y el miedo había hecho que su embriaguez pasara rápidamente. La señora Cockburn no se había levantado de su sitio en la mesa de juego, y estaba mirando a su alrededor con los ojos desorbitados. Dunnan estaba entre los hombres y el resto de ellos, con una expresión de miedo. Tenía la cara sudorosa.

Nichol observó con atención la escena y sopesó las opciones que tenía. Oyó abrirse la puerta, y Maura estuvo a punto de chocarse con su espalda.

–*Diah*, te dije que te quedaras allí –murmuró él.

–¿Qué ha ocurrido? –inquirió ella.

–Ah, ¿la muchacha quiere saber lo que ha ocurrido? –preguntó el hombre de la capa verde, y se les acercó–. Yo se lo contaré, guapa. Hemos venido a ver al señor Cockburn, pero él no ha querido dejarnos entrar, a pesar de que se lo ha permitido a media Inglaterra –dijo, y señaló a los miembros de la compañía teatral con un gesto del brazo–. Pero, claro, a nosotros nos debe mucho dinero, y todavía no ha pensado cómo va a pagárnoslo.

Aquel hombre tenía una forma de hablar muy maliciosa. Su acento era inglés, vulgar. Nichol miró a Dunnan.

–¡Señor Cockburn! –gritó su madre–. ¿Es eso cierto?

Dunnan se giró hacia su madre.

–Mamá, perdóname.

Así pues, era cierto. Dunnan era un idiota y un débil, y Nichol tuvo ganas de patearse a sí mismo por haber pensado que podía casarlo con Maura.

El hombre de la capa verde empezó a caminar por la habitación, fijándose en las joyas de las mujeres.

–Bueno, podría robarles todas las joyas –murmuró–. Pero solo veo disfraces baratos –dijo. Volvió la cabeza y miró a Maura. Nichol sabía que su collar brillaba como un faro en la oscuridad.

—Salvo aquello —dijo el hombre, y se encaminó hacia ellos.

Maura se puso la mano en el cuello.

Nichol se colocó delante de ella.

—¿Quién es usted? —le preguntó al hombre.

—¿Yo? Julian Pepper, a su servicio, señor —respondió, e hizo una reverencia exagerada—. Conseguidor, prestamista y gobernador de la justicia y la verdad —dijo, y se echó a reír.

Llevaba ropa cara, pero muy desgastada, y una peluca. Tenía los zapatos manchados de barro, iba sin afeitar y olía a humo.

—¿Qué asuntos tiene que resolver aquí, ante los invitados y la madre del señor Cockburn? —le preguntó Nichol.

Julian Pepper se puso una mano en el pecho y retrocedió unos pasos.

—Disculpe, señor, pero ¿es usted el responsable de esta casa? Yo creía que era el señor Cockburn.

Dunnan estaba a punto de llorar, como si creyera que iba a morir.

—No sabía cómo arreglarlo, Bain. Le doy mi palabra de que no sabía.

—¿Qué era lo que tenía que arreglar? —preguntó Nichol, aunque ya supiese cuál era la respuesta. Quería oírselo decir a Dunnan.

El señor Pepper miró a Dunnan, que tenía problemas para responder aquella pregunta tan sencilla.

—¿Quiere que lo explique yo? —preguntó el pistolero, alegremente—. El señor Cockburn debe dinero de sus apuestas. De su incontrolable tendencia a apostar,

diría yo. Le pidió una buena suma de dinero a mi benefactor.

Dunnan se estremeció, pero no negó aquella explicación.

–Le dije que no fuera a Londres –murmuró Nichol.

–¡No le escuché! –exclamó Dunnan, entre lágrimas–. Esto es culpa mía.

–Sí, eso es indiscutible –respondió Nichol, con
frialdad.

–Bueno, ahora –dijo el señor Pepper–, vamos a ver
cómo se paga la deuda.

Alguien del grupo de teatro se movió, o habló, y
uno de los rufianes del señor Pepper gritó:

–Quieto ahí, muchacho, o te vuelo la cabeza.

Los actores empezaron a gemir y a susurrar, y se
apiñaron más aún.

–¡Miren! –gritó la señora Cockburn. Entonces, se
levantó, corrió hacia el señor Pepper y lo agarró del
brazo. El señor Pepper la abofeteó con fuerza.

Todo el mundo jadeó. Nichol se quedó anonadado,
y puso un brazo por delante de Maura, por instinto.

–No vuelva a golpear a nadie, señor –le dijo en voz
baja al señor Pepper.

–¿O qué? ¿Va a luchar desarmado contra nosotros?
–preguntó el señor Pepper, y se echó a reír–. Bueno,
guapa, dame ese collar –le dijo a Maura.

–No –respondió Maura.

Pepper enarcó una ceja.

–¿Cómo?

–Déselo, por favor, señorita Darby –le rogó Dunnan.

–No –repitió ella, y lo tapó con ambas manos.

El señor Pepper levantó la mano con intención de

pegarla, pero Nichol le agarró el brazo con fuerza y se lo retorció.

–No le serviría de nada hacer eso –dijo.

–¿No? –preguntó el señor Pepper, con desprecio.

–No –dijo Nichol, y le soltó el brazo–. En esta zona no conseguiría lo que quiere por las joyas. Tendría que ir a Londres para pedir el precio debido, y ¿no cree que le preguntarían dónde ha conseguido una pieza tan deslumbrante?

El señor Pepper entrecerró los ojos.

–¿A cuánto asciende la deuda? –preguntó Nichol.

–A dos mil libras –dijo, mirando a Nichol con curiosidad.

Aquel anuncio volvió a provocar los jadeos de asombro de los actores. Nichol no podía creer que hubiera tolerado tanto a aquel idiota de Dunnan, que hubiera creído sus promesas de que iba a dejar el monedero en Luncarty. Su patrimonio estaba legalmente vinculado al apellido de la familia, así que no podía obtener el dinero de allí. No tenía dos mil libras para gastárselas en un antro de juego.

–Que Dios nos ayude –gimoteó la señora Cockburn, y se dejó caer en una silla, con tanta pesadez, que la mesa de cartas se inclinó, y hubo un estruendo de vasos y monedas.

–Demonios, ¿es que no van a dejar pensar a un hombre? –gritó el señor Pepper, y se giró hacia Nichol con una mirada fulminante–. Puede que no consiga el valor total del collar, pero conseguiré algo –dijo, y trató de rodear a Nichol.

Pero él se interpuso y permaneció delante de Maura.

–Hay otras formas de conseguir el dinero de la deuda.

–¿Cuáles?

–Un rescate –dijo Nichol. Fue lo primero que se le pasó por la cabeza.

Pepper se echó a reír.

–Tiene razón –dijo Dunnan, de repente–. ¡Es el hijo del barón de MacBain, de Comrie!

Desgraciadamente, la única persona a la que le había contado la verdad de sus orígenes, aparte de a Maura, era Dunnan. A aquel hombre a quien había considerado su amigo y que, en un momento de embriaguez le había abierto su corazón, acababa de traicionarlo.

A Maura se le escapó un jadeo. Trató de ponerse delante de Nichol, pero él le puso una mano en la cadera y la detuvo. Fulminó a Dunnan con la mirada. Antes de que hablara, él estaba dispuesto a ofrecerse a sí mismo como rehén, pero el hecho de que Dunnan lo hubiera traicionado lo enfureció aún más.

Pepper miró a Nichol con curiosidad.

–Soy el primogénito del barón William MacBain de Cheverock. Es un hombre que ha construido su propia fortuna y que no la ha dilapidado en las mesas de juego. Puede preguntárselo a cualquier escocés, si no me cree –aseguró Nichol.

–Es cierto –dijo Dunnan.

–¿Y por qué se ofrece como rehén? –preguntó Pepper.

Nichol se encogió de hombros.

–Mi padre y yo no tenemos relación, y no me importa que pierda dos mil libras de su enorme fortuna. Pero me importa toda esta gente, que está desarmada. Ellos no han tenido que ver con nada de lo que ocurrió en Londres.

–No, Nichol –dijo Maura, con la voz temblorosa. Lo agarró del brazo y le clavó los dedos en la carne–. Por favor, no lo hagas.

–Cállate –le espetó Pepper. Después, miró a Dunnan.

Dunnan, el muy cobarde, asintió rápidamente.

–Es cierto. El barón es muy rico.

Pepper no quedó convencido, y los miró con desconfianza. Se colocó delante de Dunnan, a quien superaba en altura más de treinta centímetros.

–Quiero que sepa, señor Cockburn, que si esto es una trampa, volveré para cortarle el cuello. No tenga ninguna duda.

–No –dijo Dunnan, y tragó saliva–. No tengo ninguna duda.

–Bueno, chicos, vamos a llevárnoslo –dijo Pepper, señalando a Nichol con el pulgar–. Si su padre es tan rico, tal vez pague tres mil libras por él, ¿no? –preguntó, y se echó a reír.

–¡No! –gritó Maura, y se agarró del brazo de Nichol–. No pueden llevárselo –dijo, pero uno de los rufianes tiró de él.

–¡No! –gritó Maura, de nuevo.

Nichol la miró, y sonrió.

–*Uist*, muchacha –dijo, para acallarla.

Sabía que tendría muchas más posibilidades de salir de aquella situación si no tenía que preocuparse de ella ni de los demás. Sin embargo, por primera vez desde que la había conocido, Maura estaba asustada. Y él se dio cuenta de que temía por él. Fue un golpe. Nadie se había preocupado tanto por él en toda su vida. Siempre había anhelado tener el afecto de alguien, pero había tenido demasiado miedo como para permitir que eso sucediera. Y, ahora que lo tenía, había estado a punto de renunciar a él. Si encontraba la forma de escapar de aquel enredo, no volvería a cometer el mismo error. Nunca se separaría de ella.

—Confía en mí, por favor —le rogó—. No te preocupes, Maura. *Tout est bien.*

—*Es ist nicht* —respondió ella, en alemán.

Los pistoleros lo agarraron y se lo llevaron del salón, mientras todos exclamaban y amenazaban a los hombres. Sin embargo, nadie se movió. La única que los siguió, con impotencia, fue Maura.

—¡Bain! ¡Bain! Créame, lo siento muchísimo —gritó Dunnan.

Nichol puso los ojos en blanco, y Pepper se echó a reír. Cuando llegaron al vestíbulo, Nichol se detuvo a tomar su abrigo.

—¿Y dónde piensan llevarme? —preguntó, mientras se lo ponía.

—Ya lo verá —dijo Pepper—. ¿Cuánto ha dicho que cobra su padre al año? ¿Veinte mil?

—Como mínimo —dijo él. Nichol no tenía ni idea de cuánto tenía el barón. Miró a su alrededor y vio que el mayordomo estaba escondido en el vestíbulo, observándolo todo con cautela—. Fillian, ¿no? —le preguntó.

Fillian carraspeó y salió de su escondite.

—Sí, señor.

—Despierta a Gavin y dile que se prepare para salir de viaje.

—¿Cómo? Esto no son unas vacaciones, Bain —le dijo Pepper.

—Es mi mozo. Sabe adónde tiene que llevar la carta de rescate. También podría enviar a uno de sus hombres, pero la casa de mi padre está lejos...

–De acuerdo, vete a buscarlo –le dijo Pepper al mayordomo–. Y rápido.

Después, sacó a Nichol a la calle.

Hacía mucho frío, pero él mantuvo la compostura mientras le obligaban a bajar los escalones hasta donde estaban los caballos. No tenía miedo. Eso llegaría más tarde, cuando descubrieran que su padre no iba a pagar ni un penique por salvarlo. En aquel momento, lo que sentía era furia. Y, también, dolor, porque era demasiado tarde para que un hombre como él pudiera conocer el amor.

Si sobrevivía, iba a volver a Luncarty a matar a Dunnan con sus propias manos.

Y, después, arreglaría las cosas con Maura. Con ella había creado un problema que tenía que solucionar. Para toda la vida. Ya se le ocurriría algo, porque a eso se dedicaba.

Si sobrevivía.

Capítulo 25

Cuando se cerró la puerta principal, todos se inclinaron hacia delante, escuchando, como si pensaran que los pistoleros iban a volver. Sin embargo, al ver que no volvía nadie, todos prorrumpieron en gritos.

Le gritaron al señor Cockburn por haberlos invitado allí y haberlos expuesto a aquellos criminales. Se gritaron los unos a los otros mientras recogían sus cosas. Solo había gritos de ira.

Maura se puso en pie con los puños apretados y la respiración entrecortada. Nunca había tenido tanto miedo, ni siquiera cuando la habían sacado de su casa y la habían llevado a casa de los Garbett. Ni cuando los Garbett la habían enviado a vivir con David Rumpkin. Ni cuando había huido de Nichol en medio de la noche. Aquel miedo era mucho más profundo, porque era el miedo a la pérdida, el miedo por otra persona y por su propia incapacidad de poder evitar su destino.

Él se había sacrificado por salvar su collar. Por ella.

La quería de verdad, y no podía seguir diciéndole que había una vida mejor para ella, una vida sin él.

Además, estaba furiosa. Se giró lentamente hacia el señor Cockburn, que, como ella, era ajeno a la febril actividad que estaba desarrollándose a su alrededor. La miró con los ojos muy abiertos, como si esperara que fuera a abofetearlo.

–¡Todos preparados para salir a primera hora de la mañana! –gritó el señor Johnson a su grupo.

–¿No sería mejor salir esta misma noche? –preguntó alguien, y los actores se enzarzaron en otra discusión.

Maura dio un paso hacia el señor Cockburn. Él se estremeció. Ella dio otro paso.

–¡Maura! ¡Está decidido! Nos vamos al amanecer –le dijo Susan, que apareció a su lado y la agarró del brazo–. Estarás preparada, ¿verdad?

Maura no respondió. No apartó la mirada del señor Cockburn.

Susan desapareció con el resto de sus compañeros, que subieron a sus habitaciones discutiendo y gritando, reviviendo el horror de lo que acababa de ocurrir.

Cuando todos se marcharon, solo quedaron en el salón el señor Cockburn, su madre y ella.

La señora Cockburn estaba sentada en la mesa, mirando al suelo. Tenía una marca roja en la mejilla, debido a la bofetada que le había dado Pepper, y, de repente, parecía mucho mayor. Alzó la vista y miró a su hijo.

–¿Dos mil libras, Dunnan?

Él bajó la cabeza.

–¿No tiene nada que pueda vender para pagar la deuda? –preguntó Maura–. ¿Tierras? ¿Ganado? ¿Su fábrica de lino?

El señor Cockburn negó con la cabeza.

–Por ley, no puedo vender ninguna parte de mi patrimonio. Bain ya vendió lo que pudo desligar legalmente del patrimonio para pagar las deudas de la última vez –le dijo a Maura, con la voz temblorosa–. Nuestra fábrica de lino tiene dificultades por la competencia de Glasgow –añadió, y miró a su madre–. No te lo había dicho, mamá, pero este último año lo hemos pasado mal.

–Entonces, ¿por qué? –preguntó Maura–. ¿Por qué arriesga lo que no tiene?

–No lo sé. No puedo contenerme.

–¿Iba a decirme la verdad, señor Cockburn? ¿O pensaba casarse conmigo sabiendo que había perdido tanto dinero?

Él no respondió. Se miró los pies.

–¿Qué vamos a hacer? –preguntó la señora Cockburn.

–Tenemos que ayudarlo –dijo Maura–. Debe de tener algo, señor. ¿Y esto? –preguntó, tomando un pesado candelabro de oro–. Hay varios por la casa. Debe de tener oro suficiente como para…

–Está chapado –dijo la señora Cockburn.

–¿Cómo?

–Que está chapado. No es oro macizo.

–¿Qué? –preguntó el señor Cockburn con indignación–. ¡Tenía que ser de oro!

–¡Ya lo sé! –exclamó su madre, y apartó la mirada.

Maura lo dejó en la mesa.

–¿Y sus vajillas de porcelana? –preguntó Maura–. ¿Y los cuadros?

Al ver que la madre y el hijo se miraban de manera fulminante, supo la verdad.

–No hay nada auténtico –dijo.

El lujo de aquella casa era falso. Habían dilapidado completamente su fortuna.

–Que *Diah* los perdone –dijo, y se encaminó a la puerta–. Un hombre inocente podría morir por su culpa.

–No sea tan dramática, señorita Darby –dijo la señora Cockburn–. Su padre pagará el rescate.

–¡Su padre no va a pagar nada, señora! ¡No lo reconoce como hijo! Lo ha repudiado. Y usted lo sabía –le dijo al señor Cockburn–. Él se lo contó. Lo sabía y, aun así, lo ofreció como rehén, cuando sabía que nadie iba a pagar su rescate.

A Dunnan empezó a temblarle la barbilla.

Maura no podía seguir mirándolo, y se dio la vuelta.

–¡Espere! –gritó el señor Cockburn–. ¿Adónde va?

–A salvarlo. Necesito pensar. Usted –le dijo al señor Cockburn– me ha destruido. Me ha arrebatado lo único que me importaba. Ha destrozado mi amor.

–Disculpe, pero no la entiendo –dijo él.

Maura no iba a perder el tiempo dándole explicaciones. Subió directamente a la habitación de Nichol, abrió la puerta de par en par como si esperara encontrarse un milagro, como si esperase que él hubiera escapado y estuviera allí, esperándola.

No estaba allí.

Recogió su *plaid*, sus libros, su ropa y el resto de sus cosas y se las llevó a su habitación. Allí, empezó a pasearse de un sitio a otro, pensando febrilmente. No podía dejar así a Nichol. Él no tenía a nadie. Estar solo en el mundo era horrible, y Maura lo entendía muy bien. Nichol era exactamente igual que ella.

«Eres idiota, Nichol Bain». ¿Cómo era posible que no se diera cuenta de que eran perfectos el uno para el otro? Él la quería. Ella lo quería. Se amaban.

Maura siguió caminando hasta que se sintió agotada. Entonces, con calma, metió sus cosas y las de Nichol en una bolsa de viaje y se metió en la cama con el vestido rosa de seda.

No sabía cómo iban a salir las cosas, pero ella era la única esperanza de Nichol y tenía que solucionar aquel problema. Además, lo quería tanto como para sacrificarse por él.

Al día siguiente, la compañía teatral estaba en pie muy temprano, teniendo en cuenta todo el movimiento que había oído Maura durante la noche. Pero allí estaban, los doce, reunidos en el vestíbulo con sus maletas y sus capas.

Maura bajó las escaleras para despedirlos. Susan frunció el ceño.

—Llevas el mismo vestido que ayer. ¿Dónde está tu maleta? ¿Tu capa? Ya traen el carruaje, Maura. Tienes que darte prisa.

Ella tomó de la mano a Susan.

—No voy a ir contigo.

—¿Qué? No digas tonterías. ¡No puedes quedarte aquí con él! —exclamó Susan, señalando al señor Cockburn, que estaba apoyado en la pared como si no pudiera mantenerse en pie.

—Pero, si no ayudo yo al señor Bain, ¿quién lo hará?

—¿Qué? —preguntó el señor Johnson, que había oído la conversación—. No tiene de qué preocuparse, señorita Darby. Su padre pagará el rescate. Vamos, recoja sus cosas y venga con nosotros.

—Su padre no va a pagar ningún rescate, porque no es su padre.

–¿Qué quieres decir? –preguntó Susan, mirando al resto del grupo.

–Hay cosas del señor Bain que ustedes no saben, pero créanme, solo me tiene a mí para ayudarlo, y es lo que voy a hacer.

–¿Y cómo demonios lo va a hacer? –preguntó el señor Johnson.

–Tengo una idea. Y el señor Cockburn me va a ayudar.

–¡No lo hará! –gritó el señor Johnson–. ¡Fue él quien se lo entregó a esos canallas! ¿Por qué piensa que va a ayudarla?

–Maura, por favor –le dijo Susan–. No te quedes aquí. Ven con nosotros. Nosotros te cuidaremos, te doy mi palabra.

–¡Sí! –gritó uno de los actores, desde el fondo–. Pero vámonos. Ya deberíamos haber salido de aquí.

–Marchaos ya –dijo Maura, y soltó la mano de Susan.

Su amiga la miró fijamente, y suspiró.

–Está bien. Si eso es lo que quieres…

–Sí. Susan… Gracias por tu bondad.

Susan sonrió un poco y se encogió de hombros. Después, inesperadamente, le dio un beso en la mejilla.

–Vamos, Susan, ya es la hora –dijo el señor Johnson.

Susan se despidió de Maura moviendo los dedos, y salió por la puerta detrás de los demás.

Cuando Fillian cerró la puerta, Maura se giró hacia el señor Cockburn. Estaba apoyado en la pared, y la miraba con resignación y escepticismo.

–Bien, señor Cockburn, tenemos que pagar el rescate del señor Bain. Sabe que su padre no lo va a hacer.

–¿Y cómo vamos a pagarlo nosotros? Ninguno de los dos tiene ni un penique.

–Tengo que vender el collar, obviamente. Y usted me va a ayudar. Le debe eso al señor Bain, como mínimo.

–Sí –dijo él–. Lo sé. Sé que se lo debo.

–En primer lugar, tenemos que averiguar dónde se lo han llevado.

–¿Cómo?

–Habrán enviado una nota o un mensajero a Cheverock para pedir el rescate, ¿no? Y esa nota nos conducirá hasta ellos. Primero, tiene que llevarme a Cheverock, preferiblemente, en un carruaje de seis caballos. No tenemos tiempo que perder.

Por primera vez, el señor Cockburn se irguió y dio muestras de energía.

–Muy bien, es usted muy lista por haberlo pensado. Voy a decírselo a mi madre.

Mientras él salía corriendo, Maura empezó a rezar en silencio. Si tenía que soportar al señor Cockburn un par de días con tal de salvar a Nichol, lo haría.

Hasta tal punto amaba a Nichol Bain.

Capítulo 26

Glasgow. Nichol sabía eso, al menos, porque acababan de pasar por la catedral de Glasgow, bien conocida para él, y olía a pescado podrido, otro rasgo de la ciudad que le resultaba familiar porque lo asociaba al comercio que tenía lugar en el río Clyde.

Julian Pepper había decidido alojarse en una posada cercana a los muelles, y se oía el constante ruido de los barcos como si estuvieran en la puerta. Las dos pequeñas habitaciones olían a sudor y a excrementos, a humo y a cerveza rancia. En el suelo había camastros sucios para dormir.

Nichol decidió que iba a dormir sentado.

En la segunda habitación había una mesa, algunas sillas y unas pocas tazas de madera.

El señor Pepper lo sentó en una de las sillas y le sirvió cerveza pasada, y Nichol se la bebió, porque estaba sediento y no sabía cuándo iba a tener otra oportunidad.

El señor Pepper se sentó frente a él y puso las manos sobre la mesa.

—Bueno, pues aquí estamos. Yo, un hombre de la calle, y usted, el hijo de un barón rico.

Nichol no dijo nada.

El señor Pepper se puso en pie. Caminó hasta una estantería y tomó una caja de madera. La llevó a la mesa y sacó papel y pluma.

—¿Qué tal se le da escribir, señor Bain? —le preguntó.

—Sé hacerlo —dijo Nichol.

—Ah, pues en eso me saca ventaja. Yo no sé escribir ni mi propio nombre. No soy tan elegante como usted —le dijo, y uno de sus hombres se echó a reír.

Nichol también se rio.

—No soy elegante, señor Pepper. Soy un vagabundo que se ha pasado casi toda la vida yendo de un sitio a otro.

—Pues lleva ropa muy elegante para ser un vagabundo.

Le puso delante el papel, la pluma y el tintero.

—Escriba una carta para su querido padre y explíquele que volverá a ver la cara de su querido primogénito si paga cuatro mil libras.

Cuatro mil libras. Ni siquiera el rey pagaría un rescate así.

—La deuda es de dos mil libras —dijo Nichol.

—Ya lo sé, señor. Pero también sé que hay que aprovechar las oportunidades —dijo—. Escriba lo que le he dicho.

Nichol empezó a escribir lentamente.

Al honorable William l. MacBain de Cheverock, barón de Comrie.

Milord:

Le escribo como rehén de un hombre que exige cuatro mil libras para garantizar mi regreso al seno de mi familia. No quiero amargarle sus días finales con los detalles de cómo he llegado a verme en esta situación. Pero, como sé muy bien que ni siquiera va a plantearse pagar esa cantidad por un hombre al que tanto odia, aprovecho esta oportunidad para decirle que, como resultado de mis reflexiones sobre la revelación que me hizo recientemente, he llegado a la conclusión de que sus defectos de carácter son mucho más profundos de lo que nunca habría imaginado. Me temo que son demasiado grandes como para expiarlos con ayuda de unas plegarias el día de su entierro y, por lo tanto, sé que no encontrará sitio en el cielo. Tal vez encontrara consuelo sabiendo que destrozó mi infancia y mi felicidad al querer vengarse por haber perdido la suya. Pero lamento no poder concederle esa pequeña victoria, porque lo perdono. Perdono todos los pecados que cometió contra mí. Lo perdono sin vacilación, completamente, con clemencia.

Descanse en paz,
Nichol Ian Bain.

Dobló el papel y tomó la vela que había sobre la mesa para lacrar la misiva.

—No tan rápido —dijo Pepper, y le pidió la carta.

Nichol se la entregó y observó a Pepper mientras la abría y la estudiaba. Esperó, preguntándose si había mentido al decir que no sabía leer ni escribir. Sin embargo, Pepper asintió, volvió a doblar el papel y se encargó en persona de ponerle el lacre. Después, dijo:

—Traed al chico.

Al poco, alguien empujó a Gavin para que entrara en la habitación. El chico estaba pálido y nervioso. Nichol le sonrió e intentó tranquilizarlo, pero Pepper no se lo permitió. Se puso de pie y se colocó detrás de Nichol. Le puso un cuchillo al cuello.

–¿Por qué hace esto? –le preguntó Nichol, intentando mantener la calma–. Ha sido cortés hasta este momento.

–Sabes llegar a Cheverock, ¿no, chico? –le preguntó Pepper a Gavin.

Gavin tragó saliva y asintió lentamente, sin dejar de mirar a Nichol.

–Muy bien, pues toma esta carta y llévasela al viejo. Espera un día su respuesta, pero no más. ¿Entendido?

–Sí –susurró Gavin.

–Veinticuatro horas. Si no has vuelto antes del viernes, te encontrarás un cuerpo sin cabeza esperándote. ¿Lo entiendes?

–Sí, señor –dijo Gavin.

–Pues vete a llevar la carta. Ah, y otra cosa, si se te ocurre avisar a las autoridades… Acuérdate de que mi chico, Davey, no está aquí.

–Ah, es cierto –dijo Nichol–. Parece que nos falta un rufián.

–Davey está esperando en la ciudad. Si me enfadas y traes a las autoridades, Davey te encontrará. Pero no te matará a ti. Matará a tu madre.

Gavin palideció por completo.

–Eso es demasiado –dijo Nichol–. No es necesario asustarlo tanto para que entregue la carta.

–Me estoy asegurando de que sepa que lo que digo es cierto.

Gavin asintió. Tragó saliva y dijo:

–Sí, lo entiendo.

–Bueno, pues márchate.

Gavin tomó la carta de la mesa y se fue corriendo.

Pepper dejó caer el cuchillo y volvió a sentarse en su silla.

–¿Le gusta jugar, señor Bain?

Nichol tenía cuatro días para pensar o para convencer a aquel tipo de que lo soltara.

–Algunas veces –dijo, y se relajó, como si no tuviera una sola preocupación en el mundo.

Capítulo 27

El viaje a Cheverock habría sido mucho más rápido si el señor Cockburn y Maura hubieran ido solos, pero la señora Cockburn se empeñó en ir también, y no sabía montar a caballo. Y, como la nieve no permitía viajar aún, tuvieron que esperar un día.

La espera fue terrible para Maura, que tuvo que convivir con los Cockburn. Madre e hijo discutían incesantemente a causa de las transgresiones del señor Cockburn, que, al parecer, eran muchas. Ella no tenía nada que hacer más que imaginarse las terribles cosas que podían ocurrirle a Nichol.

Al día siguiente, se pusieron en camino al amanecer, y llegaron a Cheverock justo cuando empezaba a atardecer. A Maura le dolía la cabeza a causa del traqueteo del viaje, pero fue la primera en bajar del coche y correr hacia la puerta para llamar. Después de un momento, el mayordomo, Erskine, salió y les hizo entrar en un salón de visitas. Mientras esperaban a que bajara alguien, la señora Cockburn se quejó de hambre.

–Madre, querida, tienes que ser paciente –le rogó su hijo.

—No me hables en ese tono —le espetó ella—. De no haber sido por mí cuando murió tu padre, ahora estarías pasando hambre constantemente, y tendrías una situación mucho más difícil en la vida. ¿Quién te crees que hizo de la fábrica de lino lo que es hoy? Yo. No tú.

—Por el amor de Dios, no se pongan a discutir ahora —dijo Maura, con enfado.

—Y usted tampoco debería hablarme así —le dijo la señora Cockburn, pero les dio la espalda y se sentó en el sofá—. Le he dado todo lo que soy a mi hijo y ¿este es el agradecimiento que merezco? Nos va a convertir en el hazmerreír de todo el mundo.

Aquella era una pequeña muestra de todas las cosas que había dicho durante el viaje, con varias dosis de virulencia. Cuanto más despotricaba, más se empequeñecía el señor Cockburn. A Maura le sorprendió, pero sentía un poco de lástima por él.

Sin embargo, ella tenía sus propias preocupaciones. Los Cockburn solo eran un medio para conseguir su objetivo, y ya había tenido suficiente.

—¡Señora Cockburn! Por favor, permítanos concentrarnos en el problema que tenemos en este momento, ¿quiere? Ya podrá echarle sermones a su hijo cuando vuelvan a Luncarty. Va a tener muy poco que hacer, porque en cuanto se sepa todo, habrá muy poca gente que quiera ir a cenar a su larguísima mesa.

La señora Cockburn soltó un jadeo de indignación. Hizo ademán de levantarse del sofá para abalanzarse sobre Maura, pero, en aquel preciso instante, se abrió la puerta y entró Ivan MacBain. Tenía una expresión de furia. Justo detrás apareció Finella, con una sonrisa que contrastaba con la actitud de su marido.

—¡Señorita Darby! ¡Qué alegría verla…!

–Cállate, Nella –le ordenó el señor MacBain con aspereza.

Finella se quedó asombrada, y Maura, también. Tuvo que tragarse un pequeño ataque de histeria.

–Gracias por recibirnos, señor MacBain.

–¿Qué quieren?

–¿Me permite que le presente al señor Cockburn y a su madre, la señora Cockburn?

Ivan MacBain no miró a ninguno de los dos, sino que siguió observando a Maura.

–No es bienvenida aquí, señorita Darby.

–¡Ivan! ¿Qué estás diciendo? –exclamó Finella, nerviosamente, y sonrió a Maura–. ¡Estamos felices de verla de nuevo!

–No es cierto, señora, y no diga una palabra más –le advirtió a su mujer.

–Disculpe, señor MacBain, pero no entiendo lo que quiere decir –respondió Maura–. He venido por un asunto muy urgente. Ha sucedido algo horrible.

–¿Es parte de un plan que quieren llevar a cabo mientras mi padre está en su lecho de muerte? Él me advirtió de que podía ocurrir algo así, que Nichol trataría de arrancar lo que pudiera de su dinero en sus horas finales.

Maura soltó un jadeo.

–¡Eso no es cierto! –exclamó con indignación por Nichol–. Él se marchó de esta casa después de conocer una noticia devastadora, y no quiere nada del barón. Usted debe saberlo, señor MacBain, porque él no había venido a esta casa desde hacía muchos años.

Al señor MacBain empezó a temblarle un ojo.

–Se cree muy lista, ¿no es así, señorita Darby? Nichol vino sabiendo que el barón estaba agonizando,

SEDUCIDA POR UN ESCOCÉS 289

con la esperanza de sacarle algo. No es ninguna coincidencia que viniera justo ahora. Y, al saber la verdad, ideó un plan más abyecto.

–¡Ivan! –gritó Finella–. ¡No digas esas barbaridades!

–¡No! –dijo Maura, con la voz temblorosa por la emoción–. Nichol vino por mí, señor MacBain, le doy mi palabra. Él no habría venido de no ser por mí, por las cosas que yo hice.

–Señorita Darby, ¿me permite? –dijo el señor Cockburn.

¡Dios Santo, él no! Ahora, no…

–Señor Cockburn, por favor…

Pero, de repente, el señor Cockburn se puso delante de ella y se dirigió al señor MacBain.

–Lo único que queremos saber es si ha recibido una carta pidiendo un rescate por su hermano y, de ser así, quisiéramos saber de dónde procede la carta. Nada más.

–¿Quién demonios es usted? –preguntó con ira el señor MacBain.

–Soy el señor Dunnan Cockburn, de Luncarty. ¿Sabe dónde podríamos encontrar a su hermano?

–¿Y cómo iba a saberlo? Nunca he sabido dónde estaba. Me he pasado aquí toda la vida, atendiendo y cuidando a nuestro padre, y nuestro legado, sin ayuda de Nichol.

–¿No le ha llegado ninguna noticia de él por correo? –insistió el señor Cockburn, ignorando la ira del señor MacBain.

–No, por correo, no. Lo ha traído un mensajero, el mismo chico que vino antes.

Maura jadeó.

–¡Gavin! ¿Dónde está?

El señor MacBain miró a Maura y al señor Cockburn.

–¡No lo sé! –respondió, con furia–. Ni me importa.

–Pero ¿qué dijo? –preguntó el señor Cockburn, dando muestras de una sorprendente fortaleza–. ¿No dijo el chico dónde podría encontrarlo si cambiaba de opinión?

El señor MacBain se echó a reír de incredulidad.

–¿Han perdido el juicio? El chico vino, entregó la carta y dijo que tenía que volver al cabo de un día con la respuesta. Pero yo le dije a esa rata que podía esperar hasta que se helara el infierno. Y no sé dónde se ha ido.

A Maura se le encogió el corazón. Ya no podría encontrar a Nichol. No quería imaginarse lo que le harían aquellos canallas cuando supieran que no iban a cobrar el rescate.

–Creo que deberían irse –dijo el señor MacBain.

–Sí, enseguida, señor –respondió el señor Cockburn–. Pero, si no le importa…

–¡Sí me importa!

–¿No dijo el muchacho a qué hora volvería?

–Tenemos que encontrarlo, señor MacBain. No nos importa el rescate. Solo queremos encontrar a su hermano.

El señor MacBain estaba furioso y desconcertado.

–Salgan de aquí –dijo, con la voz temblorosa de ira–. No quiero saber nada de esto.

Se dio la vuelta y salió de la habitación. Finella lo vio marcharse y miró a Maura con angustia.

–Finella –dijo Maura, rápidamente, tomándola de la mano–. ¡Es el hermano del señor MacBain! No hemos venido por dinero, se lo prometo. Solo queremos ayudarlo...

—Está en la posada —dijo Finella, mirando por encima de su hombro hacia la puerta—. Está a pocos kilómetros, en la carretera principal. Si quería volver aquí mañana, no ha podido ir a otro sitio —dijo, y se soltó de la mano de Maura—. Ahora, váyanse —susurró—. Ivan está furioso. No piensa lo que ha dicho. Echa muchísimo de menos a su hermano, pero el barón... Está confuso, señorita Darby, y el barón... tal vez no pase de esta noche.

Entonces, Finella salió corriendo detrás de su esposo.

—Es usted demasiado atrevida, señorita Darby —le dijo la señora Cockburn.

Maura estaba demasiado angustiada como para responder a la mujer en aquel momento. Solo quería encontrar a Gavin antes de que fuera tarde. Salió de la habitación, fue al vestíbulo, tomó su capa del perchero y se la puso sobre los hombros.

El señor Cockburn la siguió.

—Entonces, creo que deberíamos ir a la posada, ¿no? —preguntó.

Ella lo miró, cada vez más sorprendida por su nueva actitud.

—Sí. A la posada.

La posada estaba en Comrie, a unos cuatro kilómetros de Cheverock, y estaba muy concurrida, a pesar de su remota ubicación. Tan concurrida, de hecho, que el señor Cockburn solo pudo conseguir una habitación para los tres. Ocuparon una mesa cerca de la puerta para poder ver quién entraba y salía, y pidieron estofado de carne y cerveza.

Los Cockburn devoraron su comida. Maura apenas tocó el plato. Estaba muy nerviosa, y no podía apartar los ojos de la puerta por si no veía llegar a Gavin.

Cerca de las nueve, la señora Cockburn eructó y se quejó de dolor de estómago. Se empeñó en que el señor Cockburn la acompañara a la habitación.

–¿Viene usted, señorita Darby? –le preguntó el señor Cockburn, mientras se levantaba para ayudar a su madre.

–No, todavía no. No hay otro lugar donde pueda estar, ¿verdad? Creo que vendrá, más tarde o más temprano. Voy a esperar.

–Tal vez se haya escapado y no tenga intención de volver –respondió la señora Cockburn.

–Vamos, señorita Darby –dijo el señor Cockburn, mientras su madre se alejaba–. No es seguro que una muchacha joven se quede sola en el salón de una posada.

–Estaré bien –dijo ella, y le hizo un gesto para que continuara.

Solo había unos cuantos hombres bebiendo cerveza y riéndose. Estaba también el cochero de los Cockburn, sentado aparte, y parecía que casi se había quedado dormido con su cerveza.

–No pierdas el tiempo, Dunnan –le dijo la señora Cockburn a su hijo.

El señor Cockburn sonrió a Maura para pedirle disculpas y siguió a su madre escaleras arriba.

Maura se quedó mirando su cerveza. Nunca se había sentido tan hundida como aquella noche. La pérdida de Nichol era lo más doloroso que le había ocurrido.

Después de tantos años de no tener a nadie que fuera para ella, alguien en quien poder confiar, encontrar a esa persona y perderla era demoledor.

Si Nichol estuviera allí, seguramente le diría que iba a perderlo de todos modos. ¿O no? Aquella última noche, estaba a punto de decirle algo que no pudo terminar. Que él nunca… ¿qué?

Fuera lo que fuera, había tenido la sensación de que él se había dado cuenta de lo mismo que ella, de que, para la gente como ellos, el amor no era algo que surgiera a menudo, y que no había que dejarlo escapar.

¿Cómo iba a recuperarse si lo perdía? ¿Cómo iba a continuar viviendo? Por desgracia, parecía que iba a tener que aprender a hacerlo, porque Gavin no iba a ir a aquella posada. En realidad, había sido absurdo por su parte pensar que el niño aparecería por allí. ¡No debía de tener dinero para pagar la posada! Estaría más cómodo en cualquier establo…

Maura soltó un jadeo y se irguió. ¡Eso era! Gavin no podía pagar una habitación en una posada, así que dormiría con los caballos. Se levantó rápidamente y salió de la sala pública de la posada. Fue al establo y buscó una luz en la oscuridad. En aquel momento, el cochero de los Cockburn apareció tras ella, y se quedó sorprendido al verla junto a la puerta.

—¿Señorita?

—Sí… ¿podría ayudarme, señor? ¿Podría acompañarme para alumbrarme con su farol?

—¿Acompañarla? ¿Dónde? —preguntó él, confuso.

—Tal vez haya un niño aquí, ¿sabe? Se llama Gavin, y es el motivo por el que fuimos a Cheverock. Pero él ya se había marchado de allí.

—¿Y cree que está aquí?

–No lo sé, pero… no hay tiempo que perder. ¿Podría alumbrarme con su linterna?

El cochero la miró con extrañeza, pero se encogió de hombros y la acompañó hasta los compartimentos de los caballos. Sin embargo, Gavin no estaba allí.

Al final del establo, Maura suspiró de frustración.

–No puedo creerlo. No sé adónde ha podido ir. Cuando estuvimos en Cheverock, él se quedó en el establo, con los caballos. Yo pensaba que estaría aquí.

–Entonces, tal vez esté allí –dijo el cochero, y bostezó.

Maura pestañeó. Claro. Claro. Gavin conocía a la cocinera y a los mozos de la casa. Seguramente, habría preferido dormir allí, en un lugar en el que había gente en la que podía confiar. Se giró, y le dijo al cochero:

–Tengo que ir a Cheverock inmediatamente.

–¿Ahora?

–¡Sí! El muchacho está allí.

–Señorita… No puedo sacar a los caballos y amarrarlos al coche yo solo…

–¡Yo le ayudaré!

–No puede ayudarme, es muy menuda y no tiene fuerza suficiente –le dijo él.

Maura lo agarró de las solapas y lo zarandeó.

–Tengo que ir.

Él se quedó asombrado. Miró a su alrededor, y dijo:

–¿Sabe montar?

–Sí.

El cochero se frotó la cara.

–La señora Cockburn me va a matar.

–Volveré antes del amanecer, tiene mi palabra.

Él miró los caballos.

–Está bien. Bram está muy inquieto. Él la llevará.

Tres cuartos de hora más tarde, Maura puso a Bram a caminar lentamente y se acercó a Cheverock. Solo había una luz encendida en una de las ventanas. El resto de la casa estaba a oscuras.

Desmontó y dejó al caballo amarrado a una valla. Se acercó al establo sigilosamente, rápidamente, con el corazón acelerado. Estaba entrando a un establo al que no debía entrar, estaba corriendo un gran riesgo y, si Gavin no estaba allí, no le serviría de nada. Los quince días anteriores no le habrían servido de nada.

Las puertas del establo estaban atrancadas con una gran barra de hierro. Maura tuvo que hacer un gran esfuerzo para levantarla y, cuando la barra se deslizó hacia un lado, hizo un gran ruido. Ella contuvo la respiración y esperó, escuchando atentamente, por si alguien lo había oído. Sin embargo, solo se oían los caballos moviéndose dentro del establo.

Abrió una de las puertas, que chirrió sonoramente, pero no acudió nadie. Abrió un poco más, con la esperanza de que la luz de la luna iluminara un poco el interior, y oyó una voz.

—¿Señorita Darby?

Su alivio fue tan grande que tuvo que agarrarse a la puerta para no caer. Gavin fue hacia ella, envuelto en un *plaid*. Estaba pestañeando como si no pudiera creer lo que veía.

—¡Es un milagro! —susurró ella, y abrazó al muchacho—. ¿No hay nadie contigo?

Gavin negó con la cabeza.

—Se han ido todos a la casa. El barón ha muerto.

Capítulo 28

Nichol estaba a punto de conseguir hacer un trato con el señor Pepper, estaba seguro. Durante el tiempo de espera, había tenido oportunidad de pensar mucho. Tenía que darle a Pepper una alternativa al asesinato, y no creía que fuera imposible, porque aquel hombre no le parecía un asesino.

Aunque, tal vez, estaba siendo demasiado optimista.

Tenía que averiguar qué podría necesitar más que matarlo a él cuando recibiera la noticia de que nadie iba a pagar el rescate.

Nichol había llegado a la conclusión, mientras jugaban a varios juegos de azar, por los que Pepper le debía ahora cien libras, de que eran muy parecidos.

–¿Cómo se gana usted la vida, entonces? –le había preguntado Pepper la primera noche, mientras jugaban a las cartas y bebían whiskey.

–Resuelvo problemas de otros hombres –dijo Nichol–. Tal vez le interesen mis servicios.

Pepper se había echado a reír.

–El único problema que tengo es usted, porque tengo que conseguir el dinero que me ha escamoteado Cockburn. Yo también resuelvo problemas para otros hombres –le dijo Pepper, y le hizo un brindis, como si quisiera celebrar la coincidencia.

–¿Y qué va a hacer si no vuelve el chico?

–¿Aparte de cortarle el pescuezo a su madre?

Nichol había chasqueado la lengua al oírlo, y el hombre se había echado a reír.

–No lo sé, para ser sincero. Supongo que volver a casa de Cockburn. Robar en su casa e intentar vender los objetos. Muebles. Oro. Mucha molestia, en realidad.

–Será difícil llegar a reunir dos mil libras vendiendo muebles, ¿no cree? ¿Me permite que le sugiera otra cosa?

Pepper se apoyó en el respaldo de la silla y lo miró con diversión.

–Sí. ¿De qué se trata, señor Bain?

Nichol se encogió de hombros y fingió que estudiaba sus cartas.

–Una participación en su fábrica de lino. Según él, está perdiendo dinero, pero podría ser un negocio muy lucrativo si se abriera a los mercados del Continente. Entonces, solo necesita un porcentaje. Puede dirigirlo. Dígale lo que tiene que hacer, visítelo de vez en cuando, y recoja los beneficios.

–¿Visitarlo? Yo vivo en Londres, no en la puñetera Escocia –dijo el señor Pepper, con desdén.

Nichol puso su carta sobre la mesa.

–No me lo voy a tomar personalmente.

El señor Pepper se apoyó de nuevo en el respaldo de la silla y lo miró con curiosidad.

–¿Y por qué no ha hecho usted eso mismo?

–A mí me gusta más mi trabajo –dijo Nichol.

No se fiaba lo más mínimo de Dunnan, pero eso no se lo iba a decir a Pepper, porque quería que aceptara su idea.

—A mí, también. Y voy a conseguir mis dos mil libras aunque sea lo último que haga. Cuando doy mi palabra, la cumplo, y tendré un buen beneficio cuando su padre pague el rescate.

—Piense en lo que le he dicho —le aconsejó Nichol—. Obtendría mucho más que dos mil libras. Además, a mí me esperan cualquier día en Gales.

Pepper se echó a reír.

—No lo creo. Usted no se iría y dejaría a la tortolita aquí.

—¿Qué tortolita?

—La chica. Está claro que la quiere, ¿o me equivoco?

No, no se equivocaba, pero a Nichol le sorprendió que fuera tan evidente.

—La quiera o no, no importa. Para eso es demasiado tarde.

—No sea tan pesimista, Bain. Su padre mandará el dinero. No importa lo mala que sea la relación entre un hijo y un padre. Un hombre no traiciona a su propia sangre.

Julian Pepper no conocía al barón.

—Quiero decir que es demasiado tarde en mi vida —dijo Nichol.

—No sea idiota, Bain —dijo Pepper.

Nichol alzó la cabeza.

—¿Cómo dice?

—Voy a contarle una historia, si me deja.

—¿Tengo otro remedio?

—Yo tuve un amor, una vez. Era tan guapa como un

día de primavera. Tenía el pelo rubio, dorado, precioso. Aunque yo era muy joven, habría caminado sobre las ascuas por ella.

Nichol sonrió. Entendía aquel deseo tan ardiente.

—La quería —dijo Pepper. Miró hacia otro lado un instante, como si pudiera verla allí—. Pero era idiota y pensaba que podía comerme el mundo. Pensaba que había mujeres mejores para mí por ahí. Así que la dejé. Le rompí el corazón.

Era difícil imaginarse a alguien con el corazón roto por un tipo como Julian Pepper.

De repente, se inclinó hacia delante sobre la mesa.

—Ahora tengo cuarenta años, muchacho. Cuarenta. Y nunca he vuelto a sentir por una mujer lo que sentí por ella. Nunca. El amor verdadero solo llega una vez, así que, si lo tiene en la mano, no lo suelte.

—Qué poético —dijo Nichol, y soltó otra carta.

No necesitaba que Pepper le dijera aquellas cosas. Ya las sabía. El amor lo estaba consumiendo. ¿Cuántas veces se había llamado «imbécil» a sí mismo? Quería a Maura, y aquel debía ser el problema más fácil que había resuelto en la vida. Sin embargo, había creído lo que su padre decía de él. No había confiado en que alguien quisiera confiar en él.

Pepper tenía razón. Debería haberse aferrado al amor en cuanto se había dado cuenta de lo que sentía.

Siguieron jugando, esperando a que llegara la hora del regreso de Gavin. Cuando Nichol no pudo aguantar otra partida, dejó las cartas y dijo:

—Ya no más.

Se levantó y empezó a caminar. Llevaba en aquella sucia habitación casi cuatro días. Estaba sucio y desarreglado, olía a humo y a cerveza pasada.

Dentro de una hora, todo estaría perdido. Se preguntó cómo iba a matarlo Pepper. ¿Le rompería el cuello? ¿Le ataría pesos al cuerpo y lo arrojaría al río? ¿Le pegaría un tiro?

Alguien llamó a la puerta, y se sobresaltó. Pepper se puso en pie mientras uno de sus hombres abría y entraba. Pepper avanzó, pero se detuvo y miró fijamente a quien apareció ante él. No era Gavin, sino Dunnan Cockburn. Dunnan se tambaleó hacia atrás por el susto de verse ante el imponente Pepper.

Sin embargo, Pepper no estaba mirando a Dunnan, sino buscando a Gavin con la mirada.

Dunnan también miró hacia atrás, y dijo:

—Ah, estaba esperando al chico, ¿verdad? Se ha ido a casa, a Stirling. Estaba muy preocupado por su madre. Tengo que decirle que ha estado muy mal que asustara tanto al chico.

—¿Qué demonios quiere? —rugió Pepper.

—¡Creo que es evidente! —dijo Dunnan, alegremente—. ¿Para qué iba a venir a un establecimiento como este, si no fuera para pagar el rescate del señor Bain?

Pepper miró a Nichol, pero él estaba igual de confuso, y cabeceó.

—Ha estado en Cheverock, ¿no? —le preguntó a Dunnan.

—Sí, estuve allí —dijo Dunnan, y carraspeó—. Siento decirle que su padre ha muerto, Bain.

Nichol tragó saliva.

—No era mi padre —dijo—. Y sé que no pagó un rescate en su lecho de muerte.

—No —dijo Dunnan—. Hemos tenido que ser un poco más inventivos —añadió, riéndose con amargura—. ¿Puedo pasar, entonces? —preguntó, y entró en la habitación sin esperar la respuesta. Sacó un monedero del bolsillo de su chaqueta y se lo entregó a Pepper–. Aquí está el dinero. Dos mil doscientas libras. Le dimos cincuenta a Gavin, porque estaba aterrorizado pensando que iba a encontrar a su madre con el cuello cortado –dijo, e hizo una pausa para fulminar a Pepper con la mirada.

Pepper no le hizo caso. Tomó el monedero de sus manos y lo abrió. Echó el contenido en la mesa y contó los billetes y las monedas. Miró a Nichol y sonrió.

–Pues sí, está todo aquí –dijo, y miró al señor Cockburn–. ¿No ha apartado un poco para apostar, Cockburn?

–No, por supuesto que no –dijo Dunnan–. He terminado para siempre con el juego. Bueno, ahora ya tiene su rescate, y un poco más. Bain es libre, ¿no?

Pepper miró a Nichol.

–Sí, puede marcharse. Soy un hombre de palabra –dijo. Contó unos cuantos billetes, y dijo–: Al contrario que su amigo, yo pago mis deudas de juego.

Nichol no tuvo remilgos. Tomó el dinero, aunque eran setenta y cinco libras, no las cien que le debía Pepper, y se las metió al bolsillo.

–Buena suerte, Pepper –le dijo.

–Lo mismo digo –respondió Pepper.

Nichol tomó a Dunnan del brazo y se lo llevó escaleras abajo. Lo único que le importaba era llegar hasta donde estuviera Maura. Quería encontrarla, recoger sus cosas y embarcar para Gales. Era demasiado tarde para ir a caballo.

Cuando salieron de la posada, Nichol pestañeó bajo la brillante luz del sol.

–No habrá hecho algo irremediable como casarse con la señorita Darby y empeñar su collar, ¿no?

–¡No! –exclamó Dunnan.

—Entonces, ¿cómo?

—Bueno, ha sido difícil, pero conseguimos reunir lo suficiente y venderlo.

—¿Usted también?

—Sí, me refiero a la señorita Darby y a mí.

—¿Dónde está ella? ¿No se ha ido con la compañía de teatro?

—¿Es que no la ve? —le preguntó Dunnan, y señaló hacia el agua.

Nichol alzó la cabeza y la vio. Allí estaba, envuelta en un *plaid*, sonriendo con inseguridad, como si no supiera qué tal la iba a recibir él. Y a él estaba a punto de estallarle el corazón en el pecho. Fue hacia ella y la abrazó con todas sus fuerzas.

—Estás aquí.

—Sí, aquí estoy. No podía dejar que te hicieran daño, Nichol.

—Oh —dijo Dunnan—. Voy a esperar en la posada.

—Por favor, sí —dijo Maura, con la cara aplastada contra el pecho de Nichol.

—*Diah* —dijo él, y la soltó para no asfixiarla.

—¡Eres libre! —exclamó Maura—. Casi no puedo creer que lo hayamos conseguido.

—¿Cómo? ¿De dónde habéis sacado el dinero?

—Es una larga historia. Creo que voy a escribir un libro contándolo.

Él gruñó y la besó, pero Maura puso una mano entre ellos y arrugó la nariz.

Nichol se echó a reír.

—Yo también tengo una historia que contar, *leannan*. Vamos, dime de dónde habéis sacado el dinero.

—¡No importa! —respondió ella, riéndose—. Lo que sí te va a asombrar es cómo encontramos al pobre Gavin.

¡Y Dunnan! Ha demostrado que es muy útil. Se quedó muy contento de saber que no tiene que casarse conmigo. Creo que estaba un poco atemorizado.

—Entonces, Dunnan puso el dinero.

—¿Qué? Bueno, sí, una parte. Quería vender sus cosas de oro, pero... no te lo vas a creer. La señora Cockburn y él tuvieron más de una discusión cuando Dunnan descubrió que todo el oro que había comprado gastándose una fortuna no era oro, sino chapa de oro. Parece que la tendencia a apostar es cosa de familia. Ella intentó que no la descubrieran, pero él lo averiguó —explicó Maura, y se echó a reír.

Nichol no se rio.

—Entonces, ¿cómo, Maura?

Ella sonrió.

—Debes de estar agotado. Te lo contaré todo. Tenemos una habitación en la posada.

Nichol sabía cómo. Le apartó el *plaid* del cuello, aunque ella trató de impedírselo, y vio que su garganta estaba desnuda.

—Maura...

—Solo era una cosa. Debería habérselo entregado a ese hombre a la primera, pero soy demasiado obstinada. ¿Qué iba a hacer con él? ¿Ponérmelo todas las noches para ir al teatro?

Nichol estaba abrumado con aquella muestra de gratitud y sacrificio. Lo había hecho por él. Porque lo quería. Él nunca había experimentado nada igual, nunca había entendido cómo el amor podía llenarle a una persona el corazón y los ojos.

—Maura —repitió.

Le faltaban las palabras.

Ella se envolvió de nuevo en el *plaid*.

–Ahora que eres libre, Nichol, querrás recoger tus cosas. El señor Cockburn ha sido tan amable de hacer que las llevaran a Luncarty, porque yo no podía volver allí, después de todo lo que ha ocurrido.

Él no estaba escuchando. No podía quitarle los ojos de encima. Julian Pepper tenía razón. Si alguien tenía la suerte de encontrar el amor, sería un idiota si lo dejaba marchar.

–No tienes que preocuparte por mí –le dijo ella–. He descubierto que soy perfectamente capaz de cuidarme. Voy a ir a Edimburgo en busca del señor Johnson y Susan. A menos que...

Se encogió de hombros ligeramente.

Aquel pequeño gesto sacó a Nichol de su ensimismamiento. Sin perder un segundo, se puso de rodillas.

–¿Qué estás haciendo?

–Cásate conmigo.

Ella abrió unos ojos como platos.

–Cásate conmigo, Maura.

–Me quieres –dijo él–. Nadie podrá quererme nunca como me quieres tú. Y yo te quiero a ti. *Diah*, cuánto te quiero. No puedo darte un apellido ni un hogar, pero te daré todo lo que soy, día tras día, hasta que muera.

Ella no dijo nada, y él pensó que, tal vez, hubiera malinterpretado la situación.

–Dilo de nuevo –le pidió Maura.

–Que no tengo nada...

–No, eso no –dijo ella, y se puso de rodillas frente a él–. Dilo otra vez.

–Te quiero –repitió Nichol, y le acarició la cara–. Te quiero de un modo que me asusta y me produce júbilo, todo a la vez. Maura, hasta que te conocí, no podía ver que el mayor problema era yo. No podía ver qué era lo que tenía que arreglar. Hacía falta que llegaras tú.

Ella se echó a reír.

—Estoy sorprendida, señor Bain, de haber podido soportar su terquedad tanto tiempo.

Él la tomó por los brazos y la besó. Después, la ayudó a levantarse.

—¿Y dónde dices que está esa posada? —le preguntó, mientras le acariciaba el cuello con la nariz.

—Cerca, gracias a Dios —dijo ella, mientras él la estrechaba contra su costado—. *Diah*, cómo apestas, Nichol.

Nichol se echó a reír. Se rio y se rio, porque era cierto, apestaba, y porque había estado a punto de cometer el peor error de su vida. Porque casi no había conseguido arreglar su propio problema.

Porque sabía lo que era el amor.

En la posada, ignoraron al señor Cockburn, que se sentó en una mesa con una jarra de cerveza, y pidieron un baño. Después, cuando se metieron bajo las mantas de la pequeña cama, Maura le contó todo lo que había sucedido.

Él se entristeció mucho cuando le explicó cómo había sido el encuentro con su hermano. Debería haber ido mucho antes a Cheverock, debería haber hecho un esfuerzo más grande por mantener el contacto con Ivan. No sintió nada la muerte del barón. En todo caso, ahora que ya no estaba, sentía optimismo por el futuro.

A la mañana siguiente, se despertó con su cuerpo suave y cálido pegado a la espalda. Que Dios lo ayudara, nunca más iba a poder pasar sin aquello.

Le besó los ojos.

—Tenemos que irnos —le dijo.

—¿Adónde?

—A Gales.

—Pensaba que era imposible que yo te acompañara a Gales.

—Ya pensaré algo. Siempre lo hago.

—¿Y Edimburgo? Me han invitado a unirme a un grupo de teatro, ¿sabes?

Él la hizo rodar por la cama y la tendió boca arriba.

—¿Es eso lo que quieres hacer, entonces?

—Tal vez. Después de todo, ahora soy libre.

Él la besó.

—Ayer no me contestaste cuando te pedí que te casaras conmigo, Maura. Dímelo ahora —le pidió, mientras le acariciaba el cuerpo.

—No lo he decidido —respondió Maura, y suspiró de satisfacción cuando él deslizó la mano entre sus piernas.

—¿No?

—Todavía estoy muy enfadada contigo.

—¿De veras?

—*Diah*, Nichol, ¡querías casarme con Dunnan Cockburn! ¿Qué quieres que piense?

—Te juro que me voy a pasar el resto de la vida expiando mis pecados. Entonces, ¿quieres casarte conmigo?

—Ahora tienes una ventaja injusta.

—¿Ah, sí? —preguntó él, mientras la acariciaba.

—Sí —murmuró Maura—. Pero lo haré. Me voy a casar contigo, Nichol Bain. Me necesitas terriblemente.

Sí, la necesitaba terriblemente, y para siempre.

Epílogo

Balhaire, las Highlands, Escocia
Navidad de 1760

Catriona Graham, la duquesa de Montrose, necesitaba arreglar un problema en la finca de su familia, Balhaire. Así pues, había hecho llamar a la única persona que podía solucionarlo: el señor Nichol Bain.

–No sonría como si debiera alegrarme de verlo, señor Bain –le advirtió ella, cuando se reunieron en el despacho de su padre. Sin embargo, ella también estaba sonriendo.

–¿Estoy sonriendo? Pues me sorprende, porque no soy muy dado a sonreír.

Catriona miró a su esposo, Hamlin Graham, el duque de Montrose. Él observaba a su esposa con tanto afecto que Nichol se preguntó si no debería marcharse y dejar que estuvieran a solas. El duque a quien él había conocido una vez era reservado y distante. Había cambiado mucho, y era evidente que estaba totalmente enamorado de su mujer. Se preguntó si él tendría el mismo aspecto. Llevaba dos años casado con Maura, y estaba tan enamorado de ella como el día que lo había rescatado en Glasgow.

Se alegraba de estar en Balhaire una vez más. Catriona lo había llamado para que ayudara en un asunto de Auchenard, una cabaña de caza reconvertida en refugio para mujeres necesitadas. Allí, las mujeres tejían preciosos chales, *plaids* y mantas. Habían tenido tanto éxito que estaban empezando a vender sus productos en Londres, Dublín y Cardiff. Había un pequeño problema con Irlanda, sin embargo, y Catriona necesitaba que Nichol lo solventara.

Cuando se lo explicó todo, él supo cómo iba a conseguirlo.

—Por supuesto, le pagaré —dijo ella.

—Sí, por supuesto —convino él, con una ligera sonrisa.

—Eso es muy descarado para ser usted un hombre que debería estar dándome las gracias —dijo ella—. De no ser gracias a mí, no habría conocido a una mujer capaz de aguantarlo.

—Ah, entonces, ¿usted también es la responsable de mi mujer? —preguntó Nichol, riéndose.

—Sí. Mi esposo es la persona que lo recomendó a esa gente, ¿no?

—Cierto. Por lo tanto, le debo al duque mi completa felicidad.

—¿Y no fue mi tío quien le permitió dejar de trabajar a su servicio para que pudiera resolver ese asunto?

—Entonces, también debo agradecerle al conde mi felicidad conyugal —convino él, con una sonrisa.

—¡Bain! ¿Es que no ve lo que tienen en común esos dos hombres? —le preguntó Catriona, riéndose.

—Sí, lo veo, y es muy bella, pero no es la responsable de mi felicidad. Según recuerdo, me causó mucha angustia.

Catriona se echó a reír.

–Pues, entonces, al menos, debe concederme el mérito de haber organizado la velada musical de esta noche.

–Eso, sí. Estoy en deuda con usted por esa pequeña hazaña –dijo él, y le hizo una reverencia. No había sido fácil conseguir que el señor Johnson y su compañía acudieran hasta allí.

Catriona se rio.

–Es usted imposible, Bain. Pero le deseo toda la felicidad posible en la vida. Bueno, ya está todo preparado. El grupo está en el ala sur del castillo, esperando a que los liberen para poder cantar y bailar.

Nichol había organizado aquella sorpresa tan cara. Su trabajo para el galés le había reportado un gran beneficio, y Maura y él tenían una casa en Edimburgo, cuidada y atendida por el joven Gavin. Apenas pasaban tiempo en Edimburgo, en realidad, puesto que su trabajo, el de los dos, los había llevado por casi toda Inglaterra y Escocia. Maura había resultado ser una gran ayuda para él. Era muy inteligente, y tenía la capacidad de ver detalles que él no percibía.

La quería más cada día. Quería demostrarle lo mucho que la adoraba, así que le había preparado aquella sorpresa. Catriona le había ayudado un poco con el engaño. En realidad, todos los Mackenzie habían participado. El capitán Aulay Mackenzie había llevado a la compañía desde Londres, en su barco, hasta las Highland, y después iba a llevarlos de vuelta a Inglaterra. La bella mujer de Aulay, Lottie Mackenzie, se había llevado a Maura a la isla, donde había crecido, el día de la llegada del grupo, para que pudieran esconderse antes de que Maura volviera a Balhaire.

Rabbie Mackenzie y su esposa, Bernadette, habían insistido en que Nichol y Maura se alojaran en su casa de Arrandale para que los actores pudieran ensayar. Vivienne y Marcas Mackenzie, y Cailean y Daisy Mackenzie también habían ido a Balhaire, con la excusa de asistir a Hogmanay, la celebración del Año Nuevo. Sin embargo, la verdadera razón de su presencia en Balhaire era la celebración de la Nochebuena y la sorpresa de aquella noche.

El señor de Balhaire y su mujer, Margot, también estaban allí, y fingían que no ocurría nada extraordinario, que esperaban a sus hijos y a sus nietos como todos los años.

Maura no sospechó nada, aunque Nichol no estaba seguro del todo; ella tenía un instinto muy fino y, si sospechaba algo, habría sabido disimularlo a la perfección. En aquel momento, estaba en una de las habitaciones del castillo, peinándose y poniéndose un vestido que habían encargado en Francia. Estaba maravillosa con aquel vestido. Era de seda azul, del color de sus ojos, y tenía unas enaguas doradas, al estilo de los que se llevaban en la corte francesa. Él nunca había visto nada tan bonito.

Sin embargo, faltaba una cosa en su atuendo.

Él se vistió cuidadosamente aquella noche. Todos los caballeros se ataviaron con *plaids*, y las damas, con sus mejores vestidos.

–Tú eres la más guapa de todas, Maura –le dijo él, mientras ella le ayudaba a arreglarse el pañuelo del cuello.

Maura se echó a reír.

–Tú dirías eso aunque no llevara nada puesto.

–Pues sí –dijo él, y la besó.

Bajaron al salón del castillo, donde se había reunido todo el clan Mackenzie para la cena de Nochebuena. Nichol le sirvió una copa de vino a su mujer, y se la entregó.

–Entonces, ¿eres feliz, Maura?

–Sí, mucho. ¿Has visto qué bonito está todo? –le preguntó ella, fijándose en las coronas y los adornos que había por el salón, para engalanar la fiesta.

–Querida, me refería conmigo.

Ella se echó a reír.

–Señor Bain, todos los días le doy las gracias a Dios por estar contigo. Y pensar que ahora podría estar en Luncarty, preparándome para ir a misa con el señor Cockburn y su madre… Tú me has hecho más feliz de lo que me merezco.

Se puso de puntillas y lo besó.

–¡Debajo del muérdago! –dijo, riéndose, Lottie Mackenzie, cuando pasaba junto a ellos de camino a su asiento.

–¿Y tú? ¿Eres feliz, Nichol? –preguntó Maura.

–*Leannan*, no tengo palabras para expresar mi satisfacción y el amor que siento por ti –dijo él.

Maura se echó a reír.

–Acabas de hacerlo.

Ocuparon su sitio para la cena, pero, antes de que sirvieran la comida, Arran Mackenzie, el señor del castillo, se puso en pie.

–Antes de empezar, un poco de entretenimiento.

Maura se apoyó en Nichol.

–Creo que son los niños. Ayer por la mañana, cuando fui a pasear, los oí cantar.

Sin embargo, cuando las voces de los adultos empezaron a sonar en el gran salón, y la *troupe* entró en escena, todos ellos vestidos con trajes de terciopelo verde y con coronas en la cabeza, y portando velas encendidas, a Maura se le escapó un jadeo. Se irguió y los miró con incredulidad.

–¡No! –susurró, y miró a Nichol–. ¡No puede ser! ¡Es la señorita Fabernet!

Él sonrió.

–¡Y ahí está el señor Johnson! ¡Nichol! –gritó. Lo abrazó y le dio una docena de besos en la mejilla antes de girarse de nuevo para ver la actuación.

Aquella noche fue todo lo que Nichol esperaba. Hubo alegría, bromas y canciones, y Maura se reunió alegremente con el grupo de teatro. Era todo lo que les había faltado en la vida a Maura y a él: calor, familia, amor.

Más tarde, en su habitación, ella le dijo:

–¡Feliz Navidad! Tengo un regalo para ti.

Se fue al armario y sacó un paquete con un lazo, y se lo entregó con orgullo.

–¿Qué es? –preguntó. Desató la lazada y lo desenvolvió. Era el *Tratado de la naturaleza humana*, de David Hume. El libro de su padre. El libro que había leído de joven y le había resultado tan interesante.

–Y hay más –dijo ella, y señaló una caja pequeña que estaba envuelta en el mismo paquete que el libro.

En cuanto la abrió, supo inmediatamente lo que era: el reloj de bolsillo de su abuelo. El mismo reloj que le había quitado su padre, para dárselo a Ivan, antes de quitar a Nichol de su vista.

Nichol sintió sorpresa, gratitud… y lo que siempre sentía con Maura: amor, afecto y esperanza.

–No lo entiendo.

–Mira dentro del libro –le dijo ella.

Abrió la primera página y encontró una carta. Reconoció la letra de Ivan.

Dejó las cosas en la cama y miró a Maura.

–¿Cómo lo has conseguido? –le preguntó él, de nuevo.

–Las mujeres tenemos la capacidad de arreglar las cosas –respondió ella–. Escribí a Finella, ¿sabes? A Ivan no le habían dicho la verdad sobre ti, Nichol, y quiere saberla. Ahora es el barón, y no tiene nada que temer. Ha escrito para decírtelo.

Nichol se había quedado asombrado por aquel regalo. Lo apartó todo y besó a Maura.

–Es perfecto. Gracias, Maura.

–¿No vas a leer la carta?

–Dentro de un momento. Yo también tengo un regalo para ti.

–¡Ya me has regalado bastante! No podía pedir nada mejor que volver a verlos!

Él sacó un estuche de terciopelo de debajo de la cama.

Ella lo miró y, después, miró a Nichol.

–¿Qué es?

Lo abrió cuidadosamente y, al ver el collar, se le llenaron los ojos de lágrimas.

–No es el de tu bisabuela –dijo él–. Ese no he podido recuperarlo. Pero traté de que lo reprodujeran fielmente.

–Es precioso –dijo ella, sujetándolo con las manos.

–No es una herencia familiar…

–Sí, Nichol. Este collar es nuestro. Se lo entregaremos a nuestras hijas, y ellas, a sus hijas. Es la mejor herencia, lo que siempre querré. Es nuestro.

Se dio la vuelta para que él le cerrara el broche. Esperaba que fuera lo más parecido posible al original.

Mucho después, cuando hicieron el amor y ya estaban saciados, se quedaron abrazados junto al fuego, observando las llamas.

—Casi se me había olvidado, pero tengo otro pequeño regalo para ti –le dijo él.

—¡Nichol! ¿Qué es?

Él le acarició el pelo.

—¿Te acuerdas del mes pasado, cuando fui a Stirling?

Ella asintió

—Tuve que resolver un problema de una forma un poco inventiva.

—¿Para quién?

—Para los Garbett.

A Maura se le escapó un jadeo, y se incorporó.

—¡No me lo habías dicho!

—Quería darte una sorpresa.

—Vamos, ¡cuéntamelo todo!

—Te lo cuento: la señorita Sorcha Garbett se quedó escandalizada cuando Adam Cadell rompió su compromiso con ella.

—Qué canalla –murmuró Maura.

—Y ella no tenía más pretendientes.

—No me extraña.

—Así que hice de casamentero. Puedo decir que le encontré el marido perfecto.

—¿Quién? –gritó ella, riéndose–. ¡Dímelo antes de que me muera!

—El señor Cockburn. Y su madre, naturalmente.

Maura lo miró con incredulidad.

Nichol se echó a reír al pensar en Sorcha y Dunnan.

–Y ¿sabes qué es lo más raro de todo? –añadió, entre carcajadas–. Que parecía que estaban contentos.

Maura también se echó a reír, y los dos siguieron allí, delante del fuego, riéndose como dos niños pequeños.

NOTA DE LA AUTORA

Carron Ironworks fue una sociedad constituida por tres hombres en Falkirk, Escocia, en 1759. Los tres socios, dos ingleses, John Roebuck y Samuel Garbett, y un escocés, William Cadell, importaron la tecnología más moderna de Inglaterra y la trasladaron a Escocia, y convirtieron su forja en una de las más importantes de la revolución industrial escocesa. He tomado prestados el nombre de la empresa y de dos de los propietarios, aunque cambiando sus nacionalidades. He cambiado también la ubicación de la forja, desde Falkirk a Stirling, para adecuar la geografía a mi historia, puesto que los viajes debían ser a caballo. Si esos viajes hubieran partido de Falkirk, los trayectos habrían sido demasiado largos. Y esa, lectores, es la belleza de la ficción.

Otra persona que se menciona brevemente es el señor James Ferguson de Rothiemay, Escocia. Era un astrónomo escocés autodidacta y conferenciante de renombre. Al final, se fue a vivir a Inglaterra, dio clases, fabricó globos terráqueos, diseñó modelos para punto de cruz y pintó cuadros. Un hombre de mucho talento.

GLOSARIO

GAÉLICO ESCOCÉS:

Bampot: Una persona problemática

Boideach: Bello, bella

Criosd: Cristo

Diah: Dios

Feasgar math: Buenas tardes

Leannan: Cariño

Mo chridhe: Corazón mío

Uist: ¡Shh!

FRANCÉS:

Bonjour: Buenos días

Bel: Bello.

Enchantée: Encantado

Mon trésor: Mi tesoro

Mon Roméo: Mi Romeo

Pas avant que vous n'écoutiez ce que j'ai à dire: No hasta que no hayas escuchado lo que tengo que decir.

Sortez maintenant, imbécile: Sal de aquí, idiota.

Tout est bien: Todo va bien.

ALEMÁN:

Es ist nicht: No es así.

Mir ist es gleich was Sie zu sagen haben: No me importa lo que tengas que decir.

Schön: Bello

Wollen Sie von hier fortgehen?: ¿Quieres marcharte?